U0000068

我為愛而生，我為愛而寫
文字裡度過多少春夏秋冬
文字裡留下多少青春浪漫
人世間縱然沒有天長地久
故事裡火花燃燒愛也依舊

瓊瑤

瓊瑤經典作品全集

⑦

梅花英雄夢

第五部：生死傳奇

（大結局）

繁花盛開日，春光燦爛時

我生於戰亂，長於憂患。我瞭解人事時，正是抗戰尾期，我和兩個弟弟，跟著父母，從湖南家鄉，一路「逃難」到四川。六歲時，別的孩子可能正在捉迷藏，玩遊戲，我卻赤著傷痕累累的雙腳，走在湘桂鐵路上。眼見路邊受傷的軍人，被拋棄在那兒流血至死，也目睹難民爭先恐後，要從擠滿了人的難民火車外，從車窗爬進車內，車內的人，為了防止有人湧入，竟然拔刀砍在車窗外的難民手臂上。我們也曾遭遇日軍，差點把母親搶走，還曾骨肉分離，導致父母帶著我投河自盡……這些慘痛的經驗，有的我寫在《我的故事》裡，有的深藏在我的內心裡。在那兵荒馬亂的時代，我已經嘗盡顛沛流離之苦，也看盡人性的善良面和醜陋面。這使我早熟而敏感，堅強也脆弱。

抗戰勝利後，我又跟著父母，住過重慶、上海、最後因內戰，又回到湖南衡陽，然後

到廣州，一九四九年，到了臺灣。那年我十一歲，童年結束。父親在師範大學教書，收入微薄。我和弟妹們，開始了另一段艱苦的生活。可喜的是，這段生活裡，沒有血腥，沒有別離，沒有遷徙，沒有朝不保夕的恐懼。我也在這時，瘋狂的吞嚥著讓我著迷的「文字」。中國的《西遊記》《三國演義》《水滸傳》……都是這時看的。同時，也迷上了唐詩宋詞，母親在家務忙完後，會教我唐詩，我在抗戰時期，就陸續跟著母親學的唐詩，這時，成為十一、二歲時的主要嗜好。

十四歲，我讀國二時，又鑽進翻譯小說的世界。那年暑假，在父親安排下，我整天待在師大圖書館，帶著便當去，從早上圖書館開門，看到圖書館下班，看遍所有翻譯小說，直到圖書館長對我說：「我沒有書可以借給妳看了！這些遠遠超過妳年齡的書，妳都通通看完了！」

愛看書的我，愛文字的我，也很早就開始寫作。早期的作品是幼稚的，模仿意味也很重。但是，我投稿的運氣還不錯，十四歲就陸續有作品在報章雜誌上發表，成為家裡唯一有「收入」的孩子。這鼓勵了我，尤其，那小小稿費，對我有大大的用處，我買書，看書，還愛上了電影。電影和寫作也是密不可分的，很早，我就知道，我這一生可能什麼事業都沒有，但是，我會成為一個「作者」！

這個願望，在我的成長過程裡，逐漸實現。我的成長，一直是坎坷的，我的心靈，經常是破碎的，我的遭遇，幾乎都是戲劇化的。我的初戀，後來成為我第一部小說《窗外》，發

表在當時的《皇冠雜誌》，那時，我幫《皇冠雜誌》已經寫了兩年的短篇和中篇小說，和發行人平鑫濤也通過兩年信。我完全沒有料到，我這部《窗外》會改變我一生的命運，我和這位出版人，也會結下不解的淵源。我會在以後的人生裡，陸續幫他寫出六十五本書，而且和他結為夫妻。

這世界上有千千萬萬的人，每個人都有自己的一本小說，或是好幾本小說。我的人生也一樣。幫皇冠寫稿在一九六一年，《窗外》出版在一九六三年。也在那年，我第一次見到鑫濤，後來，他告訴我，他的一生貧苦，立志要成功，所以工作得像一頭牛。「牛」不知道什麼詩情畫意，更不知道人生裡有「轟轟烈烈的愛情」。直到他見到我，這頭「牛」突然發現了他的「織女」，顛覆了他的生命。**至於我這「織女」，從此也在他的安排下，用文字紡織出一部又一部的小說。**

很少有人能在有生之年，寫出六十五本書，十五部電影劇本，二十五部電視劇本（共有一千多集，每集劇本大概是一萬三千字，雖有助理幫助，仍然大部分出自我手。算算我寫了多少字？）我卻做到了！對我而言，寫作從來不容易，只是我沒有到處敲鑼打鼓，告訴大家我寫作時的痛苦和艱難。「投入」是我最重要的事，我早期的作品，因為受到童年、少年、青年時期的影響，大多是悲劇。**寫一部小說，我沒有自我，工作的時候，只有小說裡的人物。我化為女主角，化為男主角，化為各種配角。寫到悲傷處，也把自己寫得「春蠶到死絲方盡」。**

寫作，就沒有時間見人，沒有時間應酬和玩樂。我也不喜歡接受採訪和宣傳。於是，我發現大家對我的認識，是：「被平鑫濤呵護備至的，溫室裡的花朵。一個不食人間煙火的女子！」我聽了，笑笑而已。如何告訴別人，假若你不一直坐在書桌前寫作，你就不可能寫出那麼多作品！當你日夜寫作時，確實常常「不食人間煙火」。因為寫到不能停，會忘了吃飯！我一直不是「溫室裡的花朵」，我是「書房裡的癡人」！因為我堅信人間有愛，我為情而寫，為愛而寫，寫盡各種人生悲歡，也寫到「蠟炬成灰淚始乾」。

當兩岸交流之後，我才發現大陸早已有了我的小說，因為沒有授權，出版得十分混亂。臺灣方面，仍然是鑫濤主導著我的「全部作品」。愛不需要簽約，不需要授權，我和他之間也沒有簽約和授權。從那年開始，我的小說，分別有「繁體字版」（臺灣）和「簡體字版」（大陸）之分。因為大陸有十三億人口，我的讀者甚多，這更加鼓勵了我的寫作興趣，繼續做一個「文字的織女」。

一九八九年，我開始整理我的「全集」，分別授權給大陸的出版社。

時光匆匆，我從少女時期，一直寫作到老年。鑫濤晚年多病，出版社也很早就移交給他的兒女。我照顧鑫濤，變成生活的重心，儘管如此，我也沒有停止寫作。我的書一部一部的增加，直到出版了六十五部書，還有許多散落在外的隨筆和作品，不曾收入全集。當鑫濤失智失能又大中風後，我的心情跌落谷底。鑫濤靠插管延長生命之後，我幾乎崩潰。然後，我又發現，我的六十五部繁體字版小說，早已不知何時開始，大部分的書，都陸續絕版了！簡

6

體字版，也不盡如人意，盜版猖獗，網路上更是零亂。

我的筆下，充滿了青春、浪漫、離奇、真情……的各種故事，這些故事曾經絞盡我的腦汁，費盡我的時間，寫得我心力交瘁。我的六十五部書，每一部都有如我親生的兒女，從孕育到生產到長大，是多少朝朝暮暮和歲歲年年！到了此時，我才恍然大悟，我可以為了愛，犧牲一切，受盡委屈，奉獻所有，無需授權。卻不能讓我這些兒女，憑空消失！我必須振作起來，讓這六十幾部書獲得重生！這是我的使命。

所以，今年開始，我的全集經過重新整理，在各大出版社爭取之下，最後繁體版「花落城邦」，交由春光出版。城邦文化集團春光出版的書，都出得非常精緻和考究，深得我心。說來奇怪，我愛花和大自然，我的書名，有《金盞花》《幸運草》《菟絲花》《煙雨濛濛》《幾度夕陽紅》……等，和「春光出版」似有因緣。對於我，像是繁花再次的綻放。這套新的經典全集，非常浩大，經過討論，我們決定「分批出版」，第一批十二本是由我精選的「影劇精華版」，然後，我們會陸續把六十多本出全。看小說和戲劇不同，文字有文字的魅力，有讀者的想像力。希望我的讀者們，能夠閱讀、收藏、珍惜我這套好不容易「浴火重生」的書，它們都是經過千淬百煉、嘔心瀝血而生的精華！那樣，我這一生，才沒有遺憾！

瓊瑤　寫於可園

二〇一七年十一月十日

79

蘭馨睜大著雙眼，震撼於這種感情，又心碎，又焦急，忍不住衝上前去喊：

「皓禎不要糊塗了，她不是什麼白狐，她是人生父母養的，是大將軍的嫡親女兒，怎麼會是隻狐狸呢？過去都是我不能面對現實，所以把她跟白狐硬扣在一起，現在我明白過來了，怎麼你反而傻了呢？」

皓禎面無表情，無動於衷的與蘭馨擦身而去，到了門口，一聲呼嘯，「追風」立刻出現。

皓禎抱著吟霜，一躍上馬。他把吟霜抱在身前，讓她坐好，擁著她那無力的身子，依靠在他的懷中，好像兩人親切的依偎著。「追風」衝出大門，向前飛奔。寄南一個急不過，回身衝到柏凱、雪如面前……

「他真的走了，你們都不阻止他嗎？就這樣由著他，帶著吟霜的屍體，不知道要上哪兒去？」

柏凱、雪如著了魔似的，雙眼直直瞪著。雪如喃喃的，心神恍惚的說⋯

「回歸山林，飄然遠去，那樣也好，那樣也好⋯⋯生而為人，不如化而為狐⋯⋯」

蘭馨、太子等人慌亂四顧，袁家人皆悲悽著，木然著。靈兒痛喊⋯

「皓禎⋯⋯」拔腳追去⋯「皓禎⋯⋯你究竟要去哪裡？你什麼時候回來？皓禎⋯⋯你不能一句話都不說的就走了呀！皓禎⋯⋯」用力喊⋯「你還有我們，還有你爹娘，還有沒了的責任，你不能一走了之啊！」

太子大叫⋯

「皓禎你別失魂落魄，你給我回來！我好不容易救下了你，你敢去山裡當狐妖？我從來沒有用太子的身分命令你，現在我命令你回來！」

皓禎充耳不聞，策馬絕塵而去。

寄南喊道⋯

「馬！趕快去馬廄，皓禎去哪兒，我們也去哪兒！」

猛兒在天空盤旋，然後向山林深處飛去。皓禎摟著吟霜，騎著馬，聽到猛兒的啼聲，抬頭看看猛兒。皓禎神志迷惘的說⋯

「猛兒！你在帶路嗎？你知道吟霜的家鄉在哪兒嗎？我跟著你走！」

皓禎跟著猛兒，走著走著，來到一個風景如畫的地方。只見猛兒停在樹梢，不飛了。皓禎看看四周，但見眼前一條瀑布飛瀉而下，瀑布下是小溪，小溪兩岸，綠草如茵，開滿黃色紅色的花朵，幾棵不知名的大樹，樹葉茂盛的生長著，還有幾株桃花，正在盛開。小溪中，有著石頭點綴，像小橋般可以通到對岸。對岸有樹木濃蔭，一片蒼翠，輕風徐徐，白雲淡淡，綠水盈盈。

皓禎抱著吟霜下馬，又橫抱著她，走向溪邊。皓禎把吟霜放在溪水旁的草地上，拿起一朵梅花，簪在她的髮際。皓禎就掬了水，淋在吟霜蒼白的嘴唇上。

「吟霜，現在，我們的約定要如何進行下去？妳知道的，妳走了我也不能獨活，妳是白狐，就趕快變成狐狸吧！記得把我也變成狐狸，別又變錯了！」

皓禎仔細看她，用手指撥弄著她的睫毛……

吟霜安詳的臉龐，好像睡著一樣。

「好地方！吟霜，妳到家了！我抱妳下來！」

「妳只是睡著了，對不對？」皓禎低頭輕吻她的粉頰時，脖子掉出了以紅繩子綁住的小瓷壺，他大發現的喊道：「吟霜！這是妳爹的神藥，那顆製了一半的神藥！我差點把它忘了！原來，這是有意義的……妳爹早就知道有今天……」

皓禎就急忙打開瓷壺，深吸口氣。

「妳聞到了嗎？好香啊！妳爹用了多少藥材製了這顆藥丸？」皓禎掬了水，俯身把瓷壺裡的藥，倒進吟霜嘴中，用手中的水注入她嘴中，祈求的說：「不管有用沒用，妳吃下去！請妳為我做最後一件事，吃下去！」

吟霜嘴邊，水溢了出來，她一無動靜。

「妳會氣功，我也會氣功！讓我用氣功把這顆藥吹進妳肚子裡！」

皓禎就用嘴對著嘴，對吟霜吐氣。藥丸隨著清洌的溪水、隨著皓禎深情的、近乎絕望的真氣，滑入她的咽喉，吟霜依舊沒有動靜。片刻，皓禎悽然抬頭。

「看樣子，妳不肯醒來了？」一嘆，說道：「此時此刻，我寧願妳是白狐，不願妳是人，因為狐仙是不會死的！」

然而，吟霜的面頰，漸漸恢復紅潤，悠悠醒轉。她的睫毛顫動著，忽然迷迷糊糊的，回應著皓禎的話：

「此時此刻，我只願做人，能夠和你一起年輕，一起變老，一起死去！」

皓禎不敢相信的看著吟霜，顫聲問道：

「妳活了？妳活了？剛剛是妳在回答我嗎？」

吟霜睜開眼睛，看著皓禎，神思飄渺的說道：

「皓禎，我夢到我們到了一個仙境，有瀑布、有小溪、有綠地、有小花……」

12

皓禎喜極痛喊道：

「我們就在這仙境裡啊！是猛兒帶我來的，妳能坐起來嗎？妳看看四周，刑場和畫梅軒還在飄雪，這兒青山綠水，卻像春天！」

吟霜真的醒來了，不禁坐起身子。

「刑場？」吟霜忽然想了起來，驚問：「你沒有被砍頭？還是我們已經在天上相會了？這兒是人間嗎？」

皓禎一把抱住她，混亂的說：

「我也不知道啊！妳是不是真的活了？皇上赦免了我，我沒死，可是妳躺在梅花樹下……」顫聲的：「證明給我看，妳是不是真的活了？」

吟霜推開他，深深的看他，頓時想起一切。

「原來你被赦免了？你沒死？」凝視著他，眼中含淚了：「我卻吃了……」瞪著他，又哭又笑的說：「下次你再失約遲到，恐怕就真的失去我了！」

猛兒突然飛過來在他們兩人頭上，盤旋飛舞，快樂啼叫，亂搧翅膀。

皓禎頓時有了真實感，跳起身子，把吟霜拉了起來：

「妳能走嗎？妳能動嗎？我把妳爹的神藥，都灌進妳嘴裡去了！」

吟霜就站起身來，四面張望，又伸手伸腳，活動著筋骨，忽然覺得快樂無比。

13

「我還活著，皓禎，你也還活著！猛兒在唱歌跳舞……皓禎，我現在想跑想跳，我全身都是活力……你呢你呢？來來來，來追我！」

吟霜說著，就脫下披風，丟在草地上。拉著裙子，在水邊飛奔。皓禎大喜，追著她飛奔，喊道：

「妳慢一點，剛剛才死而復生，不要再摔到水裡去！」

吟霜跑著，笑著：

「我現在才知道，那假死藥丸，根本不會讓人死，我爹不會做讓人死去的藥丸！時辰到了，就會醒來的！原來，活著的感覺這麼好！」伸手給皓禎：「牽著我的手，讓我們在這草地上，狂奔一下如何？」

皓禎注視著這樣的吟霜，大悲之後，竟是大喜，喊道：

「好！讓我們牽手狂奔！經過了死亡，還有什麼比牽著妳的手狂奔，更有意義的事呢？」

兩人就在如詩如畫的草地上，牽著手飛奔。

伴著他們的，是飛舞的猛兒和昂首的馬兒。

陽光，是那麼的燦爛溫暖，天，是那樣的澄澈蔚藍，雲，是那樣的潔白無瑕，草，是那樣的青翠動人……溪水清澈、流水潺潺，瀑布嘩笑的宣洩著。陌上點點的野花，燦爛的盛開著，微笑的看著這一切。

經過生死，失而復得。和心愛的人，相知相守，生命是如此的曲折、如此的美好！

吟霜太快樂了，把鞋子也脫了，赤著腳，在水裡沿著岸邊，笑著飛奔，濺起無數水花，在陽光下形成光點。光點又灑在吟霜身上，讓她像個閃亮的仙子。皓禎從來沒有看到吟霜這個樣子，喜悅到無以復加。他緊追著她，笑著喊：

「妳居然把鞋子都脫掉了，這樣飛跑，很不吟霜耶！看起來像個野丫頭！喂喂！妳的腳不冰嗎？停下來停下來……我對妳的身體還很不放心……」

吟霜跑著，笑著，快樂著……

「我才停不下來！你沒死，我也沒死，太陽那麼亮，生命那麼好，我這一陣子掉了好多眼淚，我要把我失去的笑容都找回來！」

皓禎笑著，追著，快樂著……

「好吧！那我就陪妳痛痛快快跑，陪妳笑！如果妳跑累了，一定要告訴我……」

兩人在水邊追追跑跑。皓禎忽然一個飛躍，躍到吟霜的正前方，面對著吟霜，張開雙手。吟霜停不住，就衝進了皓禎懷裡。皓禎抱起她來，就在水中旋轉著又跑又跳，把水花濺到四面八方。皓禎笑著問：

「妳怎麼跑到我懷裡來了？」

「就是嘛！自從碰到你，我就著了魔！你才是妖，你蠱惑了我！」吟霜說。

皓禎把她放下，讓她站在小溪裡，就去呵她癢。

「讓我來教訓妳，居然敢說我是妖！」

吟霜彎腰，笑著對皓禎潑水，皓禎立刻還擊，兩人嘻嘻哈哈的打起水仗來。

這時，太子、寄南、靈兒、蘭馨、漢陽、柏凱、皓祥、魯超騎著馬趕到，大家看到眼前的景象，全體呆住了。吟霜和皓禎，渾然不覺柏凱等人的到來，打了半天水仗，又跑到岸上追追跑跑，抖落了滿山谷的笑聲。

柏凱困惑已極的：

「魯超，不是我眼花了吧？吟霜……她又活了？」

「大將軍，你沒看錯，吟霜夫人活了！」魯超屏息蕭穆的說。

靈兒眨著眼睛：

「吟霜沒死？她在和皓禎打水仗，怎麼可能？」

「恐怕……白狐之說，還是真的！」皓祥瞪大眼睛。

蘭馨怒瞪皓祥：

「不要再說白狐白狐！吟霜是人，不是白狐！」

皓祥瞪回蘭馨：

「公主，說她是狐的也是妳，說她不是的也是妳！反正隨妳怎麼說，我們現在看到的情

形，就是不正常！」

「不管我們看到的是什麼情形，眼前這個景致，實在讓人感動！兩個剛剛逃過死亡的人，快樂的追逐在陽光下，太不容易！」漢陽由衷的說：「兩

「當初吟霜把淹進沼澤裡的我救活，後來又把中蠱的皓禎救活，她怎會救不活自己呢？皓禎不死，吟霜也不會死呀！」太子欣然的說道。

寄南坐在馬背上，抱著雙手，興味盎然的看著…

「原來，吟霜活過來，也能這麼活潑！跟他們兩個在一起，要學會的，就是見怪不怪！」忽然躍起，抱著靈兒就跳下地：「裘兒，我們加入他們，一起飛跑！」

「飛跑？」靈兒笑著開始跑，邊跑邊回頭：「我們的喜怒哀樂，會不會變化得太快呀！

「跑不動？本王爺背妳！」

「王爺，本小廝今天又哭又怕又傷心的，現在腳沒力氣，跑不動！」

寄南說著，把靈兒背在背上，飛跑起來。

「死而復生，讓所有人的本性都冒出來了嗎？」柏凱驚愕的說：「漢陽，你們宰相府，顯然對這『斷袖病』，完全沒有收到治療效果！」

漢陽沉吟深思的，眼中帶著笑意…

「他們兩個嗎？本官看來是病入膏肓，沒救了！」

蘭馨看著始終沒被眾人驚動，逕自追逐奔跑著的皓禎和吟霜，眼神暗了一下，突然一拉馬韁說：「本公主看夠了！砍頭的沒砍，自盡的沒死，算皆大歡喜吧！本公主打道回宮！」轉身就狂奔而去：「駕！駕！駕⋯⋯」

漢陽急忙說道：「本官護送公主回宮！」也一拉馬韁追去：「駕！駕！駕！」

柏凱見兩人快馬奔走了，驚覺的說：

「魯超，皓祥，我們三個趕緊回去向夫人報告好消息，這兒，就讓他們四個去跟馬兒鳥兒玩吧！太子，您呢？」

「我捨不得這個畫面！你們先回去，我要找皓禎算帳！」太子笑著說道。

三人便拋下太子，也掉頭飛騎而去。

太子就從馬背上躍起，飛撲到皓禎、吟霜面前，雙手一攔，攔住二人。太子喊著：

「皓禎，你欠我和蘭馨兩個特赦，還欠我一堆的心驚膽顫，你如何還我？」

皓禎笑著，快樂的說：「用我們的一生，協助太子，建立一個像此刻這樣的世外桃源，讓所有的百姓，只有笑容，沒有眼淚！只有快樂，沒有憂愁！只有希望，沒有絕望！只有生的喜悅，沒有死的威脅！」

太子大喜的喊道：

「說得太好，皓禎，一言為定！這將是我們『三人同心，無堅不摧』的座右銘！」

80

皓禎在斷頭台被太子和蘭馨救下，伍震榮氣得快要發瘋了。也不管合適不合適，立刻進宮，在密室裡見到氣呼呼的皇后。伍震榮情緒失控對皇后大喊：

「真是氣死我了！氣死我了！我們好不容易走到這一步，法場也布下了天羅地網，想不到居然殺出了兩個特赦令？殿下怎麼沒有防範到蘭馨和太子呢？」

「你這是在責怪本宮嗎？」皇后也氣憤難平：「會發生這樣的結果，本宮怎麼能預料？蘭馨回宮之後才正常了幾天，誰知道精神好了，就來扯我們後腿！那太子本來就跟皓禎是一黨！最後時刻拿到尚方御牌，本宮又不是未卜先知，怎會防備？」

伍震榮毫不客氣的責罵：

「蘭馨向來無法控制，妳就該派人好好監督她，守著她，甚至就不應該讓她離開她的寢宮半步，今天這個疏忽，就是殿下最大的失誤！太子也是！」

皇后氣壞了，大吼：

「伍震榮！你休想把所有責任推到本宮身上！過去多少機會可以剷除袁皓禎，結果你一次一次的失敗！」氣得發抖：「你要錢、要兵馬，本宮哪一次少給了？啊！結果呢？你們父子自己辦事不力，現在居然膽敢頂撞本宮，對本宮如此傲慢無禮，你是吃了熊心豹子膽了嗎？」

伍震榮氣得不分尊卑，抓痛了皇后的手，怒瞪著皇后：

「是！我是吃了豹子膽，明明今天滅了袁家，李氏江山也就唾手可得，誰知妳的疏忽，又縱虎歸山，枉費我伍家死了那麼多人！妳若繼續放任那愚蠢的皇上破壞我們的大業，妳就自己在這兒，做妳的登基大夢吧！」想想，口不擇言的怒道：「而且，我看妳那個窩囊的皇帝，恐怕不是真笨，笨的是妳！哼！」

伍震榮說完，甩開皇后的手，毫不憐惜的拂袖而去。

皇后氣得滿臉通紅！將桌上的茶盤杯子用大袖子一掃，掃了一地，瘋狂喊著：

「反了！反了！都反了！」

❖

這「兩個特赦」，救回了皓禎，讓皇后和伍震榮幾乎反目。卻讓蘭馨和漢陽別有滋味在心頭，感觸良多。兩人慢慢的騎著馬，在天黑時分，才回到皇宮。漢陽把馬兒交給衛士，和

蘭馨一起踏著夜色，走進御花園。兩人手裡還握著馬鞭，蘭馨說道：

「真是驚天動地，有生有死，有笑有淚的一天，精彩！」

「一路陪著公主策馬歸來，也還沒有機會向公主說一聲謝謝！」漢陽深深看著蘭馨說道，眼中閃耀著兩小簇火焰。

漢陽一笑，那笑容配合著眼裡的光彩，非常溫暖，說道：

「謝我什麼？謝我聽你的『曉以大義』？謝我在最後一刻搶救了那位英雄？」

「謝公主的善良，謝公主的正義，謝公主的寬大！更謝謝公主，擺脫了對皓禎和吟霜的怨恨，讓自己重新活過來！」

蘭馨歪著頭想了想。

「其實，今天看到皓禎和吟霜死裡逃生，然後在水邊追追跑跑，又看到那個瘋瘋癲癲的靖威王，背著他的小廝在那兒又跳又叫，不知怎麼，忽然覺得很感動！這份感動，讓我自己都很驚訝！」

漢陽心有戚戚焉的接口：

「那一刻，下官也很感動！不過，現在聽到公主的話，才更讓下官感動！他們在水邊追跑，是完全釋放了自我！在這人世間，能讓人深深感動的，只有真摯的愛！」

蘭馨不由自主想著，重覆著漢陽的話：

思議的兩心相許！

「真摯的愛？」

「是的！」漢陽說：「**愛這個字很廣大，愛國、愛君、愛民、愛親人，和男女間最不可**

思議的兩心相許！」

蘭馨看向漢陽，似笑非笑的問：

「漢陽也有兩心相許的人嗎？」

漢陽一愣，苦笑著說：

「似乎，好像……下官有過『一廂情願』的人，至於『兩心相許』，沒有！」

蘭馨深思著，兩人已經走到蘭馨寢宮前。蘭馨忽然對漢陽說道：

「本公主現在命令你！以後在和本公主說話的時候，不要再下官下官的說話了，你、我、

他，都准你說！」

漢陽心中一動，直覺的接口：

「下官遵命！」

蘭馨一瞪眼想糾正，漢陽趕緊說：

「就讓我今夜說最後一次吧！」

兩人笑著互視著。那種神祕的，溫暖的感動情緒，悄然的在兩人之間蔓延。蘭馨忽然

想起寄南分別帶漢陽和皓禎進宮，跟她鬧了兩齣戲。皓禎和漢陽，當時是迥然不同的兩種反

應。此時，她突然有了全新的領悟，自言自語的說道：

「原來，看到我就『緊張』的人，才是在乎我的人！看到我就『囂張』的人，是不在乎我的人！我笨！」

蘭馨說完，走進寢宮去了。留下漢陽，苦思著蘭馨這幾句話。

❀

在那人間仙境，皓禎、吟霜、寄南、靈兒，加上一個太子，瘋瘋癲癲鬧到黃昏，大家才依依不捨的分手回家。寄南、靈兒回到宰相府，一跨進院子，采文就急匆匆的迎來，顯然已經等了很久。她激動含淚，聲音顫抖著：

「你們可總算回來了！我一直在等你們呢！」急問：「皓禎大難不死，現在好嗎？是不是平安回到將軍府了？」沒見到漢陽：「咦！漢陽沒跟你們一起回來嗎？」

「漢陽送公主回宮去了！」寄南聲音輕快的說，渾身上下還沾染著仙境的陽光。

靈兒熱情的急急接口：

「夫人都聽說了是吧？可惜夫人今天沒有去刑場，錯過了那特赦來臨的瞬間，哎呀！簡直是太震撼！太激動人心了！我就說有奇蹟，果然真有奇蹟！」

采文拭去落下的淚，激動之情，溢於言表：

「是啊！是啊！其實我也在人群裡，只是被衛士拉回來了！皓禎死裡逃生，真是謝天謝地、

謝菩薩、謝皇上、謝公主、謝太子、我……我……」說不下去，不住拭淚。

靈兒被采文突然的感性感動了，睜著大眼看著采文。寄南忍不住接口：

「夫人都不知道，救了皓禎，差點又失去了吟霜，真是驚心動魄！但是現在都沒事了！大家都活下來了！皓禎跟吟霜，還有我跟裘兒，都開心得手舞足蹈呢！」

靈兒興奮的笑著：

「還有那隻通靈的鳥兒，跟著我們一起瘋，翅膀搧了我又搧吟霜，還去撩撥幾匹馬兒，我們在那個仙境裡，都快要瘋了！」

采文喜悅的眼淚又落下，急問：

「吟霜怎麼了？什麼仙境？什麼通靈的鳥兒？」拍拍胸口，勉強平定自己：「唉！我知道你們現在一定又累又餓，看我語無倫次，都忘了……我先去廚房招呼廚娘幫你們做些好菜，再聽你們慢慢說！一定要好好的說給我聽，什麼都別漏掉！」

采文說完，擦著眼淚轉身，走向廚房。

寄南和靈兒看著采文的背影，兀自陷在興奮和感動裡。

「沒想到這位宰相夫人，也會為皓禎的事，激動到這個地步！」靈兒說。

「這就叫『性情中人』，才會生出漢陽那樣的兒子！即使是伍家人馬，照樣為皓禎伸出援手！我感動！」

靈兒靠進寄南懷裡說：

「我也感動！」

寄南情不自禁的摟住靈兒，兩人依偎著往室內走去。

❖

這晚，采文虔誠上香，又跪在祖宗牌位前，痛哭跪拜謝恩：

「謝謝方家的列祖列宗，謝謝娘！一定是你們在暗中保佑，讓皓禎逃過一劫，大難不死！」擦淚，哽咽的：「可是，娘啊！那皓禎離開我們，只有幾條街，我現在比去過牢裡以後，我多想去抱住他大哭一場！但是，我不能去啊！皓禎不認我，世廷不知情，心裡更痛更痛了！娘，皓禎……皓禎……他牽引著我的心……」握拳搥著胸口：「我當初怎會放手，這麼優秀的兒子啊……」

采文正在哭泣，世廷一腳跨進祠堂，看著泣不成聲的采文大驚。

「采文！妳在幹嘛？什麼事哭成這樣？到處都找不到妳，妳這麼晚在祠堂裡哭？發生什麼事情了？」

采文慌忙起身，用帕子慌亂的擦著淚水，掩飾的說：

「沒有沒有！只是來謝謝祖先的保佑……最近朝廷多事，謝謝祖先沒讓……沒讓……漢陽成為監斬官。我不想漢陽做那種事，幸好皇上下令特赦了！」

世廷眼睛一瞪，不滿的說道：

「妳為這個來向祖宗謝恩？還哭成這樣？皇上特赦，是皇上的恩典！但是那袁皓禎來歷不明，冒充袁家少將軍娶公主，就是欺君大罪！他又屢屢和榮王作對，是亂黨的嫌疑份子，就算現在死裡逃生，後患還多著呢！」

采文張口結舌，淚眼看著世廷，內心又大大衝擊，顫聲的問：

「後患，後患……後患是什麼？」

「妳最近很奇怪，動不動就淚眼汪汪！那皓禎逃過這次，逃不過下次，逃得過皇上，逃不過榮王，逃得過榮王，也逃不過皇后，遲早會送命的！」

漢陽遠遠避開皓禎！那皓禎逃過這次，逃不過下次，逃得過皇上，逃不過榮王，逃得過榮王，逃不過皇后，遲早會送命的！妳如果要向列祖列宗祈求保佑，最好請他們保佑皓禎，一定要保佑皓禎……」

采文臉色慘變，淚盈眼眶，努力忍著，不讓眼淚掉下來。心裡在瘋狂的祈求著：

「不會的！不會的！祖宗啊！娘啊……哪有親生的爹這樣咒兒子死？別聽世廷的，保佑皓禎！一定要保佑皓禎……」

❖

太子也從仙境回到人間了。一進門，佩兒就飛撲著奔向太子，太子趕緊把他抱起。

「爹！娘和青蘿她們，今天都怪怪的！」佩兒說。

太子心情良好的問：

26

「怎麼怪怪的?」

佩兒貼著太子耳朵說道⋯

「她們說悄悄話,還跟佩兒生氣!」

「好個佩兒,這麼小就學會告狀了!」太子妃笑道。

太子看太子妃和青蘿⋯

「怎麼了?你們欺負了佩兒?為什麼跟他生氣?」

「宮裡鬧得天翻地覆,聽說太子幾乎和皇上拚命!這麼轟轟烈烈的事,太子妃才聽我們說幾句,差點斬了太子的兄弟,兩個特赦同時到,救了多少英雄人物!長安城裡亂成一片,佩兒就插嘴,所以挨罵啦!」青蘿笑著說。

太子笑著過去,握起太子妃的手。

「原來如此!佩兒冤枉啊!做爹的不依,太子妃趕快告訴佩兒,他沒錯,是爹娘的錯!」

「怎麼是爹娘的錯?你有何錯?我又有何錯?」太子妃問。

「在宮裡的那個我,和在刑場的那個我,心裡都只有皓禎的生死,忘了佩兒和太子妃的生死,這是我的錯!太子妃心裡急,卻亂怪佩兒,這是太子妃的錯!」太子微笑說。

太子妃抬眼看太子⋯

「那麼,下次太子要鋌而走險時,或者要和兄弟共存亡時,能不能想一想在家裡的佩兒

和他的娘呢？」

太子想了想，答道⋯

「是！不過『知易行難』！到時候我又會原形畢露！」

「太子妃，獅子不會變成貓的！」青蘿笑著說。

太子把佩兒交給太子妃，想著什麼，說道⋯

「這皓禎的事，總算驚險過關！還有更大的事，急於處理！獅子不會變成貓，豺狼也不會變成小白兔！」

太子不敢耽誤，這天，把皓禎、寄南、漢陽都帶到旭陽峰頂的一個亭子裡。亭子裡有張石桌，石桌上攤開了一張地圖，太子、皓禎、寄南、漢陽都在看。鄧勇和魯超帶著幾個衛士，四面八方的防備著。太子說⋯

「皓禎，你仔細看看這張圖！上次為了這張圖，漢陽差點被刺客行刺！」

「那你還要把我們叫到這個亭子裡來看，就應該去你府裡的密室！」皓禎說。

「密室哪有這樣重山峻嶺的風景和氣勢？看看圖，看看風景，人才能神清氣爽！」

「這張圖，我是第二次看，皓禎有過目不忘的本領，為了安全起見，皓禎，你趕快把它背下來！」寄南說。

28

漢陽慢條斯理的說道：

「過目不忘？這本領我也有！這圖我看了不下十次，早就會背了！」

「既然你會背了，怎麼還不把它毀掉？」太子驚看漢陽。

「留著給你們看呀！皓禎，你看清楚了嗎？」漢陽問。

皓禎想著漢陽可能是自己兄弟，又都有「過目不忘」的⋯

「嗯，我看過了！我也背下了！」臉色嚴肅：「如果這張圖不是一個陷阱，我們面對的

就是個天大的問題！」

太子點頭說⋯

「伍震榮要叛變！」

「而且是兵變！」皓禎說。

寄南憤憤的說⋯

「我早就知道這個混帳東西不安心！當初他和四王擁護皇上登基，而沒有擁護義王登

基，一定認為皇上比較容易操縱，那時就有篡位之心！」

「我也這樣想！」太子點頭：「不料四王忠心耿耿，完全支持父皇，而且那時人心都倒

向父皇，軍權也在忠王建議下，分散在各個將軍手中，中央十六衛各有將軍，邊防各有都督

府，父皇又架空了他的兵權，他這篡位之心只能壓下，並且和皇后聯手，皇后被他利用了！

29

可是，直到現在，他的目的還是沒有達到！」

「所以有了這張圖，有了這麼大的計畫，而且，這個計畫應該已經進行了好幾年！眼看就到收割的時候了！」皓禎接口。

「那麼，我們要怎麼辦？」寄南問。

「當務之急，就是找到他們的大本營。」寄南。

「好！從現在開始，要通知天元通寶的兄弟們，大家都要注意伍家每個人的行蹤，隨時跟蹤他們，這麼大的目標，不會找不到！」漢陽說。

「可是我們天元通寶那位木鳶兄，誰都見不到，怎麼讓他知道發生了這樣的大事？怎樣通知他發動兄弟們？」皓禎深思的問。

「這還不簡單！」

寄南說著，就從武器袋裡，拔出一把鋒利的小刀，把那張圖左剌右剌，瞬間做成一個鳥形木鳶，然後從武器袋中掏出繩子，綁住木鳶，把木鳶往空中放去。

木鳶越飛越高，越飛越遠。寄南就喊道：

「木鳶木鳶兮高飛，木鳶木鳶兮難追，木鳶木鳶兮何處？木鳶木鳶兮知是誰？木鳶木鳶兮胡不歸？木鳶木鳶兮莫徘徊……」

眾人都驚訝的看著寄南，又看向天際的木鳶。不知道寄南葫蘆裡賣的是什麼藥？

忽然，有一枝利箭，射向那木鳶。

寄南大驚，急忙拉線，線斷了，木鳶往遠處地面掉落。太子大喊：

「不好！雖然只是一部分的圖，落到有心人手裡，依舊會破壞我們的大事！趕快去搶回來！」

眾人全部對著木鳶掉落處奔去。魯超、鄧勇和衛士們也跟著跑。

大家運用武功輕功，跑的、跳的、躍的、飛的⋯⋯衝往木鳶掉落處。漢陽吃力的跟在眾人後面，氣喘吁吁。皓禎不忍，回頭拉著漢陽的胳臂，就把他拎著似的往前奔，心裡不由自主的想著⋯

「宰相夫人留給我的影響還真不小，居然沒辦法不照顧漢陽！」

大家奔到一個山谷中。只見冷烈坐在一塊石頭上，拿著被箭射下的風箏把玩著，臉上面無表情，嘴裡唸著⋯

「木鳶木鳶兮高飛，木鳶木鳶兮難追，木鳶木鳶兮何處？木鳶木鳶兮知是誰？」回頭看太子等人：「你們在找這隻木鳶？」

太子驚喜的喊：

「冷烈！好久不見！沒想到在這兒又見到了你！劫金大戰，謝謝你仗義解圍！」

皓禎忍不住驚呼⋯

「冷烈？玉面郎君冷烈！謝謝你幾次相救之情，岩石林之戰，更是我最感恩的一次！那也是我們第一次見面吧？」

寄南更是又驚又喜，熱烈的說道：

「冷烈少俠，久聞大名，又幾次承蒙相救，早就把你視為同路之人，只知道你的暗器一流，原來你的射箭也如此高明，你這個朋友，我交定了！」

漢陽注視冷烈，彬彬有禮的說道：

「原來你就是江湖中傳言的玉面郎君冷烈？來無影、去無蹤的冷烈？漢陽有幸相見，已有相見恨晚的感覺。」

大家你一言，我一語，冷烈卻只是看著眾人，依舊面無表情。太子禮賢下士的說：

「沒料到這隻木鳶，把我們再度拉到一處，也是有緣！」

冷烈終於開口，冷冷的說道：

「螳螂捕蟬，黃雀在後。」

太子等人一驚，急忙回頭，看到魯超、鄧勇和衛士們已經在和幾個突然出現的紅衣人激烈交戰。魯超著：

「公子，這兒我們對付，你們繼續去觀賞風景吧！」

鄧勇一面打一面喊著：

「來者是誰？居然敢在我們幾個面前動手！」

只見紅衣人中的一個，突然撇下和他交戰的衛士，直撲冷烈，要搶冷烈手中的木鳶。太

子大喊：

「冷烈！他們的目標是那隻木鳶，別被他們搶去！」一面喊，一面回頭加入戰團。

皓禎衝上前去和搶木鳶的人過招，一面有所不安的喊著：

「漢陽！你退到安全的地方去！打架時沒人可以幫你！」

「豈有此理！還真的來搶木鳶！」寄南大罵，也跟紅衣人打了起來。

眾人打成一團，只有漢陽站在一邊觀望。

只見冷烈好整以暇的站起身來，用箭鏃穿過木鳶，像要把戲一般的讓木鳶在箭端上旋轉

飛繞，瞬間，木鳶已經變成千百張碎紙，像花瓣般隨風飛去。

冷烈面無表情的唸著：

「木鳶木鳶兮高飛，木鳶木鳶兮難追！」

說完，他猝然拔身而起，迅速的消失在山谷之中。

紅衣人見木鳶已成碎紙，頓時全部撤退無蹤。剩下太子等人，大家面面相覷。半晌，太

子才一拳打在寄南身上，問道：

「你把那張圖做成木鳶，目的何在？」

寄南嘻皮笑臉的說道：

「好玩而已！想呼叫一下木鳶試試看！反正有兩個『過目不忘』的已經把圖記住了！雖然沒把木鳶叫來，因此又見識了冷烈的功夫，也還值得！」

眾人啼笑皆非的瞪著寄南。

漢陽深思的說：

「這個神龍見首不見尾的冷烈，確實是個謎！我們大家，這樣對他示好，他依舊冷冰冰，太不近人情！」

太子有點沉不住氣：

「我們身邊的謎，又豈止這一個？那呼之不應，高高在上的木鳶，不也是一個謎嗎？現在，我們面對伍家的大陰謀，來日大戰，恐怕無法避免！他預備一直這樣隱身在後面嗎？」

「或者，他在考驗我們！或者，他的身分實在不宜曝光！不管如何，我們要像往日一樣的生活，不要打草驚蛇，然後步步為營，處處留心！」皓禎說。

太子、寄南、漢陽都臉色凝重的點頭。

81

寄南在鋪著地舖，靈兒趴在床沿看著他，說道：

「今晚，我睡地舖，你睡床吧！」

「為什麼？」寄南抬頭看她：「如果妳真的心痛我一直睡地舖，妳就讓我跟妳一起睡床榻吧！反正那張床榻那麼大，我又不會擠到妳！」

「什麼？你想跟我同床？」靈兒怪叫：「你不要以為經過山洞上那夜，你就可以對我不規矩！我又不是你的那些『老相好』，我還是黃花大閨女，你少動我歪腦筋！」

「什麼不規矩、歪腦筋？」寄南坐在地舖上，氣呼呼的說：「讓我告訴妳，本王爺碰到妳以後就倒了楣，家裡金窩銀窩那麼舒服，什麼時候睡過地舖？自從跟妳進了宰相府，居然淪落到睡地舖！睡地舖也算了，妳睡在那張床上，睡沒睡相，被子也蓋不牢，害我常常起來幫妳蓋被子，蓋完被子還能睡嗎？又不敢吵醒妳，只好對著妳的臉蛋發呆……妳卻睡得像死

人一樣……」

「什麼？」靈兒大驚……「你常常起來幫我蓋被子？還對著我發呆？那……我有沒有被你看光？」抓了一個枕頭，對他打去……「原來你早就對我動歪腦筋了！你看著我的臉蛋想什麼？」

寄南跳起身子，往床上一坐，把靈兒一把抱入懷。

「想什麼？就想這樣把妳抱住，免得妳被方漢陽拐跑！」

靈兒轉轉眼珠，想著念頭……

「是啊！我都忘了漢陽大人，他對我挺好的！其實……這男人嘛，就像一個籃子裡有好多雞蛋，不必認定一個，要慢慢挑……」

靈兒話沒說完，寄南一個忍不住，又打了她的頭。

「妳是老天派來氣我的嗎？漢陽已經出局了好不好？」

靈兒被寄南抱在懷裡，羞紅了臉，用力一推寄南，跳下地。

「你又打我的頭！而且對我不規不矩！我說了我還是黃花大閨女，你離開我遠一點，不許佔我便宜！」

「老天啊！」寄南抱頭大叫……「親都親過了，還不讓我抱！穿那麼少又在我面前跳來跳去，妳是在考驗我嗎？」也跳下地說……「為了保護妳不被我佔便宜，我乾脆出去睡亭子吧！」抱了一床被，就往門外走。

「回來!」靈兒喊:「剛下過雪,外面那麼冷,你要去睡亭子?」懊惱的說:「算了算了!你是王爺,你睡床榻,我睡地舖!」

靈兒就抱著被子,躺上地舖。

「還是妳睡床榻我睡地舖吧!」寄南看了她一會兒,長臂一伸,把她溫柔的抱上床。

「我最尊重的女人,大概就是妳了!雖然妳出身江湖,妳這份傻呼呼的清純,確實讓我不敢造次!或者,這也是我會喜歡上妳的原因吧!」寄南柔聲的說:「我保證不佔妳便宜,要佔,早就佔了!」

靈兒聽到寄南如此溫柔的表白,眼睛就變得霧濛濛的看著他。寄南迎視著靈兒這樣的目光,抓了一卷書,猝然又打了她的頭。

「本王爺去睡覺了!要不然,我一定會忍不住的!」

寄南說完,就躺下地舖,用棉被把自己連頭帶腦的蒙住。

靈兒呆呆的坐在床榻上,眼光迷濛的摸摸自己被打的頭,傻笑起來。

❖

這天,柏凱從宮裡回家,喜孜孜的踏入客廳,對雪如、皓禎眾家人報喜:

「真是天大的好消息,今天我進宮向皇上請罪,誰知皇上那天不僅特赦了皓禎,今天又恢復了咱們將軍府的一切官職和爵位。這真是咱們祖上有德,上蒼保佑啊!」

「真的嗎?那真是太好了!」雪如喜悅說道:「這陣子我們袁家人的際遇,簡直像是一

場夢，驚滔駭浪，上天下地，我這老命都快去了一半，已經折騰不起了！」

「哈！」皓祥諷刺的說：「袁家人？我和我娘，還真不清楚我們是不是袁家的人！你們這家人可以死而復生，欺君大罪可以揭過不罰，官職丟了可以再撿回來，如果我真是袁家的人，請問我的好爹爹，能把我獨子的地位，還給我嗎？」

柏凱一聽，又要發怒，被雪如抓住阻止，氣得甩袖無語。

皓禎難堪又尷尬，緊握著吟霜的手，吟霜回應著他，用鼓勵和安慰的眼神凝視他。

雪如看看皓禎，再看皓祥，低聲下氣的說：

「皓祥，我知道我當年犯的錯，讓你受了委屈，現在我們家好不容易躲過了大難，讓我們恢復往日的平靜好嗎？大娘願意用未來的歲月，好好的彌補你。」

翩翩忽然怒吼起來：

「妳能彌補什麼？我和皓祥的命運就是被給毀的！就是妳不知從何處抱來的雜種，污染了袁家的血脈，袁家唯一的兒子是皓祥！是皓祥！」

「對！我娘說得好！是你搶了我的地位，玷污了袁家！現在真相大白，你為什麼還不滾出袁家？」手指用力，抓得更緊：「你把我獨子的地位還給我！還給我！」

皓禎因對皓祥充滿歉意，不想還擊，任由皓祥發洩，脖子被抓得呼吸困難。吟霜著急的

上去拉著皓祥喊：

「皓祥，請不要這樣，皓禎確實對不起你，但是他又不是故意的，他不知情呀！」

皓祥一腳對吟霜踢了過去⋯

「這兒沒有妳這隻白狐說話的餘地！」

皓禎見皓祥踢了吟霜，再也控制不住，把皓祥一把甩開，喊道⋯

「你要怎樣？獨子還給你！好，我就還給你，從此我不姓袁，行了嗎？你再敢動吟霜，我就用外人的態度來對付你！」

皓祥怪叫，撲過去打皓禎⋯

「你本來就是外人，是雜種⋯⋯」

柏凱暴怒，用力拉開了皓祥，一個探掌，直拍皓祥胸前，重重的將皓祥推開，皓祥倒地，腦袋又撞上了桌角，立刻冒出血。柏凱喊道⋯

「你這沒出息的東西！哪有一丁點的地方比得上你哥哥！我就是要認皓禎！誰再說雜種兩個字，我就割了他的舌頭！」

皓祥摀著傷口，看到自己流血，起身暴怒的大喊⋯

「我沒有哥哥！皓禎和那個狐狸精一樣，都是假的！什麼梅花烙，那都是騙人的東西！」

指著吟霜怒問⋯「妳是人嗎？妳根本是妖！妳可以死而復生，可以變出蠍子又讓伍項魁蟒蛇

纏身，還不能把自己肩上變個梅花印記出來嗎？你們這一對狗男女，通通是假的！」

一時之間，柏凱竟啞口無言。圍觀的僕人、奴婢，都低聲討論著。雪如義正詞嚴：

「梅花烙是我親手烙上，這還有什麼好質疑的？皓祥，好歹你從小到大，我也對你視如己出，請你不要在我們母女傷口上灑鹽了！吟霜就是你同父異母的親姊姊！」

皓祥眼前驀然閃過皓禎獵白狐時，徒手抓箭，手心滴血的畫面。他大發現的說道：

「那個印記真的是梅花烙嗎？我想起來了，獵白狐那天，白狐也在肩上受傷，說不定那是箭傷而不是梅花烙！袁家箭尖不正好是五片箭鏃組合的梅花箭嗎？」

此時丫頭、僕人聽著皓祥言語，更是在一旁議論不止。翩翩立刻喊道：

「袁忠！去把梅花箭拿來！我倒要在眾人面前好好比對！說不定比對之下，才有真相！」

皓禎終於忍不住，大聲說道：

「皓祥！你鬧夠了沒有？就算你對我有恨，你也不該遷怒和你同一個血脈的吟霜。你讓她又在眾人面前露肩，到底將她的尊嚴置於何地？」

「喲！露個肩膀就沒了尊嚴？有這麼嚴重嗎？」翩翩輕蔑的說：「本朝的女子，服裝向來開放，露胸都不稀奇！」瞪著吟霜：「只有吟霜，這兒也不敢露，那兒也不敢露，是不是怕狐狸尾巴露出來？」

吟霜眼見自己又成話題，無奈的走到屋裡的正中央，拉開自己的衣襟，露出肩頭⋯

「皓祥和二娘想比對，就比對吧！」

袁忠拿來了梅花箭，柏凱接過了箭，直接在吟霜的梅花烙上比對。但是，箭尖是尖的，和吟霜皮膚上梅花印記無法對比，直也不對，橫也不對。雪如說：

「這明明是梅花簪的烙印，怎麼會變成箭傷呢？除非再射一箭，等傷口好了，才知道對不對？」

「不用那麼麻煩！」翩翩喊：「袁忠、秦媽，去廚房拿許多揉過的麵粉團來，我們去練武場，在麵粉團上射箭，看看射出來的痕跡是什麼樣子？」

皓禎和吟霜一怔，雪如和柏凱無奈，僕人、衛士、丫頭們卻個個露出好奇的神情。

為了要皓祥、翩翩心服口服，為了要結束袁家吵鬧不休的白狐傳言，於是，大家都去了練武場。皓祥立刻命令衛士、家僕布置一切，十個箭靶豎立在練武場的院子裡，箭靶上都貼著揉過的濕麵團。

皓祥及其他九名將軍府內的神箭手，個個拿著箭，箭尖塗上紅色的胭脂粉。

剎那間，包含皓祥的十名弓箭手，就一排箭射擊在麵粉團上。皓禎、吟霜、柏凱、雪如、翩翩和眾奴僕、衛士都在圍觀著。皓祥指揮⋯

「好了！大家行動快一點，去把那些麵粉團都拿下來！」

奴僕們把麵粉團拿來了，果然，十個白色麵團上，都有梅花箭留下紅色印子，看來都很近似梅花的輪廓。皓禎瞪著皓祥說：

「你的意思是要吟霜再度褪下衣服，給你一個個比對是嗎？如果都不對，你就再去射幾百個麵團，直到你射出滿意的圖形來，是嗎？」

「正是！」皓祥大聲說：「或者爹來射箭，那天的箭是爹射的，爹的力道可能比我和弓箭手的正確！不過，你還得伸手抓一把才行！」

「太荒唐了！」皓禎忍無可忍：「我不許！吟霜是我的妻子，她沒有必要一再褪下衣服，給你當試驗品來比對！」

「你不敢面對真相嗎？你怕這樣會現出她的狐狸尾巴嗎？」皓祥挑釁的問。

「皓祥，你太過分了！不止皓禎不許，我也不許！」柏凱也惱怒起來。

翩翩看著柏凱說道：

「老爺，這麼多家人、衛士圍著，您是一家之主，您要讓大家心服口服！如果大姊那個梅花烙的故事，都能讓人相信，這梅花箭的故事，難道不能成立嗎？如果不試，怎會知道真相？這個白吟霜到底是人是狐，總要弄清楚呀！」

吟霜生怕大家再鬧起來，嘆口氣，往眾人面前一站，背對眾人，拉開衣服。

「大家不要吵了，我站在這兒，要比對就快點比對吧！風很大呢！」

皓禎立刻上前，用一件披風遮著吟霜，只露出那朵梅花，鬱怒的說：

「要比對就快！一個個來！」

於是，麵粉團一個一個的送了上來，比對著吟霜的梅花烙，左也不對，右也不對。但是，皓祥不肯停止，不斷的命令弓箭手繼續射箭，一批又一批麵粉團送了過來，一次又一次的比對。皓禎的眼神越來越惱怒，雪如的眼神越來越心痛，柏凱的眼神越來越不耐。不知道比對了幾百次，忽然，皓祥發出一聲歡呼：

雪如上去看著，又急又氣的說：

「比對出來了！大家看，這個梅花箭的痕跡，不是跟這梅花烙差不多嗎？」

大家看過去，只見麵團上的梅花印記，和吟霜肩上的梅花印記，確實依稀彷彿。

「不要鬧了！這梅花烙的印記，過了這麼多年，總有一些變形，有點相像是可能的，但是，我肯定吟霜肩上是梅花烙！烙印是燙傷，是會凸出來的，箭傷是凹下去的！怎會一樣呢？只有輪廓有點像而已，都是袁家的梅花家徽呀！」

翩翩也上去看，言之鑿鑿、振振有詞的大叫：

「哈！大姊，妳不要再自圓其說了！這明明是梅花箭的箭傷，才不是梅花烙！」

眾人全部圍上去看，連僕人、衛士、丫頭、僕婦，都各有意見，議論紛紛。此時，吟霜不堪寒風吹襲，打了一個噴嚏。皓禎立刻把吟霜用披風遮得嚴嚴密密，惱怒的說：

「明明就不是箭傷！這箭有箭尖，梅花是花瓣，怎麼會差不多呢？」

「到此為止！」柏凱大吼：「我看就是梅花簪烙上的，它就是梅花烙！」

皓祥得理不饒人，大喊：

「吟霜就是白狐！梅花箭就是證據，哈哈哈！你們誰還能狡辯！」揮舞著手裡的梅花箭：「讓我告訴你們這是怎麼回事吧！大娘當初把女兒換成皓禎，那女兒不知道是不是死了？接著皓禎放了有箭傷的白狐，這白狐當然知道梅花烙的故事，就替代了吟霜的位置，幻化成白吟霜，一路混進將軍府！」

皓禎把吟霜一攬，悲憤的瞪著皓祥：

「原來，你還有編故事的能耐！如果吟霜是白狐，還會站在寒風裡給你比對嗎？早就把你變成箭靶和麵粉團了！」深吸口氣：「狐也好，人也好！吟霜就是吟霜！是我袁皓禎唯一的妻子！」

皓禎這番話說完，便帶著吟霜離開。皓祥仍然氣焰囂張，追在皓禎身後，忿恨的喊著：

「袁皓禎！你最好弄弄清楚！你到底姓什麼？」

這晚，吟霜因為在冬日寒風中的比對，終於受了風寒生病了。吟霜咳著，又是眼淚又是鼻涕的，鼻頭紅紅的，一臉狼狽的喝著藥。

皓禎走過去凝視她，帶著憐惜和落寞的說：

「跟妳認識以來，這是第一次看到妳受涼，原因居然是要用梅花箭比對妳是不是白狐！早知道，我就別去招惹那隻白狐！現在讓妳永遠洗不清這白狐的罪名！」

吟霜放下了藥碗，轉身抱住了皓禎的腰，因為一個站著，一個坐著，她的頭依偎在他的腰際。吟霜熱情奔放的說道：

「皓禎，不要受皓祥的影響！你已經當了爹娘二十一年的兒子，你就放開胸懷去愛他們吧！你姓什麼，有什麼重要呢？我是人是狐，又有什麼重要呢？最重要的，是我們擁有彼此，還擁有爹娘的愛！」

皓禎用手緊緊摟著吟霜的頭，嘆息的說：

「只有妳，能夠看出我的落寞！我以為我掩飾得很好！」低頭看著吟霜：「妳知道嗎？當他們拚命想證明妳是白狐的時候，我充滿不平，覺得他們在侮辱妳……我壓抑著，才沒有對皓祥打過去！」

「我知道！我知道！你那時握著我肩膀，手都在發抖！」

皓禎痛楚的一嘆：

「還有，當皓祥指著我問我姓什麼的時候，我真的有無地自容的感覺！」就低頭看著仰頭的吟霜：「妳認為……怎樣的父母，才會拋棄了我？」

「不要去想這問題。你小時候一定是玉雪可愛的娃娃，放棄了這麼優秀的你，肯定是走投無路的人，肯定是可憐人，肯定是無可奈何的人！但是，換個角度想……」她又咳了起來：「咳咳咳……」

皓禎趕緊拿起藥碗，坐到吟霜面前，接著吟霜的話說：

「但是……換個角度想，如果不是這樣，我們擁有的愛，就太普通，太平凡了！我們都遇到了兩對不是親生的父母，卻愛我們勝過親生！不是嗎？人生，得失之間，很難定論！」吹了吹藥：「現在，別說話，把這碗藥喝下去。跟妳談談，我心裡舒服多了。」

吟霜就用雙手，托住皓禎的雙手，一面吃藥，一面深情的看著他，嚥下一口藥，深刻的說道：

「我們都有身世之謎，我們也都經過了生死的考驗。我最近忽然有了全新的體驗，即使我站在寒風中，被皓祥用麵團一次一次的比對，我都沒有生氣！皓禎，如果你面對挫敗和沮喪的時候，**可以放空自己，可以放鬆自己，可以放縱自己，就是不要放棄自己！因為一旦放棄了，我們就無法重新站起來！**」

「好一個『可以放空自己，可以放鬆自己，可以放縱自己，就是不要放棄自己！』吟霜，妳不止是個神醫，妳還是個良師！」皓禎說著，深深深深的看著她：「所以，妳以後不會從三仙崖上跳下去，不會把整罐假死藥丸吞下去？」

「看情況！」吟霜笑了：「只要你和我同在！」

「所以，妳這幾句話，還是有條件的？」

「只有一個字的條件，『你』！」

說完，她就低下頭，專心的喝完那碗藥。皓禎把空藥碗拿開，放在桌上，蹲下身子，握著她的雙手，看著她說道：

「妳沒有大愛？只有小愛？」

「我是小女子，小愛足矣！你不同，你是大男人，大局為重！」

兩人對視，皓禎不能不折服在她深刻的眼光裡。這個小女子，是人？是狐？是神？是仙？

✿

吟霜和皓禎又在袁家受辱受難，寄南和靈兒完全不知道。這日，兩人漫步在長安城的街上。寄南東張西望，跟蹤著一個目標，走著走著，寄南突然停止腳步，拉住了靈兒說：

「喂！我問妳，咱們現在正走在哪裡？」

「你腦子糊塗了？這不就是長安大街嗎？」

「既然妳知道這是長安大街，那妳有沒有想起什麼事？」寄南笑著問。

「我們在長安大街幹過的事情那麼多，我怎麼知道你說哪一件事啊？」

「妳自己曾經以長安大街之名，跟我打過賭的事情，妳忘記了嗎？」寄南得意洋洋的說：

「是說如果看上本王爺，就要在長安城的大街上，打滾個三天三夜的？」

靈兒一怔，突然停下腳步，想起自己曾經的戲言，後悔極了。她轉頭避著寄南的臉，懊惱的想著：

「我這笨蛋！當時幹嘛打這種賭呀！三天三夜？本靈兒滾三圈都辦不到啊！」一咬牙，抵賴：「我有說……我看上你了嗎？」

寄南收住笑容，變臉說：

「嘿！妳這丫頭是怎麼回事啊！到現在還在跟我打馬虎眼，本王爺都認定妳了，妳還要賴！」

「你認定是你的事，我又沒有認定你！」靈兒狡辯，往前疾走。

「妳這混蛋，天天就會想法子惹我生氣！」寄南追來，拉住靈兒：「妳給我站住，我們現在就在長安大街上說個清楚！」情急大吼：「妳到底心裡有沒有我？」

寄南這一大吼，路上行人聽得清清楚楚，眾人驚訝的圍觀，大家看著寄南和靈兒兩個男人說話露骨，驚愕的指指點點。靈兒尷尬得無地自容，對寄南胸膛一拳搥去：

「你瘋了啊！在這大街上胡言亂語，真是丟臉死了，我的臉真被你丟光了！」順手撿起牆邊的掃帚就想打寄南：「我打死你這瘋子！」

寄南好身手，邊跑邊躲著靈兒揮舞的掃帚，喊著：

「住手！妳住手呀！我就說我倒楣嘛！看上妳這小冤家，人家是棒打薄情郎，妳這是棒打有情人，妳不心疼呀！」

「心疼個鬼，你再繼續到處胡說八道！我就棒打你這『鬥牛犬』！」

「妳這賴皮鬼，打賭輸了不打滾也就算了，居然故意聲東擊西亂打人！妳真是天下第一大無賴！」

「我就無賴！你能怎麼樣！」靈兒繼續追打。

靈兒和寄南兩人，就這樣在街上邊跑邊鬥嘴邊打架。寄南突然看到追蹤的目標，緊急抓住靈兒往牆角一躲……

「別動別動！我看到他了，那個我跟蹤的人！」

靈兒茫然的隨著寄南的眼光望去。只見對面街上，伍項麒和一個胡人打扮的商人，鬼鬼祟祟的坐上馬車。

「趕快！我們得弄兩匹馬！」寄南疾走了一段，才看路邊有個馬廄，就進去一陣交涉，帶了兩匹馬出來：「還好，我們長安馬廄多，連上朝都要騎馬！快！上馬追蹤去！」

靈兒和寄南上了馬，伍項麒的馬車早已不見蹤影。寄南看看四周，分析了一下狀況，說道：

「胡人都出沒在西市，我們向西邊追去！」

兩人便策馬往西市的方向走，果然，走了一段，就發現前面伍項麒的馬車。寄南對靈兒悄悄叮囑：「我們看看這個伍家人要幹什麼就好，千萬不要暴露身分，也別打架！重要重要！這個人的行蹤可能和一件大事有關！」

「知道了！」靈兒低聲回答：「別把我當成傻瓜行不行？這廝害我明白的！」

寄南和靈兒就騎著馬兒默默跟蹤著。兩方人馬保持著適當距離往前行。走著走著，伍項麒的馬車走進一座熱鬧的胡人市集裡，攤商都穿著西域服裝。伍項麒下馬車和胡人一起走進一間茶棧裡。寄南和靈兒遠遠牽著馬兒走在市集裡，一邊監視茶棧，一邊假裝逛攤商。靈兒疑惑的說：

「我們一路跟到城外，跑了十幾里路，姓伍的不會就是來找胡人買東西的吧？」

「沒那麼簡單，伍項麒要什麼東西，直接派人送到駙馬府就好，何須親自來這兒？」寄南眼觀八方，四處張望。

「那好吧！你盯著人，我看看這兒有什麼西域來的好東西，買回去送給吟霜。」

「妳就只會不務正業，一刻都不能閒著，去去去！」寄南轉眼緊盯著茶棧。

靈兒走到攤上東看西看，拿起一個花瓶把玩，才放下桌，突然桌上一排瓶瓶罐罐的陶器品，莫名其妙的打翻，碎了一地。攤商生氣抓著靈兒：

「你怎麼打翻了我的東西，這是從波斯國來的，很珍貴呀！你要賠我！賠我！」

「唉唉唉！你放手！放手！」靈兒拉扯：「不是我打翻的，我連碰都沒碰一下，人這麼多，你別想訛詐我！放手！」

寄南緊盯著茶棧，聽到靈兒和人爭吵，無奈搖頭趕到她身邊。他拉開抓靈兒的攤商，著急的說：「好啦！好啦！打翻了東西我們認賠，你說要賠多少？」

「不許賠！」靈兒堅持立場：「東西不是我打翻的！他們故意耍詐，這是市場上的老把戲了，專門騙老實人，我才不上當！這是他們的詐術！」

胡人攤商一串胡語開罵，更多胡人包圍了寄南和靈兒糾纏不清。

茶棧裡伍項麒和胡人走出，僕人牽來了一匹駿馬，伍項麒立刻蹬上馬背。寄南發現伍項麒要離開，急忙想脫身，卻被胡人抓住拉扯。寄南喊：

「讓開！讓開！別擋我路呀！」突然混亂人群中，有人對著寄南肚子一拳打去，寄南大怒：「唉！還真動手！你們真吃了熊膽，不給一點顏色，還以為本王是奼種了！」

寄南一腳踹去，就踢翻了整個攤子，再一拳打去，把那個冤靈兒的攤販打得飛了老遠。靈兒哪裡肯閒著，流星鎚舞得虎虎生風，到處揮打。

攤販們全部圍了過來，和寄南大打出手。靈兒

騎在馬上的伍項麒，得意的回頭看向寄南，冷笑：

「哈哈哈！想跟蹤我，門兒都沒有！」策馬揚著沙塵，飛奔遠去。

混戰中的寄南，一邊迎戰，一邊眼睜睜的看著伍項麒遠去，扼腕嘆氣。

❖

伍項麒擺脫了寄南的跟蹤。伍項麒卻直奔榮王府，對伍震榮急急問道：

「爹，聽說我們那張重要的『戰略圖』弄丟了？」

伍震榮生氣的說：「我們養了一群廢物，東西怎麼弄丟的也說不清楚，讓他們去搶回來，居然沒到手！那圖畫得隱晦，料想看到的人也不見得看懂！可是，前兩天，我們的武士居然回報我，那張圖被毀成碎片了！」

「這不是太好了嗎？不管圖是被偷了還是搶走了，都沒用了！」項麒說。

「好什麼好？連我都還沒弄清楚那戰略圖的戰術，計畫了兩年，才畫出這張圖，就莫名其妙的弄丟了！派了好幾組人馬，都沒追回來，現在告訴我弄丟了！」

「到底是誰把它毀了呢？毀了總比落到敵人手裡好吧？」

「據說是一個年紀輕輕面無表情的人！江湖上稱他『玉面郎君冷烈』！」

「難道就是那個暗器高手？」項麒大驚：「孩兒就是被他的如意珠打得全身洞，差點被他打死！他為什麼要幫我們毀掉那張圖呢？」

「問得好，本王也想問呢！」

伍震榮困惑的深思著。

82

灰頭土臉的寄南，在太子府的密室裡忿忿的述說：

「事情經過就是這樣，氣死我了！」看向靈兒：「都是妳！已經跟妳說了安分一點，妳還要去買東西，吟霜在將軍府什麼好東西沒見過，還要妳去買胡人的破銅爛鐵送給她？」

「你負責盯著人，人給跑了你還怪我？」靈兒搥著寄南。

僕人端來臉盆和帕子，青蘿接手端到寄南和靈兒面前。太子笑著說：

「你們兩個連洗臉的工夫都沒有，就這麼狼狽跑來太子府，快先洗把臉吧！」思索著：

「這伍項麒到胡人的部落，又和打鐵場會有什麼關連呢？」

青蘿疑惑的說：

「寄南王爺說的是城外二十里，鋸齒山山腳下的胡人部落？」

「正是！就是鋸齒山山腳下的賊窩，青蘿姑娘知道這個部落和伍項麒的關係嗎？」寄南

趕緊問道。

「以前駙馬爺每個月，總有幾天喬裝出城，有次押著我們幾個歌舞伎，去跳舞娛樂那些胡人，他們似乎在密商什麼，說著我們聽不懂的各種胡語，挺神祕的。」青蘿說。

「難道是把打鐵場的武器賣給西域的胡人？」太子分析著：「給胡人增加兵器有何企圖？難道要幫助胡人進攻本朝？」

「想想那張圖！說不定是榮王勾結胡人，想要奪取政權！」寄南說。

「沒錯！這個動機最合理。」太子說：「近來長安城的胡人越來越多，和百姓的糾紛也不少。但榮王的企圖，必須要有實質證據，才能強而有力的說服父皇處置榮王！我們必須一點一點的將他們謀反的線索往上追。」翻開京畿的大地圖，指著某點：「鋸齒山，也許真相就在這兒！」

「如果真相在那兒，等皓禎來的時候，一起討論，我們再行動！」寄南警告太子說：「記住『三人同心，無堅不摧』！那鋸齒山沒有腿，跑不掉的！」

「但太子怎能等？知道吟霜受了風寒生病，想那皓禎全心都在吟霜身上，不忍驚動他。思前想後按捺著性子，等了三天，就再也沉不住氣。

這天，太子一身武術勁裝，帶著鄧勇等二十多名衛士高手，喬裝來到鋸齒山的叢林找尋線索。鄧勇對太子說：

「這就是鋸齒山的山口了，到處樹林密布，山頭像鋸齒，一座連一座，看來非常凶險，您真的不要通知皓禎少將軍和寄南王爺嗎？」

「皓禎家裡還是不太平靜，寄南來了一定會反對，先讓他們緩緩吧！反正今天我們只是探探鋸齒山到底藏著什麼祕密，又不需要作戰，若有狀況，大夥兒就撤！」

「是！遵命！」鄧勇回答。

太子和衛士高手們，或跳或攀，或壓低身子穿越大樹林、小樹林、大叢林、小叢林，大岩石，小岩石……往前行進。當太子等人來到一處樹林間，突然地上埋伏著三、四張捕獸網，若干衛士同時被網子擒伏，高吊在樹上。太子緊急一喊：

「小心！有陷阱！」

太子一面說，一面聯合鄧勇和其他衛士，眼明手快，拔劍一躍，將網子一一斬斷，衛士全部翻身落地獲救。鄧勇看看網子說：

「這幫胡人在森林裡補猛獸嗎？還設下陷阱？」

「恐怕這陷阱是對人，不是對猛獸。大家要小心腳下，繼續前進！」太子說

太子和衛士們繼續前進，不久又一個個踩空，掉下地上插著銳利竹籤的地穴。太子踩空跌落，正要被銳利尖刺所傷之際，他用未出鞘的長劍，在尖刺中的地上一點，就借力騰空飛躍而起，跳出地穴，說道：

55

「利用你們的長劍點地支撐，地穴不深，用輕功跳出！千萬別被尖刺所傷！」

鄧勇和衛士們，也在千鈞一髮間飛躍而出，可惜仍有兩、三位衛士猝不及防受傷。太子振作士氣，說道：

「看來這山路非常凶險，傷兵暫時留在原地，其他人提高警覺，走！」

太子話才落定，遠處草叢間，躲著一個胡人吹起陶笛，奏出特殊的聲音。突然間，大量的毒蛇從草叢裡冒出，爬向太子等人。太子和眾衛士跳上樹幹，但毒蛇也追上樹。太子和衛士拔劍斬蛇，但越斬，陶笛聲越吹，毒蛇也越來越多。

太子斬不完毒蛇又無處可躲，洩氣的說：

「今天探敵失敗！我們撤！」

太子帶著衛士們，跳躍在樹叢間遠去。

❖

皓禎和寄南得知太子竟然隻身去探鋸齒山，兩人趕到太子府，進了密室，寄南對著太子就一拳打去。

「別打架，別打架！」皓禎說：「他去都去了，打他有何用？還是討論一下這座山比較要緊！」就問太子：「鋸齒山面積很大，佔地很廣，你從哪兒進去的？」

「跟你說過鋸齒山沒腿，你這有腿的太子，比鋸齒山還危險！」

「那兒有個登山入口，我們就從入口進去的！誰知遍地都是陷阱，這座山裡絕對藏著不可告人的祕密！」

「這山離開長安不過二十里，如果和那張圖有關的話，這伍震榮也太大膽了吧？」寄南說著，搖搖頭不敢相信。

「總之，再探鋸齒山，是一定要做的事！你們大家，還是照常過日子，免得打草驚蛇！過幾天，我帶著我的武士，會再去一趟！」

皓禎一巴掌拍在太子右肩上，又一拳打在太子肚子上，喊道：

「剛剛才阻止寄南打你，看樣子，你不打還不行！你還敢私下去闖鋸齒山？你知道你的身分是太子嗎？隻身進入險境，居然不通知我？你要氣死我？何況這鋸齒山以險峻著名，平常都沒人敢去，怎會有胡人在裡面呢？你一見情況不對就該退出！」

寄南見皓禎出手，就一巴掌打在太子左肩上。

「你不告訴我和皓禎，是不是認為我們兩個沒用？雖然皓禎現在和家人的情況還很緊繃，但是，我和裘兒可以幫忙呀！這是何等大事，你怎麼如此輕率？萬一你有個三長兩短，本朝除了你還有誰能當太子？」

「唉唉！寄南，你這說的是什麼話？跟靈兒處久了，把靈兒的口沒遮攔全部學會了！」皓禎就嚴重的看著太子……「啟望、我和寄南，要行動就一起行動！以後誰也不可以單獨涉

險！尤其是太子你！」

「好了好了！」太子掙開兩人喊：「幹嘛生這麼大的氣？知道你們都擔心我的安全，以後，絕對不單獨行動，行嗎？再探鋸齒山，也等你們都有空的時候！」看皓禎：「聽說你又被皓祥氣著了？還害吟霜受涼？」

「別提了！」皓禎一嘆：「跟鋸齒山的事比起來，實在是小事一樁！吟霜也看開了，都不會生氣了！」看著太子，深思說道：「套用吟霜的話，啟望，你可以探險，你可以冒險，你可以歷險，就是不能涉險！」

「瘋了，你們這些人，寄南說話變靈兒，皓禎說話變吟霜……好吧！你們說，下次什麼時候去再探鋸齒山？我等你們兩個就是！」

「回去安排一下，馬上給你回音！我那小廝，一定鬧著要跟隨！」寄南說。

「吟霜也會鬧著隨行，就怕我們受傷，她那神醫技術，還真有用！」皓禎說。

「那你們就趕快回去，找靈兒的找靈兒！找吟霜的找吟霜！本太子是沒什麼耐心的，反正每次都履險如夷，也不怕千難萬險，山高水險，我就想以身試險，管他是不是鋌而走險！」

「舉一反三！這個厲害！」

皓禎和寄南驚看太子。皓禎納悶的說：

「威脅力十足！這個厲害！」寄南說：「皓禎！我們趕緊回將軍府，看看吟霜和靈兒在幹嘛？」

❖

畫梅軒的臥室裡，吟霜笑著讓靈兒站在房間正中，說道：

「靈兒，看到寄南總是追著個小廝跑，我實在看不下去了。昨天，娘又給我送了好幾套新衣服來，我要把妳打扮一下，讓妳恢復女兒身，打扮得美美的去讓寄南驚豔一下！」

靈兒頓時興奮起來。

「好呀！在這畫梅軒，我什麼顧忌都沒有！好久沒穿漂亮的女兒裝了，趕快給我看看那些衣服！挑一件最漂亮的，還要美美的塗點胭脂，梳個頭才好！簪環髮飾都要！」

吟霜就打開抽屜，拿出一堆漂亮的衣裳來。

靈兒看得眼睛都亮了。吟霜再拿出簪環首飾來，靈兒的眼珠子都快掉出來了。

「哇！」靈兒喊著：「女兒裝！女兒裝！還我女兒裝！」

當寄南和皓禎趕回畫梅軒的時候，雙雙被攔在大廳裡。香綺說，吟霜和靈兒有要事在談，讓兩位爺們先喝茶聊天，少安勿躁，談完她們自然會出來。

寄南拿著茶杯，喝著茶說道：

「她們兩個關著門講悄悄話，裘兒一定在說我壞話，她就會欺負我……」

「我怎麼覺得是你在欺負她呢？哪有一天到晚打人家腦袋、罵人家笨的？」皓禎說。

「她就常常說些莫名其妙的話，跟我抬槓上癮了，還對漢陽還有點三心兩意的，氣死我！」寄南瞪大眼說。

皓禎想到漢陽，心中仍然痛了一下，驚愕的問：

「漢陽？不會吧？」

正說著，房門一開。吟霜喊著：

「裘靈兒駕到！兩位看清楚了！」

吟霜扶著千嬌百媚的靈兒走出來。只見靈兒穿著一件粉紅色繡花的正式服裝，梳著漂亮的髮髻，簪著精緻脫俗的髮簪，除去了男裝的膚色，還原為原來的白皙，臉上塗著淡淡的胭脂，唇上塗了淡淡的唇紅，眉毛恢復了原來的柳眉，靈動的眼神，帶著淺淺的笑，真是「美目盼兮，巧笑倩兮」，整個人豔光四射。

寄南一眼看到漂亮妝容的靈兒，驚訝的頓時滑落了茶杯，打灑了一身水。

在門口偷看的小樂和香綺，笑得闔不攏嘴。香綺對小樂低語：

「這個寶王爺就有個毛病，一遇到靈兒姑娘的事，茶杯就握不牢！以前在常媽那兒就是這樣！」

寄南目瞪口呆的看著靈兒，嚥著口水。靈兒走到他面前，轉了個圈子，用原來的女兒聲

音，故意嬌滴滴的說道：

「寶王爺，袞兒恢復本來面目，你還習慣嗎？」

寄南目不轉睛的瞪著她：

「本王爺真慶幸妳在宰相府都是男裝，要不然，肯定會被漢陽搶走了！看到妳這樣子，我才覺得我寶寄南三生有幸！」就大喜的衝上前去抱住她：「妳還是女裝漂亮！」

靈兒一推，就從他懷抱裡閃身而出。

「跟你的『三生』有什麼關係？我不過是沒辦法，當了你臨時的小廝而已！」

寄南抓起一個卷軸，就想打靈兒：

「妳換了女裝，就不是我的小廝了？」

靈兒對著他甜笑，他這卷軸就舉在空中，再也捨不得打下去。皓禎和吟霜相視而笑。

「我覺得，靈兒應該恢復女兒身了。你看她現在這樣子，說不定以前見過她的人，都不會記得她。」

「是嗎？」皓禎仔細看：「真的，被妳這樣一打扮，她像個千金大小姐。以前，她是個雜技班的小妞，實在差很多！」忽然想起，對寄南喊道：「寄南，我們不是一直說，要進宮去謝蘭馨的嗎？趁太子又有行動以前，把這事辦了吧！袞兒！趕快換回妳的小廝服裝，跟我們一起去！」

「換回小廝服裝？」靈兒一瞪眼：「我不要！難得漂亮一次，馬上就要我變醜，我不要！」

「不可以，我就穿這一身去！」

「不可以！」皓禎、寄南、吟霜都喊。

靈兒嫣然一笑，懇求的說：

如果進宮，我就穿這一身去！

「寄南對皇宮那麼熟悉，我們就跟著寄南從後花園進去，不會碰到熟人的！何況，這次進宮謝蘭馨，不是要和蘭馨真心相對嗎？讓她知道我是個女的，也是一種坦白！這樣，她對那個總是和她打架的裳兒，就不會再生氣了！裳兒我……不……是靈兒我，現在對那個公主，已經心服口服了！」

「不可以！妳還是當小廝，我比較放心！」寄南說。

「本靈兒姑娘，今天就要用『姑娘本色』去見那位公主！」靈兒堅決的說。

「咱們帶一件男裝的披風，萬一碰到熟人，尤其是敵人，就把靈兒用披風給披上，戴上帽子，寄南遮掩著她溜走。」吟霜建議。

「就這麼辦！坦白面對公主，靈兒這句話說到了重點！是我們和蘭馨交心的時候了！」

皓禎點頭了。

❀

皓禎等人進宮謝公主的時候，太子也到了宮裡，兩路人馬都不知道彼此進了宮。

太子是在御書房裡，把那面尚方御牌，從桌面推到皇上面前。

「父皇！啟望特地來歸還這面尚方御牌，謝謝父皇那天借這御牌給兒臣救下皓禎！兒臣對父皇的特赦，沒齒難忘！」

皇上握起御牌，審視著，看著太子寵愛的一笑：

「應該是朕要謝謝你吧！一直記得你提醒朕的那句話，皓禎腦袋一掉，多少英雄會揭竿而起？真是一言敲醒夢中人！不過，以後再也不可以用生命威脅朕，朕雖然是皇帝，對自己的子女，也是捨不得的！不要以為前朝多少父子爭大位而彼此傷害，就把朕想成那種人！」

「兒臣知錯了！當時已經快到午時，實在心急，就口不擇言！」太子趕緊說道。

「你和寄南、皓禎三個的兄弟情誼，是你這一生用不盡的寶藏，你一定要好好珍惜！」

皇上一嘆：「朕身邊，就缺這種兄弟！」

「以前的四王就是這樣的兄弟！現在，父皇身邊還有我們三個，為了父皇，我們個個可以拚命！父皇，你絕不會孤獨，只是，要小心惡虎和豺狼！」

皇上落寞一笑，把御牌還給太子：

「這御牌，你就留在身邊吧！萬一朕又想錯殺誰，你還可以挽救！對於貪官污吏，也大有用！」

「父皇要送我一面尚方御牌？孩兒不敢收啊！」太子驚喜。

皇上走近太子，指著御牌說道：

「這御牌也有兩種，這面是正式御牌，右下角刻著一個『御』字，另外還有兩面御牌，是朕送給愛妃當信物的！一面右下角刻著個『鳳』字，是給皇后的！其實，真正有力量的，只有刻『御』字的！沒有『御』字，只是紀念品而已！」

太子驚喜接過御牌。

「所以，這有作用的御牌，父皇給了孩兒？那⋯⋯大臣們能夠分辨兩種不同的御牌嗎？」

「這就是朕擔心的問題⋯⋯」難過的⋯⋯「寶妃的御牌，跟她一起殉葬，皇后的御牌⋯⋯一日拿出來，只怕大臣不察⋯⋯」

眼前閃過皇后拿出御牌威脅他的畫面⋯⋯「還在她手上⋯⋯」「不要隨便拿出御牌，多用就不稀奇了！這真正的御牌，一共只有三面，這面給了你，朕保留一面，還有一面，在朕最信任的一位重臣手中！」

皺皺眉頭，帶著隱憂，拍拍太子的肩。

「孩兒能知道那位重臣是誰嗎？」太子好奇的問。

「將來你會知道的，現在時機未到！」皇上說，叮囑道：「好好保護這御牌！」

「是！兒臣謝父皇恩典！定不會辜負父皇，讓這面御牌蒙羞！」太子感動至深的說道，到底在誰手裡呢？重臣？不會是伍震榮吧？想到這兒，有點不寒而慄。隨後一想，如果伍震榮手中有御牌，可以先斬後奏，恐怕皓禎、寄南的人頭早心裡卻有點擔憂，那第三面御牌，

64

就落地了，還需要他三番兩次的行刺設局嗎？這樣一想，又豁然開朗。在這朝廷上，還有一位皇上最信任的人，這是好消息呢！

❖

太子在御書房的時候，寄南帶著皓禎、吟霜、靈兒來到蘭馨的寢宮。

蘭馨驚奇的看著皓禎等人：

「你們前幾天不是才進宮謝過父皇？怎麼今天又來了？」

「公主，皓禎和吟霜，覺得謝謝皇上以外，最該謝謝的一個人，是公主！以前我們有許多衝突和誤會，造成太多傷害！我們再來一次，讓公主更深入的知道，妳挽救的是怎樣一個人！」皓禎誠摯的說道。

「看來大家都有很多話想說，那麼大家就請坐吧，不要拘束了！」蘭馨大方的說。

靈兒一身女裝，遮遮掩掩的跟在寄南身後。蘭馨猝然從桌上拿起她的鞭子，就一鞭子抽向靈兒，怒喊：

「你們夾帶了一個鬼鬼祟祟的姑娘進門，是要幹什麼？」

寄南一躍，伸手一撈，立刻抓住了鞭子喊道：

「蘭馨！妳看看仔細，這是裘兒！也是靈兒！」

靈兒就笑著上前對蘭馨請安，俏皮的說道：

「裘靈兒叩見蘭馨公主，公主金安銀安萬萬安！」

「裘兒？」蘭馨大驚，仔細一看：「妳不是寄南的小廝嗎？原來妳不是小廝，是個姑娘？」

為什麼一直扮成小廝呢？」

「那故事就長了，都是伍項魁那混帳東西，要搶她去當小老婆，她被我們救出來以後，生怕被認出來，只好男扮女裝，掩人耳目！」寄南說。

「皓禎說，我們今天來見公主，都要用最坦白真實的態度，所以我也冒險用本來面目進宮謝公主！」靈兒說。

「哦！」蘭馨不禁釋懷，看看皓禎，又看看吟霜。

吟霜就排開眾人，對蘭馨跪下了，真摯的說道：

「公主，我知道這段日子來，我們每個人都經歷了各種衝擊，有些傷痕也可能成為我們終身無法抹滅的痛，但可貴的是公主有一顆寬恕的心，寬恕了我們無心之過！讓我們有機會活著跟公主道謝！救下皓禎，我必須給您磕頭！」

吟霜感恩的磕下頭去。蘭馨看著吟霜，不勝感慨，拉起了她。

「過去那個我，也曾經糊塗瘋狂過，做了許多自己都不相信的事，現在才如夢初醒。寬恕實際也等於是放過自己，救了袁家一家，也等於是給我自己一條生路。你們都不用再記掛這件事情了！何況救皓禎，太子的功勞比我大！」

皓禎注視蘭馨，突然說道：

「如果公主方便的話，我是不是可以和公主單獨的談一談？」看寄南：「你們先去御花園等我吧！」

於是，吟霜、寄南、靈兒退出了蘭馨的寢宮。三人走在御花園裡，寄南四面看著，把那件男性披風披在靈兒身上，說：

「帽子戴起來，把妳漂亮的小臉蛋給遮住！」

「幹嘛？這兒都是宮女，又沒人注意我們，你讓我美美的不可以嗎？」靈兒說。

吟霜也四面看看：

「寄南不要太緊張，萬一碰到皇上或是皇后，我們就大大方方的請安，坦白的說是進宮看公主就好了！」

「吟霜，妳別那麼善良天真，碰到皇上還好，萬一碰到皇后……」寄南低語：「她不把妳撕碎了才怪！在她心裡，妳還是那個害蘭馨失去駙馬的狐狸精，懂不懂？」

「那麼，有沒有什麼地方，讓我們可以躲一躲的呢？」吟霜有點怯場了。

寄南拉著靈兒，說道：

「跟我來！那邊有一堆假山，我們去假山後面避一避吧！」

三人就向假山的方向，低調的走去。

皓禎留在蘭馨那兒，深深的看著蘭馨。從口袋裡掏出一張寫著字的信箋來，說道：

「很多心裡的話，都不知道如何說出口！在我們的婚姻裡，幾乎都是衝突和仇恨，尤其我，做了許多不可原諒的事！再也想不到，最後救我一命的居然是妳和太子！謝謝兩個字，實在太渺小，怎能代表我對妳的心情？」

皓禎就把手裡的信箋遞給蘭馨。蘭馨驚愕的接過來，打開一看。信箋上面是用九宮格的方式，寫著滿信箋的九個「心」字。

「還記得妳曾經送我一樣禮物，是『一點一點又一點，輕舟一葉水平流』！我還給妳的，卻是撕碎的半顆心！現在回想，我實在太無情了！但是，那時，我真的給不起妳完整的心！現在，這兒有九顆完整的心，是我們袁家每人一顆，送給妳的！其中還包括了魯超、小樂和香綺的！」

蘭馨握著那張信箋看著，眼裡蒙上一層淡淡的霧氣，微笑的問：

「沒有秦媽的嗎？我看這樣吧！把翩翩和皓祥那兩顆拿掉，本公主相信他們兩個並不感激我，加上秦媽和袁忠，九顆真正愛你的心，不是愛我的心！」就珍惜的收起信箋：「總之，我收了！」凝視他：「好一份大禮！」

「現在還會做惡夢嗎？還會害怕嗎？」皓禎真正關心的問道：「身體是不是全好了？心裡

68

是不是完全舒坦了？」

蘭馨愣了愣，坦率的回答：

「我想還需要一段恢復時期，可是，我已經不恨你了！也終於明白，你一直想讓我明白的事。你是我從來沒有見過的那種男人，那麼死心眼只認一個女人！走到現在，我對這樣堅持的你，也有點佩服！」

「我有預感，妳也會遇到一個和我一樣『死心眼』的男人！」皓禎說：「或者那男人早就出現在妳生命裡，卻被妳忽略了！」他想起漢陽，如果漢陽真是他的哥哥，命運是故意在捉弄他們兄弟兩個嗎？

蘭馨尋思著，眼前也飄過漢陽和她四目相對的情形，一笑說道：

「是嗎？我等等看吧！」再凝視皓禎：「我也明白了，娶我，你是為了護國大業！你現在欠我更多了，你欠我救你的這條命，你就用這條命，好好報答社稷和百姓吧！」

「遵命！公主！」皓禎誠摯的說道。

兩人眼神深深相對，瞭解和欣賞都在彼此眼底。此時此刻，以前的傷痛和折磨，都化為雲煙，飄然而去。剩下的，是最純粹的友誼和像家人的親情。好險！皓禎想著，總算他保持了蘭馨的玉潔冰清，讓她可以擁有一份完整美好的未來！

❖

吟霜、靈兒、寄南穿梭在假山叢中，一面等待皓禎，一面聊著。吟霜關心的問：

「寄南，你和靈兒的事，你爹娘知道嗎？」

「不知道，還沒跟他們說過。」寄南搖頭。

「你是個王爺，靈兒只是個跑江湖賣藝的姑娘，你爹和你娘會不會嫌棄靈兒？你有沒有考慮過這問題？」吟霜再問。

「我爹娘對我早就放棄了！反正我拈花惹草，聲名狼藉不說，然後又有斷袖之癖，行為不檢，還被送到宰相府去管訓，他們覺得太丟人，恨死我了。我上次回家一趟，他們叫我和爹娘那麼看不起我，要你跟我一刀兩斷，你這個王爺有什麼了不起？你家我也不想進去……」

「哦！這麼嚴重！」靈兒聽了，頓時翻臉：「所以，你那金窩銀窩，只是一個勢力窩！你裘兒一刀兩斷，否則就別回家！」

「喂喂，人家爹娘不滿意的是裘兒！」吟霜啼笑皆非的說。

「我就是裘兒呀！」靈兒大聲說。

寄南對著靈兒的頭敲了一下說：

「妳是裘靈兒！不是裘兒，扮假小子扮得自己都糊塗了！穿了女裝還說是裘兒，妳是我要帶回家去炫耀的裘靈兒！」

三人嘰嘰喳喳中，完全沒有注意到，伍項魁正悄悄而來，聽著三人的談話。聽到裘靈兒

三字，臉色大變。猛然間，伍項魁出現在三人面前，大叫：

「裘靈兒在哪裡？」

三人大驚，寄南一把就把靈兒拉到身後。靈兒急忙用帽子遮住臉，退向假山中間。寄南怒喊：

「伍項魁，這是皇宮，你少在這兒撒野！」

「又是你這個芝麻綠豆王！」項魁瞪著寄南，眼光搜尋著吟霜和靈兒，對吟霜大喊：

「還有妳這隻白狐，居然在皇宮出現了！」指著靈兒的背影喊：「那個人！妳給本官站住！」

轉過頭來讓本官看看！」

寄南一看情況不妙，一招「日正當中」出手，一拳就對項魁打去。項魁猛不防，鼻子上挨了一拳，大喊：

「來人呀！來人呀！趕緊把這個瘋狂的寶寄南抓起來！」

項魁的衛士立刻圍了過來，和寄南大打出手。項魁就繞過去找靈兒，靈兒穿著披風戴著帽子，在假山石中兜圈子，項魁也在假山石中兜圈子，突然間，兩人一個面對面。靈兒叫了一聲，閃電般揮出一拳，轉身就跑出假山。項魁又挨了一拳，大怒，追上靈兒，抓住靈兒的披風，就用力一掀。披風連帶帽子，拋散在空中，同時，靈兒一個轉身，漂亮的面孔和轉身的身影有如粉蝶翻飛。

正在打架的寄南驀然回頭，看到如此美麗的靈兒，竟然呆住了。衛士抓住機會，就對寄南上中下三路，一陣猛攻，寄南被打得好慘。忽然，太子出現，一見這種局面，飛身過來，一把拉出寄南，接著出手，把衛士們打得七零八落。太子大喝：

「本太子在此，還不退下！怎可打靖威王？你們都不要命了？幸好我在宮裡，親眼看到你們的囂張惡行！」

寄南看到太子，捧捧被打得發暈的頭，說道：

「啟望，趕緊抓住那個蛤蟆王，幫吟霜的父親報仇！幫囚禁靈兒報仇！還有那什麼山，中了陷阱的兄弟報仇！」

「裘靈兒？妳果然就是那個把本官耍得團團轉的裘靈兒？妳不是死了嗎？不是丟到亂葬崗了嗎？」

項魁兀自瞪眼望著靈兒，驚呼…

「靈兒！接招！」

太子飛竄過去，對著項魁的鼻子，一招「推窗望月」，又是一拳，同時發掌一推。把項魁打到靈兒面前，太子喊…

「靈兒！接招！」

靈兒對著項魁大喊：

「是啊！我是裘靈兒，我現在還魂了！要向你討命！」

靈兒一面說，再對項魁打了過去，項魁又被打到寄南面前。太子大喊：

「寄南！接招！有冤報冤，有仇報仇！」

寄南立刻出招，「皓月當空」，一拳過去，正中項魁的鼻子，同時運掌一送，把項魁再打到太子面前：

「太子！這混帳東西交給你！還要為青蘿報仇！」

太子再度「推窗望月」，又一拳，把項魁打給靈兒：

「裘兒，這蛤蟆王是妳的了！」

靈兒掏出流星鎚，對著項魁一陣揮舞。項魁躲進了衛士群中，鼻子鮮血直流、眼中金星直冒，被打得慘兮兮，這才恍然大悟：

「裘兒？原來妳就是裘兒！難怪本官每次看妳就特別眼熟，妳這狡猾的賤人居然沒死？」突然大喊：「來人啊！抓刺客！有奸細！

抬眼看向吟霜：「是會法術的白狐救了妳是吧？」

「抓白狐！捉妖怪呀！」

宮中羽林軍和高手通通圍攻過來。太子大喊：

「羽林軍！誰敢亂動？把那個伍項魁抓起來！宮裡的妖怪就是他！」

羽林軍一見太子，全部後退，趕緊行禮。

「太子金安！太子威武！」

「還有我靖威王在此！什麼人敢妖魔鬼怪的亂喊？」寄南厲聲說道。

項魁跳到一塊假山上，大喊：

「這個靖威王是假的！這些人都是妖怪，這個靈兒丟到亂葬崗還會活過來，那個白吟霜更是法力強大的妖狐！這寶寄南大概也是妖狐變的，都是假的，快拿下……」

就在這時，只見皓禎飛身過來，跳到假山上，一招「風捲殘雲」，橫腿一掃，就把項魁掃了到假山下。皓禎大喊：

「我衰皓禎在此，羽林軍通給我退下！」

「豈止少將軍！太子也在此！羽林軍弄清楚敵人是誰？」太子大喊。

「豈止太子，我靖威王也在此！」寄南大喊：「羽林軍還不行禮？」

羽林軍急忙住手後退，面對太子等三人，個個行軍禮，齊聲喊道：

「太子威武！靖威王威武！少將軍威武！」

項魁爬起身子，暴跳如雷，更是大喊：

「假的！假的！都是假的！你們不是人，是妖怪，是刺客！大家趕快把他們抓起來！刺客！刺客……妖怪！妖怪……」

這樣一喊，更多的羽林軍聞聲而來，七嘴八舌大喊著：

「刺客在哪兒？妖怪在哪兒……」

83

當御花園鬧成一團時，皇后正在密室中幽會伍震榮。她板著臉生悶氣，坐在躺椅上，偏著頭不看伍震榮。伍震榮脫去外衣，就主動去擁抱皇后，低聲下氣，甜言蜜語：

「好了嘛！這麼多天了還生下官的氣？那天我是氣瘋了，口無遮攔，這不是來向妳請罪了嗎？別生氣了！」

皇后推開伍震榮，煩惱的說：

「叫你來，不是要聽你油嘴滑舌的！自從斬首皓禎失敗，本宮越來越覺得，皇上好像對本宮已經不再寵愛了，以前他跟我都不敢大聲點的，現在常常擺出皇帝架子，幾句話就封了本宮的口！」

伍震榮一怔，著急的說：

「如果妳收不了皇上的心，咱們更要提早動作！事不疑遲，上次，皇上對本王不是也說

75

了重話嗎？萬一皇上……」

伍震榮話沒說完，御花園傳來此起彼落的呼喊聲…

「抓刺客！抓刺客！抓妖怪……」

「啊！有刺客？怎麼會有刺客？」皇后驚愕說。

「抓妖怪？」伍震榮更驚：「怎麼像是我兒子的聲音？」

兩人慌張的跳起身子，伍震榮急忙整冠穿衣服。

在御花園裡，眾羽林軍不敢行動。但是，項魁的衛士卻追著寄南、皓禎打，只是不敢打太子。寄南、皓禎護著吟霜，和衛士纏鬥，拳影掌風，肘撞臂架，旋身飛踢，腳勾腿拌，攻防之間，滴水不漏，打得不可開交。衛士們被劈倒、踹倒了一大片！吟霜忍不住喊：

「我不是白狐！不是妖怪！更不是刺客，你們快停手！」

「住手！住手！這不是寄南和皓禎嗎？你們在幹嘛？」

被驚動的伍震榮和皇后趕到，見狀大驚。皇后怒喊道：

大家見皇后出現，都住手不打了。羽林軍慌忙行禮後退。皇后氣沖沖對皓禎說：

「原來是被特赦的、休掉的駙馬，你帶著你的狐狸精又到宮裡來作亂了嗎？」

皓禎一股正氣的看著皇后說：

「皇后娘娘！皓禎帶吟霜進宮，是來向蘭馨公主道謝的！我們小輩並沒有因為種種風波

而彼此仇恨，大家化敵為友，看在蘭馨公主的病體完全康復份上，請皇后對我們也多多包涵吧！」

「殿下！爹！」項魁趕緊告狀：「那個竇寄南的小廝裘兒，根本就是個女的，她就是我的小老婆，當初大鬧爹的壽誕，被丟到亂葬崗的裘靈兒！」

「什麼你的小老婆？」寄南一怒，吼道：「就是被你搶去，又被你軟禁，最後還差點被你殺死的裘靈兒！」

伍震榮看到吟霜，又看到靈兒，不由分說就幫著自己兒子，大喊：

「皇后娘娘，別聽這些人胡說八道，他們造成的災難還不多嗎？明明都是妖怪！」大吼：「羽林軍上！通通拿下！」

「什麼妖怪？」太子大吼一聲：「本太子可以證明，他們絕對不是妖怪！本朝的妖怪很多，還等著他們來收拾呢！」

這樣的大吵大鬧，皇上也驚動了，在衛士的簇擁下來到御花園，迷糊的問道：

「什麼事情鬧哄哄的？誰在喊妖怪刺客？這大白天的，怎會有妖怪呢？」忽然看到皇后和伍震榮，一愣：「原來榮王進宮了？皇后也在這兒？」

眾人急忙對皇上行禮如儀，羽林軍全部行禮後退。皓禎趕緊稟道：

「陛下，寄南和微臣特地進宮謝公主，在御花園遇到伍大人，見面就動手，還大喊妖

怪！吟霜被誤會是妖狐的事，早就澄清了！」

「父皇！」太子也氣沖沖說道：「兒臣從父皇書房出來，就看到伍項魁帶著羽林軍正在追殺靖威王，還被封的靖威王？還口口聲聲亂喊妖怪！」

「誰敢動朕封的靖威王？」皇上震怒。

「陛下，別被他們騙了！」項魁喊道。

項魁衝上前去拉住靈兒的手腕，寄南大怒，打掉項魁的手，把靈兒護在身後。

「陛下！」寄南急喊：「伍項魁仗著榮王撐腰，一再強搶良家婦女，連本王的女人，他也要搶！在這皇宮裡面，當著陛下和皇后，都敢如此囂張！」就把靈兒拉出來：「靈兒！別怕！見過皇上、皇后！」

靈兒就出來，嬌俏靈動、儀態萬千的對皇上和皇后行禮如儀，說道：

「民女裘靈兒叩見皇上、皇后！願皇上上萬歲、萬萬歲！皇后千歲、千千歲！」

皇上不禁深深的打量靈兒，又看向寄南。

「寄南你這小子，眼光不錯嘛！」

「別被她的女裝騙住了，她就是賣寄南的小廝裘兒！」項魁急喊。

伍震榮這才恍然，眼光不錯，又急喊：

「陛下！請下令趕緊把這二妖怪通通抓起來！這個裘兒忽男忽女，死了還會活過來，不

是妖怪是什麼？那個白吟霜，到處作法……」

「大家都住口！什麼妖怪、妖狐？朕要破除迷信，在皇宮裡，不要胡說八道！」皇上困惑著：「寄南的小廝，原來是個姑娘？就是這個姑娘？讓朕弄弄清楚……」

皇后護著伍震榮，又對皓禎等人恨極，突然厲聲說道：

「皇上！等您弄清楚，不知要多久，臣妾可以作證，皓禎和寄南的這兩個女人，全是妖怪！」就對眾羽林軍命令道：「羽林軍快上去！把那兩個妖女先抓起來再說！」

眾羽林軍已經昏頭轉向，不知道該聽誰的，又一擁而上。吟霜急喊：

「陛下！蘭馨公主都知道我是人不是狐，我娘也說清楚了我的身世！靈兒和我，都曾經在東市被伍項魁挾持，是皓禎和寄南救了我們，這才有了我們兩對的姻緣……」

伍震榮急喊：

「住口！這兒沒有妳這個妖女說話的餘地！下官現在就奉皇后殿下懿旨，殺了這兩個妖女！」從衛士身上拔劍出手，帶著人手就衝向吟霜和靈兒。

太子衝出，也搶了衛士的劍，一招「遮風避雨」，橫劍一攔，緊接著「仙人指路」，手腕一旋，長劍一絞，劍身由橫變直，劍尖直指伍震榮，大聲喝道：

「公然在皇宮行凶！父皇，小心惡虎豺狼！」

「誰敢碰吟霜！」皓禎也拔劍在手。

「誰敢碰靈兒！」寄南同時喊。

羽林軍對著皓禎和靈兒衝去，皓禎、寄南和羽林軍對峙。皇上急忙喊道：

「住手！朕還沒弄清楚，怎麼誰都可以對羽林軍下令？」

正鬧得不可開交，忽然一聲嬌叱，蘭馨持劍直衝而來，聲音清脆有力的大喊道：

「羽林軍！看清楚了！父皇，您也看清楚了！這皇宮確實有妖怪！白天有，夜裡也有！

偷雞摸狗，翻雲覆雨……讓蘭馨來為父皇除害！千萬別誤殺了忠臣……」

蘭馨一邊喊著，一招「皓月當空」，雙眼怒瞪伍震榮，持劍手臂手腕，與劍身成一直

線，迅如閃電，劍尖直奔伍震榮左胸而去。伍震榮大駭，連退數步，一旋身，險險的躲過了

這一劍。皇后變色，皇上急喊：

「蘭馨！蘭馨！快住手！那刀劍不長眼睛，別傷了榮王！」

伍震榮也急喊，對著蘭馨抱拳行禮：

「公主！公主息怒！不抓妖怪了！這兒沒妖怪，沒妖怪！都是誤會一場！」

皇后嚇得臉孔都發青了，趕緊去拉住蘭馨，跟著伍震榮喊：

「誤會！誤會！都是誤會！羽林軍退下去！」

忙碌的羽林軍又急忙退後。

蘭馨左手背劍，就上前，右手拉著靈兒的手，帶到皇上面前，說道：

「父皇！這是裘靈兒，父皇不需要知道她的來龍去脈，只要下個命令，讓這個伍項魁，離開她三條街以外，不得靠近！因為伍項魁看到漂亮女人就要搶，害得人家一直女扮男裝！」

太子很有默契的接口：

「不止害得靈兒要女扮男裝，還害得靖威王背著『斷袖之癖』的罪名，有苦說不出！明明是個姑娘，只能扮成小廝，還差點被父皇送給吐蕃王子了！」

皇上看看伍項魁，又看看寄南，再看看靈兒，頓時恍然大悟，就大聲命令道：

「朕就依了蘭馨公主！反正皓禎他們，和蘭馨已經化敵為友了！」看著伍項魁，命令道：「以後你再也不得靠近這個女子！這是聖旨！違旨就把你當妖怪抓起來！關你到老死！」

對寄南寵愛的眨眨眼：「原來你沒有斷袖之癖！小廝是個姑娘，甚好甚好，朕也放心了！」

臉色一正，對各路人馬大聲喝道：「好了！全體回去！吵得朕頭昏腦脹！」

蘭馨悄悄對著皓禎等人嫣然一笑。皇后、伍震榮、項魁都氣得臉色發青。

皓禎等人趕緊對皇上拱手行禮，帶著意外之喜，急忙散去。

❖

五人從宮內出來。太子感動欣喜的解釋：

「進宮來送還尚方御牌，居然撞到這樣一場好戲！」看寄南：「父皇跟你眨眼睛，還說你好眼光，顯然是通過了靈兒，可喜可賀！」

皓禎對著靈兒就做了個恭喜的手式，說道：

「恭喜！恭喜！大美女，妳從此可以用真面目面對天下，裘兒可以消失了！而且，那個伍項魁和伍震榮，都再也不敢碰妳了！現在想想，娶了蘭馨還是件好事……」摟著吟霜：

「只是苦了我的吟霜，用肉刷子換來的啊！」

「那些都過去了！」吟霜笑著看靈兒：「妳現在沒辦法賴了，寄南在皇上皇后面前，左一個『我的女人』，右一個『我的女人』，妳現在只能承認是寄南的女人了！從『小廝』變成『女人』，算是『身分已定』了吧？」

「寄南真福氣，有了這個裘靈兒，是小廝也有了！女人也有了！」太子笑著打趣。

靈兒瞪大眼睛，開始亂打寄南：

「誰叫你說『我的女人』，我什麼時候變成你的女人？三媒六聘全沒有，我爹也沒同意，你把我當成什麼？你在風月場所認識的那些女人嗎？」

「這是大街上！妳穿得像女人，怎麼動作還像男人？」寄南急呼，閃躲著靈兒的拳頭：

「當時，我不說妳是我的女人說什麼？反正我已經認定妳是我的女人……」瞪著她：「妳知道多少女人聽到我這句話，會開心得滿地打滾？」

「又不是貓啊狗啊！還滿地打滾？」靈兒嘟著嘴說。

「妳就欠我滾個三天三夜，現在，就在太子、皓禎和吟霜面前，完成那個打賭吧！我也

捨不得妳滾三天三夜，滾三圈就可以了！」

「我就不承認是你的女人，怎麼樣？除非⋯⋯」

「除非什麼？」寄南急忙湊過去問。

「你在這長安大街上滾三圈！」靈兒笑著刁難。

「對對對！」太子起鬨：「要滾，還是寄南滾比較合適！難得靈兒今天穿得這麼漂亮，怎能滾得一身灰！」

「滾就滾！我滾過了妳再賴，我就把妳扛回家去！」

寄南說著就要躺地，皓禎一把就拉住了他，笑著說：

寄南一呆，然後脫下外衣，往皓禎懷裡一丟，就作勢要躺到地上去，灑脫的說：

「靖威王，注意一下你這王爺的形象！為了深愛的女子，我們男人雖然什麼都可以不顧，但這男兒本色，還是要把持住，怎能像小狗一樣滿地打滾呢？」

靈兒和吟霜竊笑著。吟霜忽然想到什麼，說道：

「現在，你們兩個可以去宰相府，面對宰相和夫人，還有漢陽，表明真實身分，擺脫『斷袖病』了！」

「是啊！」寄南大喜：「不用再被管束了，只是⋯⋯」有所顧忌的：「這宰相府很麻煩的，他們知道真相以後，會不會又有其他的想法⋯⋯」就拉著太子說道：「你陪我們去一趟

宰相府吧！那宰相看到太子，總會禮讓三分！」

「我很想去，但是，我必須回太子府。我答應了太子妃回家吃晚膳，我那佩兒還在等我呢！」太子笑著說。

寄南就拉著皓禎說道。

「好呀！」吟霜欣喜的說：「你們兩個現在沒事，陪我們走一趟吧！」

「好呀！」吟霜欣喜的說：「我正想看看漢陽、宰相和夫人的反應如何！一定是一場好戲，就陪你們走這一趟！」

皓禎卻臉色一變，心口被什麼東西重重的撞擊了，喃喃說道：

「陪你們去見宰相、夫人和漢陽？」

他無法說出口，現在，他最害怕見到的，就是這三個人，尤其是宰相夫人！經過監牢認子，經過法場追囚車，他不知道該如何面對采文？那是他的親娘嗎？那宰相府裡的三個人，都是他的至親嗎？他猶豫著，心情複雜混亂，還在矛盾掙扎中，已經被寄南拉扯著，走向了宰相府。

❖

宰相府的院子裡，采文和漢陽邊走邊談著。采文戰戰兢兢的問：

「所以，皓禎算是完全沒事了？蘭馨也真心原諒他了？會不會哪天皇上不高興，又要摘了他的腦袋呢？」

「皇上又不是暴君，怎麼會動不動摘人家的腦袋？可是，皇后就不一定了！」

「那要怎麼辦？皓禎和皇后的結，解得開嗎？」采文急急問。

漢陽還沒回答，迎面，看到皓禎等四人走進院子。寄南興奮的喊：

「夫人！漢陽！我帶了一個人來見你們！」

采文一見到皓禎，臉色頓時變得蒼白，心中猛的一抽，又是慌亂，又是驚喜，又是痛楚……簡直不知心魂何在？漢陽的眼光卻落到靈兒身上，一時失神了。他回過神來，趕緊招呼皓禎和吟霜，回頭對采文說道：

「娘！皓禎和吟霜，妳在將軍府都見過的，今天到咱們家，算是稀客！」

皓禎注視了采文一眼，生硬的行禮：

「夫人，我們送寄南和靈兒回來。」

「宰相夫人，我和皓禎不是客，今天的稀客，應該是靈兒吧。」吟霜落落大方的說。

寄南就把靈兒拉到采文和漢陽面前。寄南說：

「讓我鄭重的介紹，裘靈兒！也就是裘兒，我們私下都喊她靈兒！」

靈兒見采文呆住，漢陽若有所思，就轉了一圈，這一圈，翩然瀟灑、儀態萬千，展示著自信和美麗，轉得兩人目不轉睛。她接著對兩人請安：

「夫人、漢陽大人！對不起，這麼久的日子，都讓你們誤會了！今天才是我的真面目，

我是女兒身，為了避難才喬裝成小廝的！」

漢陽打量著靈兒，再看看寄南，眼光又調回靈兒身上：

「哦！原來是這樣！欺君大罪會砍頭，不知道欺宰相大罪該當如何？」認真的想著…「這本朝律法，只要宰相生氣，小民也是逃不掉！至於本官的助手，還沒正式上任的姑娘！現在，看靈兒姑娘如此標致，本官也就馬馬虎虎，用了就是！不管妳是裘兒還是靈兒，從今天起，就跟著本官辦案吧！」

寄南臉色大變。

「什麼？漢陽你這腦筋有沒有問題，姑娘家怎麼幫你辦案？這助手一事，恐怕也要從長計議！」

「幹嘛從長計議？我就覺得很好！以後我就用本來面目，幫漢陽大人辦案！」靈兒笑著對漢陽說：「你看，我可男可女，隨時為漢陽大人易容喬裝，辦案一定勝任！」

吟霜笑著，對寄南說：

「你放心吧！靈兒當了那麼久的小廝，扮男人已經得心應手，女人是本來面目，不用喬裝，天生麗質！將來啊，她說不定會變成女神捕！」

大家談得熱絡，采文卻失神的，眼光一直在皓禎臉上打轉，對靈兒的身分轉變似乎沒有太注意。皓禎也神不守舍、心亂如麻，拚命避開采文的注視。漢陽覺得采文有點奇怪，推了

86

采文一下，說道：

「娘，妳被靈兒的女裝嚇住了嗎？她是個姑娘，妳居然沒看出來？」

采文突然被問，驚醒般的看了靈兒一眼，就匆忙的說道：

「皓禎！吟霜！你們留下來用晚膳，我這就去準備！」

皓禎這才急忙說道：

「夫人不要忙，我和吟霜馬上要告辭！」

采文一急，眼淚都快要飆出來，哀懇的看著皓禎：

「不不不！一定要留下，請你們留下！跟世廷共用晚膳……難得看到你們，請你們留下……我這就去準備！」

采文說著，生怕皓禎回絕，匆匆就往廚房方向走去。采文眼中含淚、心中悽然，腳步踉蹌，沒注意台階，一腳踏空，就跌落下去。皓禎的眼光追著采文，一見她要跌倒，閃電般飛躍過來，一把扶住了她。采文抬頭，癡癡的看著皓禎，滿眼淚水與哀懇。皓禎面對采文這樣的眼神，眼眶也紅了，臉上卻依舊維持著冷漠。

兩人瞬間交換的眼神，一個心碎祈諒的母親，一個痛苦逃避的兒子。

皓禎背著眾人，對采文低聲警告的說：

「妳的那個故事，永遠不要說出來！」

采文背對著眾人，眼淚滾落，順從的說：

「是！」

❖

這晚，大家都聚在宰相府宴客廳，享受著夫人特別安排的菜色。宴客廳裡放著一張張餐桌桌椅，很正式的一人一桌。皓禎世廷等人都坐在各自的餐桌前，采文顯得神不守舍。世廷冷峻的列席，冷眼的看著眾人，嘴裡埋怨的說著：

「真沒想到裘兒居然是女兒身，你們怎麼能隱瞞本官這麼久呢？」不可思議的：「而且你們……你們還同床共枕？這……這簡直比『斷袖』還荒唐！」

寄南賠笑臉，說道：

「宰相大人，若不瞞著你，我們能混到今天嗎？大人也不要再對我們吹鬍子瞪眼啦！」

看著靈兒：「靈兒快！咱倆小輩向大人敬酒，賠個禮！」

「是是是！」靈兒趕緊舉杯：「不過，本姑娘從來沒有和寶王爺『同床共枕』過！我睡床榻，他睡地舖，就這樣將就了這麼久！雖然靈兒出身江湖，閨女的本分還是明白的！請宰相不要誤會！」

「是嗎？你面對佳人，還能坐懷不亂？這麼說……靈兒還是清清白白未嫁之身？」看靈

漢陽不禁好奇，深深看靈兒一眼，再看寄南說：

88

兒：「本官對妳更加佩服了！」

寄南緊張，對漢陽說道：

「你別佩服她，壞毛病一大堆，是絕對不能惹的姑娘！」轉向世廷說道：「現在真相大白，往後還請大人多多關照！」

「關照什麼？」世廷疑惑的問：「既然你們沒有斷袖之癖，宰相府也不再需要管束你們了，你們應該各回各處去吧？」

采文眼光圍繞著皓禎轉，心中祈求著世廷多看皓禎幾眼，多跟皓禎講幾句話，聽到世廷一直在談寄南和靈兒，忍不住啞聲說：

「唉！大人！皓禎死裡逃生，和吟霜難得來我們家作客，在餐桌上大家和和氣氣吃個飯，不要再追究靈兒是男是女的問題了！」

「因為靈兒的爹遠遊未歸，如果大人不介意的話，就讓靈兒回到我們將軍府吧！」吟霜趕緊建議。皓禎點頭，積極的說：「靈兒一向和吟霜有如親姊妹，現在她的身分再住在宰相府，實在有欠妥當，還是由我們將軍府來照顧她吧！」

「其實也不用那麼麻煩，靈兒既然是我的助手，我們宰相府還照顧得起，就讓靈兒繼續住在我們宰相府。至於寄南，就回你的王府去吧！睡地舖這麼久辛苦了！」漢陽一直欣賞的看著靈兒。

寄南看漢陽那副「驚艷」的樣子，衝口而出的說：

「你們都不用為靈兒的事情煩惱了，靈兒已經是我的人了，她自然和我回到靖威王府，大家就不要再討論了！」舉著酒杯：「喝酒！喝酒！」

「誰要和你回靖威王府？」靈兒瞪了寄南一眼：「人家夫人都說了我是未出嫁的姑娘，我怎麼能上你家去？何況你爹娘也不見得接受我啊！我才不去！不去！」

就在這時，僕人送來一盅盅雞湯，采文立即忘形的起身，來到皓禎身邊，從僕人手中接過雞湯，親自遞上雞湯給皓禎。她壓抑心中的忐忑，戰戰兢兢的捧著湯，對皓禎卑微祈諒的說道：「皓禎，這是我們宰相府廚娘最拿手的一品雞湯，你快嚐嚐！」真情流露的說：「這陣子你受了不少苦，該補補身體！」

采文這樣一個突兀的舉動，驚得皓禎跳起身子。

「夫人！您請坐，皓禎不敢當！」

皓禎這樣直跳起來，又驚得采文手一顫，皓禎的手就撞上了采文的手。這一撞立即打翻了雞湯，滾燙的雞湯潑灑到采文和皓禎兩人手上。皓禎甩著手，慘叫：

「唉呀！好燙！好燙！」緊張的看采文：「夫人，您是不是也燙著了？」狼狽的後退，求救的喊：「吟霜！趕快幫夫人看看！」

吟霜立刻起身，去抓著采文的手察看，再去抓起皓禎的手察看，著急的說道：

「夫人還好，皓禎比較嚴重！」

采文驚慌，痛楚的看著皓禎……

「對不起！對不起！我太不小心了！」急出眼淚……「燙到哪兒了？嚴重到什麼程度？」

就要去抓皓禎的手察看。

皓禎急忙閃開，躲著采文喊：

「沒關係！沒關係！夫人您請坐……」

漢陽驚愕著，對僕人大喊：

「來人！快拿燙傷藥來！快！」

「不不不，水在哪裡？」吟霜喊：「皓禎和夫人都必須趕緊泡冷水！」

整個宴會廳，都被這突如其來的事撼動了，僕人、丫頭跑來跑去，提井水的提井水，端水盆的端水盆，拿藥罐的拿藥罐。漢陽驚奇的看著采文如此失態，是他從來沒有看過的。世廷的眼光更加陰冷，對皓禎、吟霜這兩個不速之客，引起的騷亂，困惑不解而鬱怒著。寄南、靈兒睜大眼睛，顯然靈兒的女兒身，不敵皓禎這稀客的魅力，兩人都驚愕而迷糊著。

❖

晚膳過後，皓禎、吟霜、寄南、靈兒都告辭了。對方世廷來說，總算擺脫了寄南和靈兒這兩個頭痛人物。但是，采文竟把這餐晚膳，弄得一塌糊塗，實在讓世廷生氣。回到房間，

他立刻對采文怒沖沖大聲說道：「妳是怎麼了？會突然留皓禎夫妻在這兒用晚膳，居然親自幫皓禎上湯，搞得烏煙瘴氣！妳難道不知道那個袁皓禎是榮王的死對頭嗎？那吟霜是人是狐都弄不清楚，這袁家雖然逃掉了死罪活罪，畢竟和我們家是對立的，妳不明白嗎？」

采文哀懇的看著他，怯怯的說道：「你仔細看看皓禎，他能文能武，一表人材！吟霜長得那麼端莊清秀，怎麼會是狐呢？他們絕對不是壞人，你應該仔細看看他們……」

世廷抓住采文的胳臂，警告的說：「收起妳婦人之仁的心情！妳給我聽著，我們宰相家，和他們將軍府，是各走各的路！妳千萬別糊塗，現在總算擺脫了寄南這個大包袱，可以給皇上一個交待！妳別再親近袁家，給我們招來不需要的麻煩！」

采文看著燙傷的手指，輕聲說道：「漢陽……也挺喜歡皓禎的！他們年紀差不多，都走得很近，讓漢陽多一個……兄弟不好嗎？」

世廷沉重看著采文，大聲說：「不好！這皓禎根本不是袁柏凱的兒子，從哪兒來的都不知道！皇后恨死了他們，我們要跟他們保持距離！保持最遠的距離！聽到了嗎？」

采文悄悄轉開頭去，眼淚奪眶而出。便縱有，千般無奈、萬縷痛悔，更與何人說？心碎是什麼感覺，她在二十一年前讓牙婆抱走嬰兒時，就已經知道了！那是椎心刺骨的痛，足足痛到今天！但是，聽到世廷嚴厲命令她，跟皓禎保持最遠的距離時，她再次心碎了！椎心刺骨的滋味，她也再次嚐到了。

84

皓禎、吟霜、靈兒、寄南四人，從宰相府回來，倒是個個快樂的，皓禎身經百戰，手上那點小燙傷，根本沒有什麼要緊。能夠走出宰相府，不再面對緊張失態的采文，讓他鬆了口氣。靈兒還在賣弄她的女兒裝，寄南歡喜的看著她，眼光離不開她。吟霜和皓禎、寄南商量了一下，立刻帶著靈兒到大廳，面對袁家眾人。皓禎說道：

「爹娘！今天是靈兒『大亮相』的日子，在宮裡，已經用她的真面目見過了皇上、皇后和蘭馨，還和伍家父子對質，接著去了宰相府，解除了『斷袖病』的冤獄，現在，要回到將軍府，見袁家的各位！」

寄南就拉著女裝的靈兒上前：

「伯父、伯母，讓我再介紹一次！裘靈兒！」

靈兒笑嘻嘻對著柏凱夫婦行禮，用原來的女兒聲音說道：

「將軍夫人！」吟霜把她的新衣服借給我穿，讓我恢復了本來面目！我不是裘兒了，我是靈兒了！」

柏凱驚愕著，一時還繞不過來…

「不是裘兒，是靈兒，這是什麼意思？」

「男裝時，他是寄南的小廝裘兒！女裝時，她是我的好姊妹靈兒！」吟霜笑著說。

「原來如此！」雪如恍然大悟的說…「我一直就覺得不對，這裘兒實在漂亮，怎麼看都像姑娘！原來真的是姑娘！」

皓祥一步上前，仔細一看，驚喊…

「裘靈兒？」

「裘靈兒？難道是伍項魁的裘靈兒？大鬧榮王府的裘靈兒？刺客裘靈兒？丟到亂葬崗的裘靈兒？」

「對！」寄南對皓祥，有力的說…「就是那個鼎鼎大名的裘靈兒！今天，皇上已經下旨，命令那伍項魁不得接近靈兒半步，否則關進大牢！請你也尊重一下靈兒，她不是伍項魁的裘靈兒，她是我寶寄南的靈兒！」

翩翩驚愕至極，喊道…

「老爺！自從吟霜進門，我們家真是開葷了，各種怪事都有！死的可以變活的，男的可以變女的！下次，大概就輪到吟霜變成狐狸什麼的，來見袁家人了！」

皓禎變色，對翩翩正色的說：

「二娘！請留一點口德！」

「你要怎樣？」皓祥立刻怒喊：「箭傷都證明了，狐狸就是狐狸！搞不好這個靈兒也是隻狐狸，所以才是吟霜的姊妹！現在狐狸姊妹在一起了，有本領就用法術，從我身上變出蠍子蟒蛇來看看！」

柏凱衝上前來，抓住皓祥的雙肩，一陣搖晃，痛喊道：

「皓祥！你是我親生的兒子，到了今天，我不求你出類拔萃，只希望你有一顆善良的心，證明你是我的兒子！別再用攻擊皓禎和吟霜來凸顯自己，做個頂天立地的大男人吧！」

翩翩上去想拉開柏凱的手，叫道：

「放手放！你又要打皓祥嗎？」

「我不打他，打他會把他打醒嗎？」柏凱頹然放手、痛心疾首：「何況家裡有客！」就看向皓禎、吟霜說道：「皓禎，好好安排寄南和靈兒吧！」

皓禎一拉吟霜的手，對寄南和靈兒使了個眼色說：

「我們去畫梅軒！」

四人行禮退下，只見秦媽、袁忠和眾丫頭、僕人，都對靈兒充滿好奇和友善的議論著。

秦媽笑著說道：

「靈兒姑娘，這樣打扮好，比當小廝漂亮多了，歡迎歡迎！」

靈兒得意的昂首闊步，還像小廝般走路。吟霜拉了她一把，她才醒悟過來，趕緊收斂，嬪嬪婷婷、搖曳生姿的走著，這「搖曳生姿」又走得太誇張了，變得像在跳水袖舞。寄南看著她，又是好笑，又是歡喜。

四人到了畫梅軒大廳。寄南想到皓禎，有氣的說：

「這個皓禎實在讓人生氣……」對皓禎問道：「會不會他才是抱來的兒子，你是親生的？我看來看去，有伯父那種氣概的，是你不是皓祥！」

「別談這個話題了，談談你們吧！」皓祥逃避的轉開話題。

吟霜拿著藥膏，幫皓祥上燙傷藥，一面說道：

「寄南，從現在開始，請把靈兒當個姑娘家看待，該男女有別的，還是要保持距離的好！有人家姑娘端莊賢淑的樣子嗎？」寄南瞪著靈兒。

「要我把她當姑娘家，那也得她要像個姑娘呀？你看她那個坐相，

「我就把她當姑娘家，正在把頭飾一個個卸下。寄南抓到把柄，又叫…

「你們看！你們看！連個頭飾都戴不住！嘖嘖嘖！她是個姑娘家嗎？」

「是啦！」靈兒氣得跳腳…「我就不像姑娘家怎麼樣！那你還到處跟人說我是你的女人，

靈兒戴了整天頭飾，

「不要動手動腳，也別敲她腦袋！」

我分辯也不是，不分辯也不是！當了一天女人，就這件事最嘔！」

「好了！你們別吵了，天色不早，寄南你也該回家去了吧！」

寄南有點遲疑。皓禎拍拍他的肩說：

「靈兒在我們將軍府，總比在宰相府，有漢陽那位翩翩公子的威脅好吧？你放心的回去，多為靈兒的名節著想！」

「好啦！好啦！」寄南無奈的說：「反正你們說的都對！」瞪向靈兒交待：「妳在這兒規矩點啊！不要給皓禎、吟霜添麻煩，懂嗎？」

「你管好自己吧！快滾！」靈兒對他比著拳頭。吟霜喊著：

「香綺、小樂，快去打掃客房，好讓靈兒安心的住下來！」

「我送寄南出去！」皓禎說。

皓禎就陪著寄南，走到將軍府門口，誰知寄南不出門，卻突然停住腳步，熱情的搭著皓禎肩膀說：

「皓禎！我倆從小就是最好最好的兄弟是吧？」

皓禎撥開寄南的手：

「少來了！你又想打什麼主意？想灌我迷湯？這招對我沒用！」

「哎呀！」寄南賴皮的說：「誰灌你迷湯了，我倆本來就是好兄弟！兄弟有難你不幫忙？」

「你會有什麼難呀？你的難會有我多嗎？」

寄南嘻皮笑臉：「好啦！好啦！你的難我比不上，不過，你有難的時候，我可是赴湯蹈火，萬死不辭！言歸正傳，你讓我今晚住在將軍府！」

「啊？」皓禎一怔：「你想住在我家？」無法置信的笑起來：「原來，你已經離不開靈兒？你已經喜歡她到這地步？」

「你少廢話，幫幫我行嗎？」寄南說：「我不求什麼大廂房，就讓我去和小樂、魯超擠一擠都行！靈兒那傻子，沒有我守著，肯定又會出問題，你就收留收留我吧！」

「你真讓我大開眼界！堂堂一個瀟灑靖威王，居然甘心卑微到這地步？」皓禎搖頭笑，隨即感慨的看著寄南，臉色一正：「說實話，你現在不該要求我收留你！而是該回家去面對你的爹娘，坦白告訴他們你和靈兒的感情！靈兒今天有句話說得最對！」

「靈兒還有句話說得最對？哪一句話？」寄南驚訝。

「你不能到處跟人說，靈兒是『你的女人』，如果你真喜歡靈兒，像我喜歡吟霜一樣，你應該對人說，靈兒是『你的妻子』！靖威王爺，你有這樣的決心嗎？」

寄南愣住了，有如當頭棒喝。他想了想，就重重的拍了拍皓禎的肩。

「兄弟，你是對的！不能委屈了靈兒，我這就回家去面對我的爹娘！」

寄南劍及履及、說做就做，也不管是深更半夜的，就直衝到爹娘的住處，寄南的爹，是寶妃的哥哥，早就被皇上封為「欽王」，也是「親王」的諧音。總之是因為姻親的關係封王，並沒有功勳建樹，所以這個「欽王」為人平和，與世無爭，過著自己的小日子。他膝下有五個兒子，寄南是最小的，也是唯一封王的，更是一匹脫韁野馬，完全無法控制。好在他成年後就有了自己的王府，並沒有和欽王爺一起住。這夜，他突然回到欽王府，把爹娘兩人從床上叫醒，確實嚇了老王爺和夫人一大跳。

在大廳內，欽王和夫人，聽了半天，還是一知半解。欽王爺大致明白了，就啪的一聲，拍桌起立，大驚的瞪著寄南：

「你半夜三更把我和你娘吵醒，告訴我們，你要娶你的斷袖小廝當老婆？你你你⋯⋯你知不知道你是個王爺，是皇上、皇上寵愛的寶寄南！怎麼可以胡來？」

「她不是小廝，我說了半天，你們還是不懂！她是靈兒，不是裘兒，她是個姑娘，我根本沒有斷袖病，這些日子在宰相府，她都是女扮男裝跟著我⋯⋯」

「女扮男裝跟著你，總之就是每天跟著你！」夫人打斷：「你不用說了，家世沒家世，人品沒人品，亂七八糟，不男不女，你居然要娶她當王妃？不可以！」

「家世沒家世是真的，人品可是一等一，就算大家閨秀也沒她好！」寄南著急的說：

「跟我在宰相府住在同一間廂房裡，從來都不讓我碰⋯⋯」

「那你碰過她沒有呢？」欽王爺問。

「當然在峭壁那山洞裡是碰過的啦，那是生死關頭……」寄南說也說不清。

「那麼，她還是讓你碰過了！」夫人打斷，大罵：「你就是不規不矩，是不是把人家肚子搞大了，被人家爹娘脅迫著你要娶她？」

「什麼話！我們連肌膚之親都沒有，肚子怎麼大？她娘已經死了，她爹不在長安，怎麼脅迫我？連她自己都沒給我一句承諾，要不要嫁我她還在考慮呢！如果我連你們這關都過不了，她肯定會被別人搶走的！」寄南喊著說。

「別說了！這事只有兩個字，免談：你的婚事，要皇上作主！」欽王厲聲說。

「對！皇上作主，要門當戶對，不是名門千金，也是王公貴族！」夫人堅決。

寄南再也控制不了，跳起身子，揮著袖子，就對爹娘堅定的說道：

「爹娘！我娶靈兒已經娶定了，什麼門當戶對，媒妁之言對我都沒用！你們答應，我娶她！你們不答應，我還是娶她！反正我放浪形骸已經出名，從來沒有按你們的要求做過事！你們如果不接受靈兒，就是不接受我！那麼，寄南告辭！從此和爹娘永別了！」寄南說完，轉身就走。

欽王大驚失色，急喊：

「什麼永別了？來人呀！把房門攔住，別讓他跑了！」

眾僕人睡眼惺忪，急忙攔住門。夫人就氣極敗壞的喊道：

「回來！回來！誰許你告辭？不過是想成親嘛！大家好商量，怎麼連『永別了』都說出來？」

背對著父母想走的寄南，臉上露出勝利的笑意。

「不過，這個婚事還是要得到皇上的允許！皇上作主！」欽王爺加了一句。

背對著父母的寄南，笑意消失，眉頭皺了起來。皇上肯讓他娶靈兒嗎？又是沒譜的事。

不過，父母這關總算過了！原來婚姻大事，也得過五關斬六將！怪不得以前皓禎的婚事，鬧得那麼不可開交！暫時，這婚事只好壓著吧，走一步算一步！

❖

對皓禎、寄南等人來說，公事和私事，總是同時進行的。這天，太子把皓禎和寄南都召進了府裡，還包括了漢陽。大家聚集在那間密室裡，圍著一張方矮桌，桌上攤著一張白紙。皓禎和漢陽都拿著筆，青蘿在幫忙磨墨。太子說：

「現在，你們這兩個『過目不忘』就趕快把那張『戰略圖』畫出來！讓我看看和鋸齒山能不能連在一塊兒？」

皓禎看了漢陽一眼。

「我記得，那是一張長安地圖，和一張洛陽地圖！」

「但是圖上沒有任何文字，只在重要地方，畫上圓圈，來！我先畫城市外圍！這兒，長

漢陽畫圖，皓禛看著。

「我來畫圓圈！」皓禛一邊畫，一邊說：「這圓圈指的是城市中最大的目標！這兒，長

安城裡的皇宮！」

「慢慢來！」

「哎呀，還是我的錯？」寄南不服氣的說：「好！我不催不催！你們兩個『過目不忘

在也不必如此費事來還原地圖了！」

「這是很重要的事，別催他們！」太子說：「如果你那天不忽然心血來潮呼喚木鳶，現

「你們畫快一點，這樣慢吞吞，要畫到明天早上都畫不完！」寄南催促。

「漢陽，我們乾脆一人負責一個城好不安？我來畫長安，你來畫洛陽。」皓禛說。

「好好好，畫完再檢查有沒有遺漏！」漢陽欣然同意。

「我再去拿幾張紙來，萬一畫壞了，還可以撕掉重畫。」青蘿說，轉身出門去。

寄南見青蘿出門，就用胳臂碰碰太子問：

「這青蘿你收房了嗎？」

「沒有呀。她在府裡，一直只是一個丫頭。」太子說。

「你也太君子了吧？」寄南取笑。

「不是我君子，是她堅持當丫頭！這樣也好，太子妃不會囉嗦我納孺子什麼的，因為就連太子妃，也只看中青蘿一個呢！」太子說。

「將來，我們會有一個最乾淨的後宮！」寄南說：「只是這開枝散葉，會成問題！你早晚要收孺子的！」

「我已經有了佩兒，你們三個才奇怪，沒老婆的沒老婆，沒孩子的沒孩子，如果都像你們一樣，將來我們會成為『耆老王朝』！」

「別在我傷口灑鹽！」皓禎說：「圖畫不好，就怪你口不擇言！」太子說。

「是是是！」太子看著寄南：「寄南，我們沒有過目不忘的本事，就把嘴巴暫時閉起來吧！言多必失！」

青蘿進門，拿了好多紙張來。皓禎和漢陽開始專心的埋頭畫畫，片刻以後，兩人的兩張圖都已畫好。皓禎說：

「長安城來了！」

「洛陽城好了！」漢陽說。

太子等人圍著兩張圖看，臉色都嚴肅起來。皓禎問：

「難道他們想同時攻佔洛陽和長安？」

「應該不可能！」太子說：「父皇其實對伍震榮並不放心，早就架空了他的軍權，真正

有軍權的是袁大將軍！不過，仗著皇后的勢力，羽林軍幾乎都在榮王手裡。但羽林軍不是戰鬥部隊，以保護皇宮為主。伍震榮真要篡位，是拿性命開玩笑，我認為中央十六衛都不可能！如果同時動洛陽，更加是癡人說夢！」

漢陽仔細分析兩張圖：

「這兩張圖，可以斷定是『戰略圖』，一張虛，一張實。虛的是洛陽，實的是長安。攻城那天，會兩邊同時發動，但是主力一定在長安。而且，就在這個圓圈上！」用筆勾出一個圓：「皇宮！」

「那麼，這些虛線是什麼？」太子問。

「虛線是他們進攻的路線，東西南北四個城門，東邊為主！」皓禎說。

「那這些實線是什麼？他們真的想攻打長安城？佔領皇宮？」寄南問。

「這實線代表的是什麼？我還分析不出來！」漢陽說：「但是，他們計畫攻打長安，絕對沒錯！不過，這圖好像還沒完成，所以，我想不會是立刻的行動！我們還來得及應變！」

太子眼光深邃的看向西南邊，說道：

「那鋸齒山，就在長安西南邊！」

漢陽眼睛一亮，忽然回憶的說道：

「這鋸齒山，十年前我和幾個兄弟們去探險過。它位於終南山、首陽山之間，因為山峰

104

眾多，如鋸齒之齒，所以叫做鋸齒山。記得山勢曲折陡峻、地形險阻、道路崎嶇。那時完全是個荒山，現在不知是什麼樣子？好像有許多山谷，還有一片葫蘆形的腹地，谷中有山澗，飲水不成問題。假若這鋸齒山成為伍震榮的戰略基地之一，長安城的安全問題就大了！」

大家一聽，個個都神情緊張嚴肅起來，看著漢陽發怔。

❖

漢陽忙得很，沒時間再追究鋸齒山，就被皇后召進宮。

蘭馨回宮已經有段日子了。自從問斬皓禎失敗，蘭馨又休了駙馬回宮，皇后心裡就非常不踏實。這蘭馨，一直是她又愛又恨的人。總之，嫁給皓禎是一著錯棋，現在蘭馨沒有駙馬了，等於恢復了待嫁的身分。皇后想來想去，不能再讓蘭馨留在宮裡，萬一她又去皇上耳邊說什麼悄悄話，她這皇后的地位也岌岌可危。無論如何，皇上就是皇上！有他至高無上的權力。

這天，莫尚宮喊著：

「皇后娘娘駕到！」皇后就徐步踏進蘭馨房門。

蘭馨正眼也不瞧皇后，冷峻的說：

「本公主很清楚母后來也不會有什麼好事，就說重點吧！」

「妳能不能改改妳這麼傲慢狂妄的態度，怎麼說本宮也是妳母親，想方設法的也是希望妳過得好，不要不知好歹，淨對妳自己的母后放冷箭！」

「哼！」蘭馨冷笑：「母后這意思是來警告我，不能破壞妳和那個狗東西的好事？」咄

咄逼人的：「那就請母后自個兒關門要鎖緊一點，衣服穿多一點！」

皇后簡直氣炸了，身體顫抖著，握緊拳頭恨不得賞蘭馨一巴掌。她隱忍著說：

「妳呀！永遠只會箭靶向著自己人！算了！誰讓本宮生了一個伶牙俐齒的刁女。我跟妳

父皇談過了，妳跟皓禎既然已經結束，那麼回到原點，妳總還是要成親的。就照本宮一開始

的意見，將妳賜婚給漢陽如何？」

蘭馨一怔，想想原因，又怒火攻心。

「果然！又想在我身上打如意算盤！母后覺得現在和女兒來談這種事情，時機對嗎？本

公主不像母后那麼怕寂寞，必須趕快再找個男人不成！」

皇后強勢的說：

「現在已經容不得妳再繼續放肆撒潑了，妳和皓禎的婚姻搞得皇宮人仰馬翻！這回本宮

說了算，該怎麼著，就怎麼著！莫尚宮，速召方漢陽進宮！」

蘭馨一怔，急問：

「把漢陽找來做什麼？我的婚姻誰都不能說了算，母后就這麼害怕女兒還會再給皇宮丟

臉是嗎？」大吼：「好！如果是擔心這個，那本公主終身不嫁，不再丟父皇和母后的臉，總

行了吧！」

此時莫尚宮已經將漢陽帶進門。蘭馨便氣沖沖的走向漢陽，皇后氣極了喊：

「蘭馨！回來！本宮話還沒有說完，妳要去哪兒！」

蘭馨毫不理會皇后，逕自迎向剛踏進門的漢陽。她抓著漢陽的手，豪邁的說道：

「你跟我走！」

漢陽一頭霧水，禮貌的看了皇后一眼，身不由己的跟著蘭馨而去。

蘭馨帶著漢陽，到了皇宮馬廄，衛士牽來蘭馨的馬，蘭馨對漢陽說道：

「選一匹馬，我們去草原曠野，好好的策馬狂奔如何？」

「漢陽遵命！」漢陽說，準確的選了一匹好馬，對蘭馨說道：「這次，漢陽沒說下官了！」

蘭馨噗哧一笑，說道：

「遵命兩個字，也可以改一改！上馬吧！」

漢陽剛剛上馬，蘭馨已經一拉馬韁，馬兒疾馳出去。漢陽趕緊策馬跟上。好在長安的世家弟子，騎馬是基本訓練，漢陽的騎術不錯，立即追上了蘭馨，但他不敢超越蘭馨，保持著小小的距離，兩人便在草原上恣情的策馬奔跑。蘭馨回頭喊著：

「你武功不會，騎馬技術也不行！為什麼跟在我後面？」

「漢陽被刺激，馬韁一拉，策馬狂奔起來，不服氣的說：

「誰說我馬術不行！我只是讓著妳！駕！」

漢陽快速的奔向蘭馨，接著兩人並駕齊驅，像是在競賽式的狂奔著。蘭馨看著漢陽的馬術功力，頗為滿意，終於笑了⋯

「對嘛！男兒就該像這樣，豪邁的狂奔，淋漓盡致的流汗，駕！」

雙雙急駛，駕著馬兒跳過一塊大石頭。兩人深感有默契，歡喜的笑著，雙雙繼續急駛，又跳過一條小溪。兩人就這樣並駕齊驅，很有默契的奔馳好一會兒。突然蘭馨棄馬，向上一躍撲向漢陽，兩人翻滾落地，滾了好幾圈才停止。漢陽錯愕驚嚇⋯

「妳怎麼突然把我撲倒，妳不知道這樣很危險嗎？」

蘭馨翻起身子壓制漢陽，用馬鞭的手把，壓著漢陽的脖子，凝視著漢陽問⋯

「既然你的馬騎得那麼好，為什麼就不會武功呢？我現在是你的對手，你快把我扳倒啊！我要看看你的功力！」

漢陽掙脫不了，吃力的說話⋯

蘭馨故意使出蠻力，壓得漢陽臉紅脖子粗。

「人，一定要會武功才代表成功嗎？」

蘭馨繼續壓制漢陽⋯

「至少在世俗的眼光裡，那是男人的本能，一個生存的要件！」

漢陽用力使出蠻力，終於推開蘭馨，坐起身，邊咳邊說話⋯

「在我生活中，早有一群擁有這種功夫的武士在保護我……」撫著脖子：「咳咳！所以就算我會武功，也無用武之地！」拉著蘭馨一起起身，拍拍身上的雜草：「何況，與其將心力用於武鬥，還不如用在審慎辦案的精神裡。像我在大理寺辦案久了就發現，有時智鬥還勝過武鬥呢！」

「可是文武雙全的人，大有人在啊！難道你不希望自己是文武全才的人？」

「那是別人的理想，並非是我方漢陽的理想！」

話才說完，突然蘭馨又揮鞭，響亮的打在漢陽的右側石頭上，使得漢陽又嚇了一跳。蘭馨嚴肅的說：

「說到理想，本公主問你，你爹方世廷和伍震榮同夥，那麼你呢？你是擁伍派？還是擁李派？」又向漢陽左側地上打一鞭：「快老實回答我！」

漢陽沉穩，不疾不徐的說：

「這個問題我已經告訴過妳了，既然我是大理寺丞，我就應該保持中立，我什麼派都不是！」

「廢話！」蘭馨大聲：「換個方法問你！你認為本朝江山，是李家的？還是伍家的？」

漢陽一怔，誠實的回答：

「當然是李家的！」

蘭馨頓時嫣然一笑。

「這就對了！嗯……母后的提議，有點意思！」

蘭馨目光凝視著漢陽，不禁若有所思起來。

❖

在畫梅軒裡，皓禎一直沒機會問寄南回「欽王府」的答案，這天，總算問出來了。皓禎啼笑皆非的看著寄南，說道：

「所以，你爹娘那關，就被你這樣一嚇，嚇得『功德圓滿』了？」

「勉強過關吧！」寄南笑著：「不過一直用皇上來嚇我！就看著女裝的靈兒說道：「娘子，我為了妳，什麼怪招都使出來了！現在，就等妳美美的在我爹娘面前現身！把靈兒打扮得美美的，那是我的工作！」吟霜笑著說。

靈兒仰頭看著屋頂，挑著眉毛：

「這件事，我還要考慮。」

「妳還要考慮？考慮什麼？」寄南怪叫。

「聽起來，你爹娘是不情不願，完全被你要脅出來的『答應』，還要通過皇上才行！你是不是太高貴了？這答應我不稀罕！他們答應了，我不答應！除非他們親自向我爹提親，我

爹同意了，這事才有點可能，要不然，免談！」

寄南睜大眼睛⋯

「妳敢跟我說免談？」

「怎麼不敢？你爹娘就是嫌棄我嘛！這樣嫁進你家也沒面子！免談！免談！免談！」

「妳一定是老天派來折磨我的人！」寄南氣壞了⋯「妳要氣死我嗎？妳跟我親親也親過了，山洞裡緊緊抱了一夜，同住一間房，一起跳進浴池裡，還被我看光了⋯妳這樣的姑娘，除了我，還有誰敢要妳？」

靈兒追著寄南打，大叫⋯

「你還說還說！威脅完了你爹娘，再來威脅我！吟霜，妳說這樣的男人能嫁嗎？」追不到寄南，一屁股坐在坐榻上生氣。

「我覺得他說得很有理呀⋯⋯」吟霜笑⋯「原來妳跟他有這麼多事⋯⋯確實，除了他，妳也嫁不出去了！」

「靈兒，我看妳就馬馬虎虎，收了這個浪子吧！」皓禎跟著笑⋯「妳知道嗎？為了妳，他還求著我收留他，寧願和小樂或是魯超睡一個房間！」

「是嗎？」靈兒眼睛發光了⋯「要跟小樂擠一個房間啊？」眼睛眨巴眨巴的看著寄南⋯

「那⋯⋯我真的可以考慮考慮了！」

寄南蹲下身子，遷就坐在坐榻裡的靈兒…

「還要考慮考慮？」

靈兒繼續眨巴眼睛，繼續點頭。

「好好好！妳不用考慮了，我放棄，我不要妳了！」寄南乾脆的說。

「啊？」靈兒瞪大眼睛，驚呼出聲。

皓禎和吟霜相視，都忍不住噗哧一笑。

大家正在笑鬧中，小樂忽然帶著小猴子奔進房。小樂喊著…

「靈兒姑娘！靈兒姑娘！裘的小猴子來找妳了！」

「靈兒姑娘！裘家班回來啦！裘班主要妳快去見他！」

靈兒跳起身，大喜喊著…

小猴子進門就大喊…

「小猴子！你長高了！我爹回來了，他們住哪兒？我去看我爹！」往外就跑。

「等我！等我！我陪妳一起去！」寄南急忙追去。

112

85

寄南和靈兒跟著小猴子，來到一座廟門口。見到裘彪正在那兒下棋，對手一看就是個惡漢，突然掀翻了棋盤，抓住了裘彪胸前的衣襟。凶惡的說：

「好啊！你居然敢詐賭！我砍斷你的手！」

「誰詐賭了？你這分明是輸不起！輸了就給錢，別想誣賴本班主！」裘彪反擊。

「你那個什麼破班子，什麼班主？」惡漢對其他同夥說：「給我打！」

惡漢同夥三人就開始與裘彪大打出手，裘家班的兄弟們立刻迎戰。寄南、靈兒、小猴子聞聲趕過去。裘彪一招「撩陰拐腿」，一腳踢向惡漢的胯下，閃避了惡漢的糾纏。寄南、靈兒、小猴子聞聲趕過去。

「爹！小心後面！」

正當惡漢拿著一根木棒，從後面要襲擊裘彪之時，靈兒大叫：

靈兒不喊還好，這喊聲使得裘彪一轉身，木棍一棒就落在他的頭上，裘彪登時昏倒。

寄南來不及阻擋這一棒，但身手矯健躍上前去，凌空中，「鳳凰展翅」，力貫丹田，右腳直向其小腹踢去，踢飛了惡漢，緊接著回身和靈兒三兩下解決了其他三名同夥。惡漢們被打得東倒西歪，逃之夭夭！小猴子搖著裘彪急喊：

「班主！靈兒姑娘來哩！」

「爹！爹！你快醒醒！」靈兒趕緊扶起裘彪。

裘彪緩緩睜開眼睛，摀著紅腫的額頭，看著靈兒。

「妳這個臭丫頭，一出現我就倒楣！妳簡直是我的剋星！」

寄南竊笑。大家都沒注意，在廟口一側，有兩個便衣衛士，默默注視著寄南和靈兒的行動。

裘彪帶著靈兒、寄南走入裘家班帳篷。帳篷地上鋪著地毯。一路上，眾團員和靈兒興奮的擊掌歡呼。靈兒招呼著團員：

「大頭！老高！大象……小葫蘆……竹竿……」

寄南也一路和團員們點頭招呼，然後大家來到裘彪用帘子圍住的「班主房」。帘子一拉，裡面有坐榻和矮桌，茶杯用具等一應俱全。靈兒拉著寄南走進裘彪的小天地，把帘子再拉好。裘彪指著兩張矮凳說：

「坐！坐！」

寄南坐下，靈兒卻在那兒手舞足蹈，興奮的說著：

「爹！你可不知道，你走了之後，我幹了許多轟轟烈烈的大事、奇事，這一年的故事說都說不完，簡直太精彩了！」

「哦？」裘彪看寄南：「這些轟轟烈烈裡面，你都參加了吧？」

「可不是嗎？如果沒有我的保護，你這個傻丫頭，恐怕都見不到你了！」就笑著說道：

「班主，我派人護送你們到洛陽，之後你們到處跑碼頭，我的兄弟們差點把你們跟丟了！還好，現在你平安回到長安了！」

裘彪頭上傷處綁著一圈布條，顯得有點滑稽，驚訝的說：

「啊？你這一日班主，一直找人跟蹤我們？」

「什麼跟蹤？說得那麼難聽？那叫暗中保護！」

裘彪憨憨的笑著說：

「難怪我說這一年來，沒有傻丫頭在身邊，掙錢特別的順利！」瞪著靈兒：「我還樂得終於擺脫妳這個掃把星！誰知，今天一碰上妳，又挨了棍子！」

靈兒抗議大吼：

「什麼掃把星！你這一年都不想你的女兒嗎？你太狠心了！」

「那妳可曾想過妳這老爹？有找過我這老頭嗎？」裘彪問。

靈兒義正嚴詞的說：

「我想啊！當然想死你了！可是我忙啊！我忙著幹大事！算了！跟你說，你也不懂！」

感激的握著寄南的手：「沒想到，你默默的為我做這麼多事情，你還暗中保護我爹，為什麼都不告訴我？」

「唉，我幹我覺得應該幹的事情，幹嘛什麼事情都跟妳說嘛！」

「可是這是我爹啊！你怎麼能不告訴我他們的消息呢？反正結果是對妳好的就好了！」

「那妳操心怎麼不跟我說？」寄南一愣說：「妳早點跟我說，我不就可以早點讓妳安心了！」

裘彪觀察靈兒和寄南的神色，心知肚明了，喊道：

「好啦！你們兩個不要心來心去的！最重要的是……」看著兩人：「你們已經……」用兩根手指比劃著靠近：「兩顆心都在一起了，是吧？」

靈兒和寄南兩人都在喝水，聽到裘彪驚人之語，噗哧一聲，兩人互噴了滿臉的水。裘彪竊笑：

「怎麼？被我說中了？哈哈哈！我這麼神呀！戳中要點了！哈哈哈哈！」

靈兒舉著袖子擦乾臉：

「爹！你別瞎說，沒有的事！」

116

「就有這回事！」寄南大聲的說，湊近裴彪身邊…「班主，我坦白跟你說吧！我和靈兒情投意合，就等老爹您答應一聲，讓靈兒嫁給我。」

「哎喲！我這傻丫頭、笨閨女，有人要我還求之不得呢！」

「爹！」靈兒吼：「你怎麼可以那麼隨便就決定了我的終身大事？怎麼一口就答應了呢？這不是太便宜別人？」

「我哪是別人？咱們將來是一輩子親人、家人啊！」寄南瞪靈兒。

裴彪突然正經的說…

「好！就衝著你這一句話，你要答應我，即使你的身世高貴，但絕對不能嫌棄我家閨女，寄南喜出望外，問道…

雖然她傻，但是個真性情的好姑娘，你不能辜負她！」

「班主在上，這可是答應把靈兒許給我了？」急切的準備行禮…「請受小婿一拜！」

裴彪及時拉住寄南說…

「靈兒自幼失母，不懂規矩，還望靖威王多多擔待！」

靈兒聽得面紅耳赤，嬌羞滿面。寄南看了，更是心動不已，對靈兒低語…

「現在可以省掉『考慮考慮』了吧？」

靈兒又羞又笑，把頭故意轉向一邊去。

帳篷外，廟口那兩位便衣衛士悄悄貼著帳篷聽著。這兩個人，沒多久就出現在榮王府，對伍震榮回報所見所聞。伍震榮問：

「那個雜技班的班主就是裘靈兒的爹？」

「是的！那姑娘一直是這麼喊他！小的打聽了一下，就叫做裘彪！」

「是的！是的！」伍項魁確認：「裘靈兒的爹，名字叫裘彪就沒錯！這些人我都交手過！」伍震榮對衛士揮揮手，兩名便衣衛士轉身離開。

伍震榮眼光犀利的看著項魁：

「咱們幹不掉袁皓禎和竇寄南，就先從他身邊的人下手！何況這裘家班，說不定也是竇寄南江湖上的幫手！」

「對！我們要為伍家人報仇！在幹大事以前，先幹一件小事給他們瞧瞧！」

「這次咱們父子聯手，只准成功！不准失敗！」伍震榮咬牙說道。

「是！遵命！」伍項魁振奮的應著。

✿　　✿

寄南和靈兒，全然不知裘家班已經成了伍震榮的目標。在畫梅軒的大廳裡，寄南神采奕奕，開心得不得了，剛好太子也來了，他就對太子、皓禎、吟霜大聲宣布：

「向各位報告個好消息，昨天見到裘班主，老爹已經將靈兒許配給我了！」

太子驚訝說道：

「我正滿腹心事，滿腦子的戰略圖，你居然興高采烈的提親去了？」

「你這真是太神速，才見到久違的班主，就立刻求親了！」吟霜笑著問。

「動作不快一點，這傻靈兒不知道又要耍什麼花招，狡賴拒婚！我得速戰速決！」寄南看太子：「大事我也放在心裡，不會耽誤！」

「我們何嘗不是這樣？」太子笑：「一面計畫大事，一面安排小事，方方面面都要兼顧，這樣才能活得精彩！」

五人正在談著，突然一個金錢鏢射進了窗櫺。皓禎急忙打開鏢上的紙條，唸著：

「裘家班出事，速去！——木鳶。」

靈兒大驚喊道：

「我爹出事了？怎麼會？昨天還好好的！」奪門而出。

「靈兒，妳等我呀！」寄南跟著奔出。

皓禎對吟霜緊急吩咐：

「吟霜，趕緊拿著藥箱，我們一起過去！」

「裘家班與人無仇無怨，怎會出事？」太子大喊：「鄧勇！一起去！」

剎那間，所有的人，都急奔而去。

當伍震榮父子，率領眾多羽林軍衝進裴彪的帳篷時，裴家班因為沒有表演，大家正在休息，睡覺的睡覺，聊天的聊天，練功的練功，一片和樂氣氛。伍震榮父子如同凶神惡煞，拿著長劍，揮舞著衝了進來。伍震榮喊著：

「殺呀！一個活口也不要留！全體殺掉！」

雜技班眾團員趕緊抄了傢伙，和羽林軍開打。團員大頭喊道：

「班主！班主！有人來鬧事！」

「不是鬧事，是來殺你！」項魁一劍刺去。

大頭奮力抵抗，哪兒是對手，瞬間長劍穿心，倒地而亡。裴彪持棒奔來，大喊：

「來呀！你這個死班主，是不是裴靈兒的爹？」項魁問。

「來者是誰？你殺了大頭，我要殺了你！」

「原來是你這個吃老老鼠的癩蛤蟆！你怎麼還沒死？」裴彪一招「當頭棒喝」，迎頭一棍打去。

項魁一個疏忽，被棍子打在肩頭，大怒，喊道：

「羽林軍！把這老頭給宰了！」

羽林軍重重殺了進來。頓時，刀光劍影，血濺帳篷；雜技班的人不是對手，慘叫著，驚呼著，一個個倒地。伍震榮殺紅了眼喊：

「殺呀！每個人都多砍幾刀，本王要他們全體死透透！」

一隊趕來救援的天元通寶弟兄，喊叫著衝入：

「裘彪班主，我們來了！伍家人，納命來吧！」

「果然是亂黨，居然知道我們是伍家人！」伍震榮指揮著羽林軍：「往左邊！那些黑衣人一定是亂黨，通通給我殺掉！殺呀！右邊右邊，不管是誰，通通殺掉！」

在羽林軍的殘殺下，一場大屠殺，腥風血雨的展開。雜技班團員，都是靠耍雜技維生，並不是武林高手，也不是沙場戰將，怎是羽林軍和伍家衛士的對手？一個個雜技班的人，被慘殺倒地。支援的天元通寶兄弟，不敵人多勢眾，即使浴血苦戰，也不敵退敗。裘彪是雜技班裡，唯一有點功夫的人，拚死抵抗，遍體鱗傷。

小猴子搶了一把地上的劍，直刺伍震榮，喊道：「我小猴子跟你拚了！」

伍震榮一劍砍在小猴子肩上，鮮血濺了伍震榮一身。小猴子負傷，長劍落地，仍勇猛的一個跳躍，竟然跳到伍震榮的背上，他一手勒緊伍震榮的脖子，一手拔出腰藏匕首，準備往伍震榮的身上刺去，嘴裡痛罵：

「你這壞蛋、狗蛋！大魔頭！我小猴子送你上西天！」

伍震榮被小猴子從後揪住脖子，反手亂刺，小猴子即使負傷仍靈巧的左閃右閃，伍震榮無法還擊。小猴子正要刺殺身前的伍震榮之時，卻被伍項魁一刀斜劈，砍斷小猴子持劍的手。小猴子痛喊一聲跌落在地，伍震榮脫離重負，迅速轉身，便將小猴子一劍釘死在地上！

裘彪眼見小猴子慘死，慘叫：「小猴子！」他已經遍體鱗傷，飛奔來救，怒視伍震榮父子：「你們連一個小孩子都不放過，簡直是狼心狗肺的惡人！」

羽林軍圍著裘彪打。裘家班不敵眾多羽林軍的殺戮，已一個個倒地身亡。裘彪身上，插著刀，拚死苦戰，伍震榮一劍刺穿了他。天元通寶兄弟，也一個個倒地身亡。裘彪咬牙切齒的喊：「伍震榮！你會遭到報應的！你會死得很慘很慘！」

伍震榮驚喊：

「你居然知道本王的名字！很慘，是嗎？先讓你知道什麼叫慘！」

伍震榮瘋狂的刺向裘彪，左一劍，右一劍。裘彪嘴裡突然吐出鮮血，噴向伍震榮的臉。

項魁再一刀砍向裘彪脖子：

「我要為我們伍家報仇！我要把你千刀萬剮！」

血光飛濺，伍震榮和項魁，不住對裘彪身上刺去，裘彪一直瞪大眼珠看著伍震榮。

「臨死還敢瞪著本王，我讓你死個痛快！」伍震榮對著裘彪背部再捅一刀。

裘彪滿身鮮血，最後終於不支，倒臥在血泊中，眼睛從未闔上。

86

太子、皓禎、寄南、吟霜、靈兒、鄧勇快馬向裴家班方向奔去，忽然看到伍震榮帶著兵馬迎面馳來，太子等人趕緊躲進郊道旁的樹林裡。只見伍震榮父子殘殺過後，身上血跡斑斑。眾多羽林軍，有的馬背上帶著受傷的官兵，從皓禎等人眼前呼嘯而去。

皓禎膽顫心驚的低語：

「這是大戰以後的情形，我們快去！」

太子不敢相信的說：

「裴家班不過十來個人，伍震榮居然帶著羽林軍！」

太子等人見伍震榮走遠，趕緊策馬奔向裴彪帳篷。

只見帳篷外，幾個天元通寶的兄弟，遍身是血，早已氣絕。眾人慌張下馬，衝進了帳篷，映入眼簾的盡是橫屍遍地的弟兄，和雜技班的團員。眾人驚得臉色慘白，皓禎和寄南在

帳篷中檢視有無生還者。皓禎慘然的說：

「我們天元通寶的兄弟，全部犧牲了！」

寄南不敢相信的說：

「還有裴家班，一個生還的都沒有！」

太子觸目驚心的看著：

「這是慘無人道的大屠殺！有什麼深仇大恨，會這樣殺掉一個雜技班？」

靈兒一路哭著喊著：

「大頭！大象、小葫蘆、小猴子……不要……不要……」

吟霜拎著藥箱，看著遍地屍體，轉眼不敢看，哭泣的問：

「皓禎，有沒有活著的？我還能做什麼？」

皓禎、太子和寄南已經檢視了所有人，相對慘然注視，三人都熱淚盈眶。鄧勇奔來對太

子報告：

「太子，一個活口都沒有！」

靈兒找到一息尚存，倒臥在血泊中的裴彪，抱起裴彪的頭。靈兒哭喊：

「爹！爹！我回來了！我回來了！你不能死呀！爹！」求吟霜…「吟霜！快用妳的醫術

救救我爹！救救我爹呀！寄南，爹還沒死，他還活著！」

皓禎抱著吟霜的腰縱身一躍，就把她送到裘彪身邊，喊著：

「裘班主！你撐著點！能說話嗎？我們來救你了！」

太子也飛躍過來，急急喊道：

「靈兒的爹，吟霜是神醫，你別放棄！吟霜會救你！」

吟霜急忙拿出帶來的銀針和金創藥，奈何傷口太多，裘彪血流不止。吟霜不知從何下手，淚水決堤。寄南痛喊：

吟霜餵裘彪吃藥，餵不進去，哭著說：

「班主老爹！對不起！我們來晚了！對不起！」

「皓禎，我止不住裘班主的血，他傷口太多，我止不住啊！他連吞嚥的力氣都沒有了！」邊哭邊給裘彪各穴道扎針。

我只能給他扎針，拖延一點時辰……」落淚哽咽道：「靈兒，有話快說！」

「靈兒，妳……妳不是我……我的親生女兒，妳娘是九鳳……她是安南王府的廚娘，對

裘彪自知死期已到，用滿是鮮血的手抓住了靈兒，痛苦的發出聲音：

我有恩，妳出生那天……」

接下來，裘彪斷斷續續，說出二十一年前他躲在樹林裡，親眼見到的一幕。

九鳳心碎驚愕，含淚把孩子捧到伍震榮面前，無法相信的說道：

「你佔有我，玩弄我，對我無情也就算了！但是，骨肉親情總不能不顧吧？」

「賤女所生，怎配是我的骨肉？竟敢栽贓於我，妳們母女一個都不能留！」

伍震榮說完，抓起孩子便往崖下拋去。九鳳驚駭中，奮不顧身跳起撲救孩子。伍震榮卻一劍刺來，直刺九鳳的胸部。

九鳳身上長劍，再對九鳳心臟刺下。九鳳倒地，圓睜大眼，怒瞪著伍震榮。

九鳳驚怔不信的站著，不肯倒地，眼睜睜看著嬰兒落下懸崖。伍震榮見九鳳不倒，拔出

裴彪緊緊抓住靈兒的手，奄奄一息的說著：

「是我跳下……懸崖，救了卡在樹上的妳！記住！妳的……母親名叫九鳳……是個好女人……她曾經送飯給我們裴家班吃，一飯之恩，我救了妳，養大了妳……妳的父親……就是把妳……拋下懸崖……殺死妳母親，也殺死我們……雜技班的大仇人伍震榮！妳不該哭，妳該為妳的親娘和我們報仇！」裴彪說完，頭一歪，斷氣了。

眾人聽完裴彪遺言，如青天霹靂，個個震驚無比。靈兒見裴彪斷氣，尖聲哭喊：

「不！不！爹你不能死！不能死！」哀求：「吟霜！妳不是神醫嗎？妳不是能起死回生嗎？請妳救救我爹！救救我爹呀！」

「吟霜，發揮妳的醫術！快救救他！」太子著急的說。

「吟霜就試試吧！或許妳的氣功可以救回班主！快試試看！」皓禎痛心的說。

「對啊！吟霜，妳快點救回我的岳父大人啊！求求妳啊！」寄南痛哭流涕。

「我試！我試！」吟霜也淚流滿面的說道。

吟霜哭著上前，對著裴彪屍體心臟部位運功。吟霜邊運氣邊唸著：

「心安理得，鬱結乃通。治病止痛，輔以氣功。正心誠意，趨吉避凶。心存善念，百病

不容！」

吟霜使出所有內力，運氣運得手掌泛紅，冷汗直冒，卻完全沒有效果。她哭倒在皓禎胸

前：

「我想我這神醫是失敗的！對不起，我沒有起死回生的能力！」

靈兒知道無法挽回裴彪，大慟的抱住吟霜，兩人哭得肝腸寸斷。竇寄南和皓禎，也落下

了英雄淚。皓禎咬牙說道：

「伍震榮父子惡貫滿盈，不能不除了！」

「該死的伍震榮父子，我一定要把他們抓來，碎屍萬段，撕了他們的皮！用他的血來祭

我們的兄弟和裴家班！」寄南憤恨的說。

「我親眼看到了！這個魔鬼，竟敢用羽林軍來屠殺百姓！我這太子情何以堪！」太子痛

心至極的說道。

皓禎忽然狂怒的對帳篷外衝去，落淚咬牙喊道：

「我要把那個大理寺丞抓來！」

漢陽正在審案，人犯跪在下面，衙役分列兩旁。忽然之間，皓禎臉色慘淡，旋風般衝了進來，後面衙役追趕阻止著。皓禎跳上審案台，不由分說的抓起漢陽的手，拉著就往外面疾走，啞聲的喊著說：

「漢陽，跟我走！我要讓你看看一個地方！」紅著眼眶，激動的吼著：「我要向你報案！我要報一個慘不忍睹的滅門血案！」

帳篷裡，寄南、吟霜淚流滿面，悽悽慘慘的抱著哭得聲嘶力竭的靈兒。靈兒匍匐在裘彪屍體邊，邊哭邊喊：

「爹！你不能死！你怎麼能丟下我呢！爹！」搖著裘彪：「你醒醒！你醒醒！你說的那些話，不清不楚！你起來，你跟我說清楚！」

「靈兒，妳不要這樣，讓班主好好的走吧！」吟霜拭淚說。

寄南早已經哭紅了雙眼，正在給慘死沒有闔上眼的弟兄們，一個個的為他們闔眼。

皓禎和漢陽策馬奔來，漢陽一跳下馬，看著帳篷內外橫屍遍野的情景，震驚得說不出話

來。皓禎再拉著漢陽走進帳篷，漢陽一看眼前慘狀，大驚失色，臉色驀然慘變。太子悲憤的喊道：

「漢陽！這是伍震榮的傑作，動用的是羽林軍！我們能宰了他嗎？」

皓禎痛苦的對漢陽厲聲說道：

「你是大理寺丞，你看看你管轄的長安城，你看看這些無辜百姓，是怎麼死的？這是一場毫無人性的大屠殺！」

「漢陽！靈兒哭死了，我也快要崩潰了！地上這些弟兄都是滿身傷口，我趕到得太晚，居然一個都救不了！」

寄南奔過來，抓著漢陽吼：

「是伍震榮父子幹的！是你父親的好友親自下的毒手，我們趕來的時候，親眼看到伍震榮和伍項魁帶著羽林軍撤走！你這個大理寺丞到底都幹些什麼事？我們屢次向你報案，你屢次放掉他們！」

皓禎想到世廷可能是自己父親，更是痛楚莫名：

「漢陽！你爹如果繼續和伍震榮勾結，這長安城總有一天會血流成河！你看看！你仔細看看每個人的傷痕！人間有這樣的魔鬼嗎？你和你爹還能視而不見嗎？」

寄南抓著漢陽到靈兒身邊，悲痛的指著裴彪：

「他是靈兒的爹！死得好悽慘！身上三十多處刀傷，刀刀見骨！靈兒的爹和伍震榮有多大的仇啊？他只是個安分守己的良民！今天我管不住我的理智，我就是一隻鬥牛犬，我要跟你這個大理寺丞拚了！」

寄南從腰際拔出自己的玄冥劍，準備攻擊漢陽。同時，靈兒也從地上拾起沾滿血漬的劍，對著漢陽。靈兒崩潰大吼：

「凶手！你和你爹方世廷、伍震榮都是一夥的！我親眼看到你們關著房門說悄悄話！凶手！你們這些狗官都是凶手！你假裝和我們親善，其實就是想除掉我們，你是個罪大惡極的幫凶，我殺了你！」

太子是唯一還有理智的人，喊道：

「寄南！靈兒！不能怪漢陽，你們別衝動，漢陽是我們這邊的人，他還要幫著我解開那戰略圖的謎，你們可別把他傷了！」

靈兒舉劍揮向漢陽，漢陽本能的逃出帳篷。太子、皓禎、吟霜、鄧勇緊追於後。漢陽笨拙的閃躲，閃躲靈兒和寄南的刀劍。靈兒和寄南追出帳篷。

「我知道你們個個傷心悲痛，但是殺了我也救不回這些人命。靈兒、寄南你們先冷靜下來，聽我說！」

「你的話我聽太多了！過去我敬你是一個正義的大臣，任你使喚！」靈兒瘋狂對漢陽亂

砍：「今天我要你一命抵一命，殺了你，我再去殺你那陰險的爹！」

皓禎忽然拔出乾坤雙劍，護著漢陽，與寄南過招。皓禎急喊：

「寄南、靈兒，你們瘋了嗎？快住手！仇人是伍震榮父子，不是漢陽呀！停止停止，不要傷了漢陽！我拉他來是要他主持正義呀！」

太子也拔劍攔著瘋狂的靈兒和寄南：

「對對對！聽皓禎的沒錯！漢陽是自己人，你們不要弄錯了！」

「皓禎，你別天真了，是兄弟就讓我為我岳父報仇！」寄南怒喊：「方世廷的兒子會有什麼正義？有正義早就辦了伍項魁！反正人早晚都要死！殺死一個奸臣算一個！」用力踢開

「你們不要打了！快住手！寄南、皓禎你們是好兄弟呀！不要為了壞人自相殘殺啊！求你們快住手！靈兒，妳不要傷了自己！」

皓禎就一邊護著漢陽，與寄南、靈兒相互招架。吟霜淚流滿面哀求：

「寄南！靈兒！」太子急喊：「漢陽一定有他的苦衷，他不會武功，你們這樣殺掉他，萬一錯殺了怎麼辦？停止！停止！」

皓禎打開了寄南，靈兒趁機一劍就砍向漢陽，漢陽躲避，腳跟在一個大石頭上踩滑，

整個屁股跌落於地。靈兒毫不遲疑，舉劍就對漢陽當頭刺下。就在這剎那間，漢陽突然一個後空翻，在空中，腳尖靈活快疾一點，點在靈兒持劍的手腕上，踢飛了靈兒的長劍，身形俐落、飄逸瀟灑的跳到一塊大石頭上面。

漢陽居高臨下的大喊：

「你們通通住手！」

太子、皓禎、寄南、靈兒親眼目睹漢陽高超的武功，不禁大怔，全部住手。

「漢陽，你會武功？你一直瞞著大家，原來你是高手？」皓禎驚呼。

「不可能！漢陽，你什麼時候學的武功？」太子睜大眼睛。

靈兒終於明白，拾起落地的長劍，激憤的喊：

「漢陽果然是個大騙子，欺騙我們，他根本就是個大內奸！」

「好啊！方漢陽，你和伍震榮一樣老奸巨猾！」寄南大喊：「靈兒！我們不用留情了，這個狗官真面目已經現出原形，我們上！為裘彪老爹報仇！」

寄南、靈兒兩人又揮著長劍，跳上石頭，攻擊漢陽。漢陽使出真本領，又跳又飛、靈活快捷的閃躲寄南和靈兒。皓禎忍不住揮劍加入寄南陣營，怒不可遏的說道：

「漢陽，我們把你當朋友，原來中計了！」

漢陽施展高超的武術，遊走於劍鋒之間，從容不迫的喊著：

「你們三個敵友不分，正邪不分，真的瘋了！」

太子跳到一旁觀望，驚愕的自語：

「漢陽居然會武功，漢陽過目不忘，漢陽懂得戰略圖，漢陽深藏不露……難道他是……」

突然大喊：「木鳶！」

漢陽即時撿起地上木棍，一招「穿梭蓋劈」，一棍當頭打在寄南的頭上，接著棍頭橫指，擋住乾劍劍鋒來勢，順勢戳在皓禎的胸口，但只是輕輕點到。緊接著運腕疾翻，將木棍攔胸一橫，從靈兒頭頸上方處險險虛幌過去，運棍若飛、棍風颯颯、棍花點點，棍頭使終不離眾人咽喉胸口要害之處，驚得大家一身冷汗。這正是斗笠怪客在山陽古道殺伍崇山的那招

「氣貫山河」！

皓禎和寄南終於恍然大悟的停手，面面相覷，震撼大叫：

「斗笠怪客？」

「什麼斗笠怪客？是漢陽又耍詐！我殺了他！」靈兒不信。

「天元通寶！」

漢陽三兩下又打落靈兒手上的長劍，用他曾經扮斗笠怪客時的老邁聲音說話：

「難道你，真的是木鳶？」

眾人停手，個個大震。吟霜震驚喊道：

「難道你，真的是木鳶？」

133

漢陽悽然唸道：

「煮豆燃豆萁，豆在釜中泣。本是同根生，相煎何太急？」

太子跌腳一嘆：

「果然被我猜到！」就唸道：「木鳶木鳶兮何處？木鳶木鳶兮高飛，木鳶木鳶兮難追⋯⋯」

漢陽接口道：「木鳶木鳶兮知是誰？木鳶木鳶兮胡不歸？木鳶木鳶兮

太難為⋯⋯」

皓禎驚訝大喊：

「你真的是木鳶？你是我們的首領木鳶？」

漢陽將手上的木棍，用力一頓，木棍筆直的插入地上，入地一尺，深深一嘆：

「在下正是木鳶！隱瞞身分是萬不得已！我不是你們的首領，更不是你們的敵人，是和

你們同仇敵愾的兄弟！」

寄南、皓禎、靈兒、吟霜都震住了。

太子滿眼欣賞和崇拜的看著漢陽。

裘彪屍體已放在木板床上，靈兒用帕子擦拭裘彪臉上的鮮血。太子、漢陽、皓禎、寄

南、吟霜都圍在靈兒身旁，卻仍然陷在木鳶現身的震撼裡。皓禎盯著漢陽，想著他可能是自

己親兄弟，感慨震驚至極，此時，已不知這「兄弟之情」，是喜是悲？是屈辱還是驕傲？木鳶，是他多年來最崇拜的人呀！他情不自禁盯著他問：

「你這麼年輕，怎麼可能是木鳶？『天元通寶』是你祕密成立的嗎？你哪一年變成木鳶的？」

漢陽沉痛的說道：

「七年前，我爹在伍震榮的推薦下，當了右宰相！官場是個大染缸，權力欲望是最可怕的東西！他忘了他的忠孝仁義，成了伍震榮的同夥，我眼看他不忠，不仁，不義，我就只能不孝了！是的，我祕密成立了『天元通寶』！」

「但是，連你爹都不知道你有武功，難道你從小就知道你會成為木鳶？從小就知道要隱瞞自己的真功夫？」太子無法置信的問。

「武功是我師父教的，爹娘都以為我沒學成，其實我的師父非常厲害，不止教我武功，還教我做人處世。他早已預料我有今天的使命！」

吟霜幫著靈兒擦拭裘彪的屍體，忍不住看向漢陽……

「你居然瞞過了所有人？」想著：「我明白了！就因為你爹和伍震榮是知己，你利用這層關係，才知道那麼多內幕！可以及時發動天元通寶兄弟，救下忠臣！」

「你有多少親信？你連爹娘都瞞著，誰知道你是木鳶？」寄南追問。

「我有一個斗笠小隊，也就是穿著布衣戴著斗笠的那十幾個人。他們個個武功高強，其中也有我的師兄弟，只有他們知道！」

「宮裡有人知道嗎？我不相信你爹能夠供給你那麼多消息！」太子說。

「確實，我爹和伍震榮並不是我唯一的消息來源，『天元通寶』年年擴大，我還有很多內線……」

寄南恍然大悟，打斷：

「每次接到金錢鏢，總是猜測木鳶是大內高手，或是像四王那樣的老忠臣！原來，是你……」忽然又激動的一把抓住漢陽胸前的衣服，死命搖撼著他，紅著眼眶喊：「你既然是木鳶，怎麼還會讓今天的悲劇發生？你通知了我們，怎麼不早一點通知？讓我們把左驍衛都帶來？把黑白軍都帶來？」

漢陽掙開了寄南，更加沉痛的說道：

「天有不測風雲！我也有失手的時候，怎樣也沒料到伍震榮這麼狠，居然動用了大批羽林軍……我是木鳶，但不是菩薩啊！『揮淚送英雄』那天，你們忘了嗎？我還差點監斬了我的大將皓禎！你們掉懸崖那天，我的斗笠小隊居然被大批的弓箭手弄得顧此失彼，害得皓禎被囚……我也戰戰兢兢，生怕失手！可是悲劇還是會一次一次的發生……小白菜的死，歌坊全部兄弟姊妹跟著死難……為了戰略圖，我奔赴咸陽，連大理寺中的兄弟都沒救出……」眼

中充淚了…「我也一次一次在失手啊！」

大家談話中，靈兒只是失神的、茫然的擦著裘彪臉上的血跡。吟霜發現靈兒不對勁，仔細看靈兒，急喊：

「靈兒不對勁！你們先別談木鳶，來看看靈兒！」

大家圍攏，只見靈兒眼睛發直，魂不守舍，一直擦拭著裘彪的臉龐。寄南著急大喊：

「靈兒！靈兒！妳要哭就哭，要叫就叫，別這樣子！」

「靈兒！靈兒！妳醒醒！」吟霜喊：「老爹的臉已經很乾淨了！靈兒！妳別失魂落魄……」

雙手對著靈兒胸口運功，大喊：「靈兒！醒來！」

靈兒乍然醒神，被吟霜大力運功，震得退後了兩步，怔了片刻，就撲向裘彪，對著裘彪握拳猛打，大哭起來，邊打邊哭邊喊：

「爹！你騙我，你騙我！從小你就最喜歡捉弄我，你是假死的吧！居然跟我撒了一個大謊言！」繼續打裘彪：「你這個騙子！騙子！」

寄南從後抱緊靈兒，喊道：

「妳清醒一點，班主老爹已經走了，妳別打了！」

靈兒瘋狂的推開寄南，喊：

「裘彪是個大騙子！他是個大騙子！臨死了還這樣戲弄我！我怎麼可能是那個魔鬼的女

兒？我不是！我不是……」

漢陽震驚的看向皓禎……

「什麼魔鬼的女兒？」

太子沉痛說道……

「裘班主臨死前，說了一個殘忍至極的故事，說靈兒是伍震榮的親生女兒！說他目睹靈兒的娘，安南王府的九鳳，死在伍震榮劍下，也目睹伍震榮把親生女兒丟下懸崖！是裘彪爬下懸崖救了靈兒！」

漢陽不可思議的看著靈兒。皓禎悲憤著……

「裘班主臨終的話，不能相信！那故事太荒唐！」

「就算是真的，他為什麼要說？為什麼不死守這個祕密？」吟霜疑惑。

「不是！不是！我不是……」靈兒喊著，掙脫寄南，從地上抓起一把刀，

「不是！不是！我一定不是……」

飛快的衝到帳篷外面去了。吟霜急喊……

「快追她！快追她！」

寄南、太子、皓禎、漢陽、吟霜、鄧勇就緊急的追了出去。

只見靈兒已經奔到曠野，四處無人，一棵巨大的銀杏樹，伸長了枝椏，孤獨的長在曠野中。

靈兒仰首向天，對著天空崩潰的大喊……

「我娘在哪兒？娘！妳告訴我，爹是不是瘋了？如果我是那個魔鬼的女兒，我不要活！」

悽厲的狂喊：「爹，我追你到天上地下，你要跟我說清楚，我到底是誰？」

靈兒喊罷，立刻用手中的刀，橫刀自刎，利刃劃上了脖子。寄南飛躍過去，用力一踢，

利刃飛過天空，插在銀杏樹的大樹幹上。

靈兒脖子上鮮血直流。皓禎驚喊：

「寄南！抱住她，她受傷了！吟霜，快去幫她止血！」

寄南抱住靈兒，痛喊：

「靈兒！妳要自刎？妳不要活了？妳怎麼可以不要活了？大仇沒報，妳爹還躺在那兒，

妳居然想自刎？」

吟霜哭著，拿著止血藥粉，灑在靈兒的傷口上，檢查傷口：

「還好，傷痕不深，幸虧寄南把刀給踢飛了！皓禎，趕快把藥箱裡的布條給我，這傷口

得包紮起來！」

皓禎緊張的拿來布條。

「靈兒！」太子痛喊：「我以太子的身分向妳發誓，這個血海深仇，我們會幫妳討回

來。妳爹臨終一定神志不清，說的話不能盡信！我相信妳絕對絕對不是那個大魔頭的女兒！

他只能生出伍項魁那樣的兒子，生不出妳這樣優秀的女兒！」

靈兒卻在寄南手臂中瘋狂掙扎大喊。

「你們不要攔我！我要到地下去找我爹，我要問清楚！他為什麼胡說八道？如果我身體裡流著伍震榮的血，讓我死掉吧！我第一個就殺掉他的女兒，給我爹償命！」拚命掙扎，傷口的血不斷飆出來。

吟霜拿著藥和布條，卻無法靠近又踢又踹的靈兒，哭喊著：

「靈兒！妳這樣一直動，我怎麼幫妳治療傷口？」

「寄南！漢陽！我們把她壓在地上，讓她不能動！」皓禎急喊。

漢陽聞言，欺身而上，在靈兒身前身後，閃電出手，連點百會、神庭、肩井、曲池、靈台等諸穴道，將她雙手定住，讓她站著無法動彈。吟霜趕緊上去擦藥包紮，寄南、皓禎忙著遞包紮布條，遞水遞藥。一陣忙碌，總算把靈兒的傷口處理好了。漢陽剛剛鬆手，靈兒又飛跑向前，大家急忙追著跑。

此時，天空烏雲密布，狂風掠過，接著雷聲狂鳴，閃電四起。

靈兒被閃電雷鳴驚動，站住了。寄南立刻追上去，緊緊抱住她。太子、皓禎、漢陽、吟霜都痛楚至極的追過來看著靈兒。只見靈兒眼睛發直，眼光渙散，顯然神志不清。太子喊著：

「靈兒，醒來！醒來！不要被那個大魔頭打倒！」

一聲雷鳴，大雨傾盆而下。雨水從帳篷那兒，沖過了遍地屍體，一條條血水的小河流奔竄著。漢陽悲愴的對靈兒大聲說道：

「靈兒！妳挺住，太子發了誓，我也以木鳶之名發誓，我們『天元通寶』要讓伍震榮死無葬身之地！」

靈兒看看漢陽，看看地上的血水，張開手臂，仰天大叫：

「我要血債血還！」

「血債血還！血債血還！」眾人群情激憤，個個點頭，有力的齊聲喊道：

「我也發誓！」寄南說。

「我也發誓！」皓禎義憤填膺的說。

靈兒力氣用盡，癱倒在寄南懷裡。

❖

裘家班和天元通寶死難的兄弟們，在太子、皓禎、寄南、漢陽等人的協助下，終於下葬了。靈兒穿著孝服，頭上綁一條白絲帶在額頭上，脖子上還綁著白布的包紮。一身素服的吟霜，攙扶著毫無血色的靈兒從墓地回來，踏入畫梅軒的大廳。太子、皓禎、寄南、漢陽也都穿著素服一一走入大廳。漢陽鄭重的說道：

「今天終於把所有死難者都下葬了，屍體也檢驗過，兵器也記錄了，你們放心，裴家班的好漢，不會白白送命，天元通寶的兄弟，也不會白白犧牲！大家再給我一點時辰！尤其記住，我還是必須當回我的大理寺丞方漢陽！大家務必要保密再保密！否則我的祕密不保，所有的大事也做不了！太子，你尤其要保密！」

「漢陽，你相信我！」太子說：「自從知道你是木鳶，你不知道我有多少感觸，原來那時時刻刻指點我們救下忠臣的是你！幾次出手援助的也是你！連在虎嘯山沼澤裡救出我的也是你！可是，我們平時對方漢陽從來沒有尊敬過！」

大家都有同感的深深點頭，只有靈兒沉默無語，悲傷的發呆著。

「漢陽，你先回去吧！」皓禎說：「靈兒讓我們來照顧。我想，即使你拿到這案子的主控權，恐怕辦案過程中，也會阻礙重重！或者對付伍震榮這種人，我朝律例沒用，應該⋯⋯以眼還眼，以牙還牙！」

「對！還跟他那種混蛋講什麼律例，我們直接去找伍震榮火拚！」寄南說。

「大家都別衝動，你們忘了戰略圖和鋸齒山的事嗎？」太子說：「這個伍震榮顯然還有更大的野心！萬一殺了伍震榮，他的徒子徒孫，依舊發動戰爭，我們可能面對更大的問題！這就是漢陽，不，木鳶那天指示我們的，『欲擒故縱』！這份野心會像一頭巨獸把伍震榮吞噬，我們大家等著瞧！相信不久就能把這幫惡人一網打盡！」

「太子說得很對！」漢陽說：「我們現在有幾百種方法弄死伍震榮，但是，他那布局已久的大陰謀，依舊是我們最大的隱憂！為了蒼生百姓，為了『天元通寶』的最終目標，我們還得忍耐！」看了一眼靈兒，忽然說道：「靈兒，妳雖然是個姑娘，卻有男兒的氣概！現在，拿出妳的志氣來！君子報仇，三年不晚！」

靈兒勉強振作了一下，說道：

「三年太晚！我恨不得今天就殺了他！」

「根據我的調查，他們的勢力已經遍布在新豐、咸陽、長安、藍田……各地，幾乎包圍了長安，我們真的不能在這緊張時刻，亂了方針！」漢陽說。

「靈兒，大局為重！」皓禎誠摯的說：「漢陽曾經對我上斷頭台的事，下令『揮淚送英雄』，就是要避免生靈塗炭！他用心良苦！」

太子接口：

「所以，我們也要避免生靈塗炭，大局為重！這次我們要做，就只許成功，不能失敗！還要打到他們永遠不能翻身！」

寄南深深點頭說：

「對！還要一舉通殺！不能讓他們再來報仇！要學伍震榮，伍家所有人，一個活口都不留！」

靈兒眼光發直的說道：

「是！要他們像裘家班一樣，血流成河！」

吟霜眼中閃過一絲矛盾和痛楚，看向漢陽說：

「漢陽，除了用刀用劍用武器，難道沒有別的辦法，讓這個大魔頭『伏法』嗎？我參加了幾次行動，每次都有兄弟傷亡，即使是伍家人，難道沒有一個好人嗎？」

漢陽深深看吟霜一眼。「妳的言外之意，漢陽明白！但是對付極惡之人，我們只能被迫用非常手段！」再看眾人一眼，「大家節哀順變，我先告辭了！」

漢陽走了，吟霜拉著靈兒，命令的說：

「妳幾天都吃沒睡！妳先吃一點東西，把我幫妳熬的藥喝了！然後去睡一下！跟我走！」

靈兒已心力交瘁，無力抗拒，順從的跟吟霜走向房裡。

皓禎見大家都離開了，與太子、寄南商討：

「這次我們又犧牲那麼多兄弟，寄南快去調動所有能集結到的人，讓大家都趕到長安來，也許能幫得上漢陽所謂的大計畫！」

「好！我馬上就去安排！」寄南說。

「如果真要面對戰爭，你們別忘了我那東宮十衛！他們天天練兵，說不定是一支大黑馬！」太子說。

寄南點頭，皓禎卻深思不語。

＊

宰相府裡，漢陽又碰到他最大的難題，方世廷。

「我不准你干涉這個案子！任何時候我都可以睜一眼、閉一眼，隨著你去辦，但是這件事情和你無關，你不許碰！」世廷氣呼呼的說。

漢陽據理力爭：「怎麼會和我無關？那麼大的血案，牽涉幾十條人命！爹，我真該把你拉到現場去看看！你怎麼還能昧著良心去幫伍震榮父子作惡呢？」

「你放肆！」世廷大吼，氣急敗壞，「你竟然敢說我作惡？我好歹是本朝的右宰相，做了多少大事，你看到過嗎？我有我的立場，你不同意我的立場，也不能否決我的人品！你氣死我！居然敢頂撞你的親爹！」

「爹！」漢陽搶話：「**做事要有原則，做人要有良心！那才能談到人品！**實際上這場大屠殺，其中一位死者就是靈兒的爹呀！靈兒在我們家也住了那麼久，她的親人慘死，難道你

采文緊張，臉色大變，急促問道：「皓禎怎麼了？」

采文慌忙進屋，滿臉詫異。「什麼事情會讓你們父子吵得那麼大聲呢？」

世廷連采文一起罵：「都是妳慣出來的！一直縱容他和袁皓禎來往，才會讓他學會了皓禎他們的壞毛病，現在，什麼事都不聽我！」

還要不聞不問嗎？」

「啊！」采文驚惶：「靈兒的爹被人殺了？那靈兒怎樣？寄南怎樣？皓禎怎樣？」

「還能怎樣？個個都哭紅了眼睛，個個都快崩潰了！連我看到那血腥的屠殺場面，也快崩潰了！」漢陽激動的衝口而出。

采文驚得臉色慘然，喃喃的說：

「都崩潰了？我得……我得去將軍府……看看他們去！」就往門外走。

世廷對采文一吼：「不許去！關妳什麼事？每天長安城都有死人，有人可以善終，有人卻是橫死，這都是天意！是定數！能一個個去同情嗎？」

漢陽努力壓抑怒氣：

「爹！漢陽真是對你太失望了，想不到你已經完全背離了是非、正義和道德！好！既然爹與伍震榮一個鼻孔出氣，那麼道不同，不相為謀！這個家，我已經待不下去了！」

采文心慌意亂，攔住漢陽：「你……再怎麼生氣，怎麼可以對爹說出這種話！」轉向世廷哀求的：「世廷，你……只有這個兒子，不能再失去他，留住他！」

世廷大聲喊道：「他不是我！他沒經過我所經過的，也看不清楚朝廷現況！簡直想毀滅我建立的一切，我還能留住這個禍害嗎？要滾！你立刻就滾！」

漢陽頭也不回的奪門而出。

87

這日，太子、寄南、靈兒、吟霜聚集在太子府的密室裡。太子安慰靈兒：

「靈兒，相信這麼多天以來，大家安慰妳的話都說盡了，我還是那句老話，妳是勇敢的姑娘，有時比男兒還有氣勢！一定要振作起來，節哀順變！」

「謝謝太子！」靈兒說：「這會兒不提我的事了，聽鄧勇說你們那天去鋸齒山，敗在毒蛇陣了？」

「謝謝太子！」惋惜的說：「唉！你們就應該帶著我去！我懂毒蛇，也懂胡語，那陶笛聲就是波斯的胡人，專門訓練毒蛇的聲音。下回帶著我，絕對不會讓太子敗在毒蛇陣的！」

「聽妳這麼勇敢無懼的口氣，就知道妳已經振作不少了，雖然妳已經恢復女兒身，本太子還是不得不把妳當做一名勇士看待。放心，往後的行動一定少不了妳！」

「真要帶這個風火球啊？」寄南調侃：「她這人成事不足……」看到靈兒發怒瞪著大眼，識相的嚥下要說的話，改口說：「好好好！我不說，靈兒勇士威武、英明！」

「也要帶著我才行！」吟霜堅持的說：「以前皓禎行動都帶著我，你們碰到毒蛇陣就敗退了，萬一有人被毒蛇咬了怎麼辦？我這個大夫就有用了！」

「說得不錯，有理！」太子點頭：「何況那山裡，什麼危機都有，也可能有沼澤，有毒蟲，有毒藤什麼的。還有陷阱！確實需要一個大夫呢！」

皓禎帶著漢陽匆匆趕到。漢陽行禮：

「太子金安！臣來遲，還請太子見諒！」

太子故意裝裝生氣，瞪著眼說：

「漢陽，我真想揍你一頓，經過裘家班血案之後，你還跟我什麼金安、銀安的？難道我見了你，也要說一聲見過木鳶首領嗎？這些客套和官樣文章在我這間密室裡都用不著！從此大家都是兄弟，在公眾場合沒辦法，得喊我一聲太子，私下裡，都是名字稱呼！」

「你這密室越來越有用了，不知道能不能裝下天元通寶的兄弟？」皓禎說：「漢陽加入我們一起討論，我們就再也不用擔心如何通知木鳶了？」忽然想起一事，問漢陽：「漢陽，那天我們呼叫木鳶時，冷烈突然出現，這冷烈是不是天元通寶的兄弟？」

「冷烈是個獨行俠，出道也才一、兩年，專門跟伍家人作對！我多次想把他收歸天元通寶，他都是冷冷的轉身就走，消失得無影無蹤！」漢陽說。

「太可惜了，如果他能加入多好。」吟霜說：「上次在岩石林，看他那手暗器功夫，讓

148

人嘆為觀止！冷烈可能跟木鳶一樣，是個假名吧！」

「既然大家有共同的信念，成為生死與共、保家護國的好兄弟，誰是木鳶也就不重要了。現在惡人未除，我們還需要努力。太子鋸齒山一探，表面失利但卻是好事，至少知道他們在山裡重重防備，必有不可告人之事。」太子鋸齒山一探。

「那麼我們是否訂個日子，再闖鋸齒山。」太子問。

「再探鋸齒山是必然的！」漢陽說：「但首先還有一件重要的事情，必須請你們去查明清楚……」

大家都靠近漢陽，注意的聽著。漢陽凝重的說道：

「皇后被挾持的那一天，我在東郊別府調查證據。所有挾持案相關的證據都集中在溫泉浴池房的周圍。但是在溫泉房的西邊有一座名為『湘雨閣』的樓閣，卻乾淨得有點出奇。雖然溫泉的味道，幾乎瀰漫在別府各處，但是我站在『湘雨閣』片刻，微微還是聞到一股奇怪的味道，但卻找不到這味道的來源……」

「我懂了！」太子說：「再闖鋸齒山之前，要先探探這『湘雨閣』！」

「不錯！」漢陽說：「最令人疑竇的是，平時別府就布署了眾多衛士把守，皇后被挾持當天突然減少了衛士。待皇后救回之後，我因採證再度來到別府，卻發現衛士幾乎重兵布署在那『湘雨閣』，可見這棟樓閣恐怕隱藏著極大的機密。你們此去不管發現什麼，都要按兵

「明白了！」皓禎說：「我們這個『梅花小隊』就先去『湘雨閣』吧！」

「為什麼要叫『梅花小隊』？」寄南抗議：「叫『靖威小隊』不好嗎？」

「叫『太陽星小隊』才是！」吟霜笑著：「我們才幾個人，也只有自己稱呼一下，寄南最小心眼！」

「就是！」靈兒附議：「他就怕別人忘了他是靖威王！我覺得『梅花小隊』最好，沒人會聯想到是我們！」

「閒話少說，什麼小隊都行！大家立刻行動，聽我安排！」皓禎說：「明晚天黑後，我們就夜探那『湘雨閣』去！」

✿

第二天晚上，這支小小的隊伍，就穿著黑衣，用黑巾蒙住口鼻，闖進了東郊別府。無聲無息的擺平了幾個守衛，太子等人就一邊輕功跳躍，一邊耳聽四面，眼觀八方的一路穿過長廊和花園，來到湘雨閣屋頂上，探頭往下一看，果然眾多衛士駐守在此。太子帶著鄧勇和幾個東宮高手，皓禎帶著魯超，摟著吟霜的腰，寄南帶著靈兒，大家互相看一眼，就很有默契的一躍而下，身手敏捷的摺倒數名衛士。有個衛士轉頭發現有異狀，起疑，喊著：

「什麼人？」往暗處追去，突然被太子反手擒拿，刀架在他脖子上。

「識相的話，就不要出聲！」太子說。

衛士點點頭，嚇得不敢出聲。

靈兒早已悄悄繞到樓閣後面四處搜尋，到處嗅嗅鼻子。

「好像真的有奇怪的味道！」感覺踩到什麼奇怪的石板，低頭看著。靈兒自言自語：

吟霜也嗅了嗅，說道：

「這是皮革的味道，更正確的說，是牛皮的味道！我對味道最敏感，一定沒錯！」

靈兒像狗一樣循線嗅著，踩著石板地，突然一個衛士的長槍，從暗中劈向靈兒，靈兒身手敏捷，閃過長槍，揮出流星鎚與衛士對打。寄南、魯超趕來，從後一腳踢飛了衛士手中長槍，迅速撂倒衛士。靈兒指著那塊奇怪的石板對寄南說：

「這塊石板地，踩起來很奇怪，皮革味道應該從這裡冒出來的！」

皓禎和鄧勇也快速解決了若干衛士，跑向靈兒和寄南。皓禎問：

「怎麼樣？找到了什麼嗎？」

寄南吃力的想搬動那塊石板：

「可疑的地方是找到了，但這塊石板太重，應該有什麼祕密機關就能打開？」

太子刀仍架在衛士脖子上，來到石板地前。太子說道：

「就讓這位衛士告訴我們，祕密機關在哪？」推衛士：「說！不然腦袋不保！」

「我說我說！」衛士指著牆角的石椅：「挪動那石椅，地窖門就會打開了。」

太子擔心有詐，推開衛士，讓他去挪開石椅，石板門打開，露出一個地窖的樓梯通道。

寄南拔劍繼續威脅著衛士，衛士識相的說：

「你們也把我打昏吧！我保證什麼都沒看到，什麼都沒發生過，反正我們只不過是這兒的看門狗！」

「你如此識相，我們也不會為難你！」皓禎對衛士後腦一拍：「你就睡吧！」衛士應聲昏倒，皓禎拉著吟霜叮嚀：「吟霜，妳不會武功，跟牢了我！」

太子、皓禎、寄南等人依序走入地窖，赫然發現這裡是一個大倉庫兼工廠，堆滿作戰的鎧甲。

許多男女工人正在工作，看到太子等黑衣人，個個驚慌，無處可逃，只好抱成一團。

一個女工惶恐的說道：

「我們什麼都不知道，我們是被抓來做苦工的，我們什麼都不知道，別殺我們！」

「別怕！」太子說道：「一看你們也知道是被抓來當苦力的，今天算你們好運，我們立刻將你們救出去！可是出去以後，就各自逃跑，誰也不許說今晚的事！」

工人們又疑惑又欣喜。

皓禎拿著一套鎧甲，對太子說道：

「這是作戰穿的明光甲，顯然榮王真的想謀反！這是一個很有力的鐵證！」

太子恍然大悟，說道：

「伍震榮果然老奸巨猾，唆使皇后蓋別府，表面是溫泉行宮，其實就是要掩人耳目在這兒製造鎧甲！他知道父皇根本不喜歡溫泉，不會來的！皇后還口口聲聲說蓋溫泉別府為了給父皇治病！父皇的病，就是皇后！」

「既然被我們發現了鐵證，我們可以去告訴皇上，趕緊將榮王那伍家一幫混蛋抓起來呀！」靈兒說。

「漢陽說了，發現什麼都要按兵不動！」寄南提醒。

「靈兒別心急，這只是冰山一角，我們要找的線索多著呢！」吟霜勸著靈兒。

於是，太子放走了那些工人，命令鄧勇和東宮武士，監督他們向西跑，確定這些工人不會回來告密。大家回到太子府，靈兒忿忿難平的說：

「那地窖製作了那麼多鎧甲，我們就這樣停手，真的按兵不動了嗎？伍震榮野心那麼大，我們一定要趕緊制伏他呀！」

「唉！妳別火燒屁股的嚷嚷行嗎？」寄南安撫靈兒：「這是軍事，是要從長計議的大事，不可亂了方寸！不過……不知道伍震榮哪來的兵力可穿那麼多鎧甲？」

「看來伍震榮已經養兵多時，和胡人又關係密切，恐怕早已勾結西域來的亡命之徒，想顛覆我朝江山。」太子研判著。

「這麼說來，鋸齒山就有可能是他們養兵，訓練軍隊的祕密基地！也就是我們要找的大本營！這事情我得通報我爹，我們要趕緊想出因應之道，防堵伍震榮軍事擴大！」

「在袁大將軍出手之前，我們必須再探鋸齒山，掌握他們的兵力人數，才能克敵制勝！」

「當然，他們也可能不止一個鋸齒山！」太子說。

「再探鋸齒山，會不會打草驚蛇？你們上次已經去過一次，這次又去嗎？」吟霜問。

「上次不是驚動了胡人嗎？伍震榮不可能不知道！」太子說。

「依你的意見呢？」太子問吟霜。

「聽你們說，這鋸齒山是個弧形山脈，無論從山下什麼地方，都可以上山！這次千萬不要走上次的入山口，我們隨便選個位置上山！」吟霜說。

「對對對！」靈兒大喜接口：「那山到處有山谷，凹凹凸凸的，他們不可能四面八方都有埋伏！山腳下面繞一圈，起碼有幾百里，他們防不勝防！」

太子看皓禎和寄南，笑著說道：

「誰是你的夫人，八字還沒一撇呢！」靈兒摔開他的手。

「是呀！我這夫人是個天才！」寄南立刻得意的擁著靈兒說。

「沒有料到，兩位夫人居然也是戰略家呀！」

就在兩人又要鬥嘴時，秋峰拿來一個兵器，敲敲門邁入入密室。秋峰神色飛揚的說：

「太子殿下，我知道打鐵場製作的武器是什麼了！」揮舞著兵器：「就是這個！衛士大哥跟我說這叫做『陌刀』，他們成天成夜就在打造這種刀！」

皓禎、寄南、太子都大大一震，太子接過了那把刀，不能置信的審視著。靈兒問：

「這陌刀，是什麼樣的兵器？有什麼特別之處？」

「陌刀者，野戰之刀也！」皓禎流利的回答：「龍戰於野，血其玄黃。這陌刀，是精鐵打造，刀身厚重，攻擊力極為可怕，肉搏時威力無窮！於戰陣砍劈迴旋之時，最具殺傷力！它更可以布成陌刀陣，臨敵時，如牆而進，隨令而轉。其疾如風、其徐如林、侵略如火、不動如山！」

寄南聽了，笑著接口：

「哈哈！皓禎好熟的孫子兵法！只怕靈兒聽了也沒懂！」

「誰說我不懂？」靈兒不服氣的說：「就是很厲害的，打仗的刀嘛！」

太子舉著陌刀，又是震撼，又是悲憤的說：

「伍震榮居然想拿這個對付仁慈的父皇！他還是父皇授給『丹書鐵券』的大臣！真是其心可誅！」

「兵器、鎧甲我們都找到證據了，既然伍震榮的野心已經昭然若揭，我們就不要再遲疑

了，和這個大惡魔一決生死吧！我們必須保住李氏江山，向伍震榮開戰！」皓禎有力的說。

「不知道這個大惡魔現在人在哪兒？」靈兒咬牙切齒：「我恨不得用這把陌刀，一刀刺進他的胸口裡去！」

❖

太子他們，絕對沒想到，此時這個大惡魔，正在皇后那密室裡，和皇后溫存，兩人衣衫不整的躺在床上。伍震榮坐起身子，擁著皇后說：

「下官從來不知道皇后有尚方御牌，這御牌大大好用，以前妳怎麼不告訴我呢？那次去將軍府大鬧，有了御牌殺皓禎不就行了嗎？」

「那御牌我從來也沒想到有什麼用？皇上送我時，曾經再三警告不能拿出來，只能留在身邊把玩。假若不是皇上那天把我逼急了，我也不會拿出來！你可別動我御牌的腦筋！」

突然房門被蘭馨大力的踹開。

蘭馨對門外所有衛士、宮女、和莫尚宮命令：

「誰要是敢闖進來，本公主就要誰的命！」說完，推開莫尚宮，立即鎖上門。

皇后和伍震榮看到蘭馨闖入，慌亂中來不及應變，蘭馨已經衝到皇后和伍震榮面前。一見皇后和伍震榮又衣衫不整，臉色鐵青，暴怒無比，大吼：

「好啊！你們這一對狗男女還糾纏不清！」看到桌上伍震榮的長劍，拔劍出鞘：「我今

天就代替父皇斬了你們這對姦夫淫婦！」

蘭馨一劍砍來，皇后抓著棉被裹著身體，伍震榮光著膀子，兩人狼狽滾下床。蘭馨追著伍震榮，邊刺邊罵：

「伍震榮，你有種就不要跑！你敢讓皇上蒙羞，我殺了你這個狗東西！」

「公主！公主！」伍震榮邊逃邊求饒：「快把劍放下來！有話好好說呀！公主！」

皇后已經穿上外衣，還光著腳，痛罵：

「蘭馨！我命令妳快住手，若是再不住手，本宮就命人把妳拿下！」

「好啊！妳讓羽林軍、衛士都衝進來呀！到時候是母后難看，還是本公主難看，妳自己看著辦！」再追向伍震榮，怒吼：「我殺死你這十惡不赦的混蛋，別跑！」

伍震榮慌亂的到處躲和跑，突然被地上的衣物一絆，趴倒在地。蘭馨毫不遲疑，高舉著劍就往伍震榮刺下，伍震榮一滾驚險躲過。轉身在地求饒：

「蘭馨！蘭馨！快別這樣，不可以這樣對我！」

蘭馨一劍再對伍震榮刺去，伍震榮慌忙跳起身子，滿屋奔逃。蘭馨暴怒，追著伍震榮瘋狂揮劍：

「你是什麼東西，居然敢直呼本公主的名字？你這大膽狂徒，有種別動！」

蘭馨一刺，伍震榮回頭，伸手一擋，手臂立刻見血。皇后喊：

157

「夠了夠了！蘭馨妳已經刺傷他了，快住手！快住手！」

蘭馨哪兒肯聽皇后的話？揮劍追趕著伍震榮，伍震榮武功高強，卻有所顧忌，被蘭馨殺得滿屋跑。皇后忍不住喊道：

「震榮，你居然讓她刺傷你？別跟她客氣，你越逃她越追，你身手那麼好，就把這個瘋丫頭制伏吧！」

「母后！」蘭馨更怒：「妳喊他什麼？震榮？喊我什麼？瘋丫頭？好呀！妳這個震榮就來抓我吧，我倒要看看他的身手有多高？」

「公主！公主！下官寧可被妳打，也不敢跟妳交手！」伍震榮卑微的繼續逃。

奔跑追逃中，屋子裡的擺飾、茶水、點心通通落地，一陣乒乒乓乓。就在蘭馨一劍刺向伍震榮時，皇后拉住了蘭馨的手。她再也忍不住，暴怒而威嚴的喊道：

「蘭馨！住手！妳難道都看不出來，榮王一直在讓著妳嗎？如果他真跟妳過招，妳小命都沒有了！多少人死在他手上，他是一代梟雄呀！妳住手！」

「什麼一代梟雄？」蘭馨大叫：「我看是一代狗熊！母后，妳走開，等我先殺了這個狗熊，我再和妳算帳！」

皇后高昂著頭，下定決心，有力的說道：

「這個『一代狗熊』是妳親生的爹！妳明白了嗎？他次次讓著妳，時時護著妳，因為他

才是妳爹！」

皇后這麼一說出口，打鬥立即停止，整個屋子鴉雀無聲。蘭馨耳邊嗡嗡作響，搖著頭無法置信的瞪著皇后。皇后豁出去了，說道：

「這是我隱瞞了二十年的大祕密，伍震榮是妳的親爹，那沒用的皇上，怎生得出妳這麼潑辣的女兒？」

蘭馨震驚的手一鬆，長劍鄒噹一聲落地。伍震榮這才長嘆，感性的說道：

「蘭馨，妳的確是我的寶貝女兒，我們三個是一家人！妳不要衝動，快平靜下來！不管怎樣，我的武功也比妳好，我都讓妳刺一劍，讓妳出氣，因為我是妳親爹！一直把妳當寶貝捧著的親爹啊！」

蘭馨震驚的呆住，這突如其來的「親爹」，震懾了她整個人。有片刻時辰，她無法動彈，腦子裡飛快的想著這個「噩耗」，這個會把她撕碎的噩耗！然後，她惡狠狠的怒視著皇后和伍震榮，突然對皇后下巴一拳打去。

皇后閃避不及，被打得跌倒在地。伍震榮見蘭馨連皇后都打，震驚不已。

蘭馨能夠思想了，她狠狠的看著地上的皇后，說道：

「從妳這賤人嘴裡說出的話，能聽嗎？怕我把你們這對姦夫淫婦給殺了，這種謊言妳也說得出口？」伸著胳臂，抬著頭，傲然的挺立：「你們兩個看看清楚，我有李家的眼睛鼻子，

「我有祖宗的正義威風！」指著伍震榮：「我哪兒有一丁點地方和他相像？再說，偉大的母后，妳同時跟兩個男人在一起，或者三、四個也說不定，妳自己弄得清楚誰是誰的爹嗎？」

皇后和伍震榮聽著，被蘭馨的氣勢給震懾不已。

蘭馨說完，大力開門，轉身大步踏出，甩上房門。蘭馨一出門，伍震榮就狐疑的，轉身把還坐在地上的皇后一把壓住，銳利的盯著皇后問道：

「蘭馨說的是真的嗎？她是我的女兒嗎？妳那時正年輕，到底有幾個男人？妳不要讓我錯愛蘭馨二十年！」

皇后大怒，罵道：

「蘭馨的話，你倒聽進去了！本宮的話，你居然懷疑！你別上了蘭馨的當！那時我倆怎樣，你不是不明白！蘭馨當然是你的！」

伍震榮陰沉的看著皇后，冷冷的說道：

「最好妳說的是實話！」起身，盯著皇后：「因為妳是皇后，我才如此寵愛這個女兒，如果是普通女人生的，我丟下懸崖都不在乎！妳別欺騙我，我可不是妳那個窩囊的丈夫！連妳有幾個男人他都不知道！」

皇后起身，氣壞了，劈手就給了伍震榮一個耳光。

「你居然敢懷疑本宮，不要太囂張！真以為你是一代梟雄嗎？」

「妳別把這梟雄打跑了，到時候，誰來管妳的春秋大業？」伍震榮警告的吼。

兩人都在蘭馨留下的震撼中，彼此劍拔弩張的對峙著。

❖

這晚，蘭馨面無表情，坐在書桌前，回憶著過去與伍震榮的交手過程。想到伍震榮次次讓著她，次次卑微的跟她說話，想著百鳥衣的刁難，想著將軍府的大鬧……蘭馨越想越可疑，越想越生氣，越想越憤怒，開始拿起桌上書卷、花瓶、茶杯一個一個往牆上丟去，碎落的聲音驚動了崔諭娘和宮女們，大家奔進房中。

崔諭娘看著一地的東西，納悶的問：

「公主，怎麼了？下午公主不讓奴婢跟著您，只見公主氣沖沖的從外面回來，到底發生了什麼事情？能讓奴婢知道嗎？」

「誰都不許再提下午的事情！若是有人膽敢嚼舌根，本公主就砍了他的頭！妳們通通下去！下去！下去！」蘭馨凶狠的喊。

崔諭娘帶著眾人急忙下去，關上房門。蘭馨就坐在桌前，繼續拿著茶杯花瓶往牆上砸去。每當碎裂聲傳來時，蘭馨就說一句：

「砸死你，伍震榮！打死你，伍震榮！敲死你，伍震榮！砍死你，伍震榮……」

看樣子，把伍震榮恨之入骨的，並不單單是靈兒、皓禎等人了。

這天，皓禎、吟霜、靈兒、寄南都在畫梅軒將軍府商量大事。小樂奔進門來…

「公子，蘭馨公主派了一頂轎子來咱們將軍府，說是請吟霜夫人進宮一趟！」

「什麼？讓我進宮？」吟霜驚訝，看向皓禎。

「公主突然找吟霜幹嘛呢？連轎子都備好了，她這是什麼意思？」靈兒疑惑。

「這意思很明顯，就是公主只想找吟霜進宮，連我都不需作陪！」皓禎鎮定的說。

「這蘭馨不知道又要搞什麼花樣？」寄南盯著皓禎：「你真放心讓吟霜一個人進宮？不需要我們陪她一起去嗎？」

「大家別想太多，上回進宮，我們不是都和公主真誠相待、盡釋前嫌了嗎？也許她在宮裡寂寞了，只是單純想找人陪她說說話而已！」吟霜說。

「妳就那麼天真，不怕她又犯糊塗，欺負妳！」靈兒推推吟霜。

「不會的！」皓禎篤定：「現在的蘭馨已經不是過去的蘭馨了，她肯定有事想對吟霜說，這樣吧！靈兒陪吟霜進宮，妳們彼此也好有個照應。我和寄南還要去一趟太子府，確實也抽不出空護駕妳們進宮，不過我會安排魯超保護妳們！」

「我還在熱孝中，進宮沒關係嗎？」靈兒問。

「我有很多白色的衣裳，去換一身正式的服裝吧！」吟霜說。

就這樣，吟霜和靈兒進了宮，來到皇宮走廊，崔諭娘已經奉命等待，客氣的領著吟霜和靈兒走向蘭馨寢宮，謙卑的說：

「吟霜夫人，以前奴婢在將軍府犯了很多錯誤，還請吟霜夫人大大量量，原諒奴婢的過錯！」

「都是一些誤會，妳也不要放在心上了，讓過去的都過去吧！」吟霜說。

「是是是！謝謝吟霜夫人！」已經走到蘭馨的房門口，憂慮的說：「最近公主不知道怎麼回事，食欲很差，脾氣也時好時壞，既然夫人來了，還望夫人多多勸勸公主……」就想跪下懇求：「奴婢先謝過夫人了！」

吟霜拉住崔諭娘：「唉！崔諭娘不需對我如此行禮，我和靈兒先跟公主談談，才知道問題在哪兒，我會想辦法開導開導公主的。」

吟霜和靈兒進入蘭馨的寢宮，蘭馨已經在等待著，看到二人，起身相迎。

「聽崔諭娘說，公主最近食欲不佳，吟霜有帶銀針在身上，要不要我幫公主把個脈，針灸一下，讓公主舒服點？」吟霜溫和的問。

「不需要！」蘭馨神色嚴肅，突然拉著吟霜的手，認真的說道：「吟霜，我知道將軍夫人那個梅花烙的故事，也親眼看過那個梅花烙，證明妳是人不是狐！但是，我又聽說了梅花

163

箭的故事！我現在要妳一句真話……」有力的問……「妳到底是人還是狐？」

「公主……您又開始懷疑我？」吟霜一怔。

靈兒著急，護著吟霜喊：

「喂喂喂！公主！妳不會又犯病了吧！」擺出架式……「妳休想再欺負吟霜！」

「吟霜，我就等妳一句話！」蘭馨雙眼直盯著吟霜。

「是人怎樣？是狐又怎樣？」吟霜反問。

蘭馨眼光深沉，語氣堅定，神色正經的說道……

「是人無可奈何，是狐，想請妳作法，為宮中除害！」

「啊！為宮中除害？」靈兒驚問。

吟霜深深看著蘭馨，這個曾經虐待她，曾經嫁給皓禎讓她吃盡苦頭的蘭馨，此時卻有一股正氣。吟霜說道：

「我知道大家都希望我是狐，有無窮的法力，可惜我沒有！」歉疚的說……「靈兒的爹被殺，我眼睜睜看著他死去，救不了他的命！」

「靈兒的爹被殺了？」蘭馨震驚的問。

靈兒想到衷彪，眼中閃著怒火和淚光，問道……

「公主要除掉什麼禍害？我也很想除掉一個禍害！」

「我也很想除掉一個禍害！或者是一家禍害！」吟霜接口。

「本公主想除掉的禍害姓伍，妳們的呢？」蘭馨問。

靈兒和吟霜一怔，兩人的精神都剎時集中了。靈兒說：

「這麼巧？我們的也姓伍！妳跟那姓伍的有什麼仇？」

「那是祕密，不能告訴妳們！」蘭馨看著兩人，有所顧忌的說。

「不會有我的祕密大，那個姓伍的大魔頭，聽說是我親生的爹，在我出生當天，就把我丟到懸崖下面去了！這真是我不能接受的大恥辱！」靈兒率直的衝口而出。

蘭馨一驚轉身，打翻了桌上瓜子、花生，掉落一地。蘭馨驚喊：

「那個大魔頭，聽說也是我親生的爹！雖然這說法也大有問題，但是，如果是事實，也氣得我想死！」

蘭馨和靈兒震撼已極，不禁對看著。吟霜也震撼的看著二人。半晌，吟霜說道：

「原來我們三個，都是身世成謎的女子，上蒼把我們聚在一起，還加上一個身世不明的皓禎！難道是要借助我們的力量，為天除害嗎？我想，我們需要掏心掏肺，好好的談一下！」

三人就彼此深深的互看著。眼裡都閃耀著交心和同仇敵愾的光芒。在這一瞬間，往日的仇恨痛苦，都化為虛無。她們曾是敵人，如今卻成了盟友！

這天，采文帶著女僕提著一籃飯菜，進入漢陽在大理寺的書房。漢陽抬眼，看到采文突然到訪，趕緊起身相迎，扶著她就座：

「娘，妳怎麼來了？」

「你住在大理寺，已經好多天沒有回家了，是鐵了心不要你這個娘了嗎？」采文憂愁的問。

「娘，妳最清楚發生什麼事情，就不要再為難我了！」漢陽說。

女僕拿出飯菜，在桌上擺好。采文說：

「不為難你可以，但是總該吃飯了吧？」指著飯菜：「這些都是你爹特別吩咐，讓我給你送過來的，你看，你爹心裡還是牽掛著你，不要再和你爹嘔氣了，好嗎？」

「謝謝爹娘的心意，但是我面對的是無辜百姓的生命，面對的是大是大非的問題，這遠遠比對我個人的問題重要！」漢陽堅持的說。

「唉！」采文一嘆：「你怎麼那麼固執呢？難道你看不出來，這是你爹給你的台階嗎？

你就真要和自己的父親反目成仇？那麼，你要娘怎麼辦？」一陣心酸襲來，含淚說：「娘不

能再失去你這個兒子啊！」

我，何來『再失去』？」

「娘！」漢陽愣了愣：「妳最近怎麼搞的？動不動說幾句就掉眼淚，妳從來沒有失去過

采文一震，發現自己失言，深吸口氣說道：

「總之，你不要再固執己見，多想想你爹的處境吧！」

「妳不應該來勸說我，而是該去奉勸爹趕緊回頭是岸，不要再為虎作倀！否則……我無

法保證哪一天，」漢陽堅持而痛苦地說出來：「我必須面對我的選擇，那時，才是爹娘真

正失去我的時候！」

采文聞言，震驚得說不出話來。

　　　　❖

這晚，皓禎忙著在桌前審視一卷卷的地圖，吟霜為皓禎添加衣服，溫柔的說：

「夜深了，也該休息了。」

「今天妳進宮，蘭馨沒有為難妳吧？」皓禎起身挽著吟霜。

「當然沒有，這是我和蘭馨認識以來，最知心的談話！我、靈兒和她，現在不是敵人，

我們是姊妹，是盟友了！」

「姊妹？盟友？這進展是不是太快了？」皓禎疑惑的問。

吟霜深思的，看看窗外的天空…

「有些事，我們人太渺小了！上蒼會有祂的旨意，我們只能跟著命運轉！我從袁家轉到深山裡，又從深山裡轉回袁家！因為這番轉動，認識了蘭馨和靈兒，她們也是無法自主的人，只能跟著她們的命運轉！靈兒和蘭馨，兩個應該永遠遇不到的人，卻因我而相遇，還發現彼此的關係匪淺！」

「哦！很複雜的樣子，總之，現在命運把妳們三個人，轉到『盟友』的位置？姊妹的位置？那……蘭馨完全不恨我了？」

「是！她對你已經完全釋懷，也對你放手，不再為難她自己了！」

皓禎拉著她的手，兩人走向床鋪…

「嗯嗯！那是最好了，希望很快的有人可以填補她的空虛，給她一份幸福！」

「我想明天和靈兒去常媽那兒走走，好久都沒看到常媽了，她一個人住在那鄉間小屋，挺寂寞的，我們接下來一定會很忙，抽點空去一下！」

「明天我要和寄南、漢陽去啟望那兒，那張圖還有疑點待解！不如妳們帶著香綺和小樂，讓魯超先陪妳們過去，我和寄南忙完就去跟妳們會合。」

「好，你們忙你們的，不用管我們。我和靈兒，加上常媽，談的都是女人家的事，你們男人沒興趣，我們用過午膳去，晚膳前回來，自己去就行了。」吟霜說。

夫妻兩人，都不知道這時，皓祥還故意在畫梅軒外晃，在窗外剛好聽到吟霜最後那段話，想道：

「這兩個狐狸精，居然在沒有皓禎和寄南的保護下，要去常媽家？這個好消息，一定有人聽了會很高興的！」

皓祥竊喜的，悄悄離開畫梅軒。

❖

第二天，吟霜、靈兒、香綺、小樂、魯超來到常媽處。常媽看到大家，笑得闔不攏嘴，開心的嚷著：「唉呀！真是稀客！稀客！看到你們回來這兒，常媽真是太高興了！」

猛兒也在空中歡喜盤旋，上下翻飛、嘎嘎直叫，像是歡迎眾人到來。吟霜親切的挽著常媽說：

「我們給妳帶點東西來，希望妳會喜歡！」看向空中的矛隼：「猛兒也被常媽照顧的很好，好像又胖了！」

香綺也看向猛兒：

「是啊！好像真的變胖了！猛兒快下來！讓我摸摸你變胖了沒有！」

猛兒怪叫了幾聲，往高處飛遠。小樂打趣的說：

「哈哈哈！猛兒生氣！誰說牠胖，牠就跟誰生氣！哈哈哈！」

大家哄堂大笑，靈兒心一暖，也跟著笑了。這是裘彪去世後，靈兒難得的笑容。大家就簇擁著靈兒、吟霜進屋裡去。

到了屋裡，常媽忙著要燒水泡茶，香綺和小樂把她按在坐榻裡，不許她動。大家拿出點心，擺了一桌子，四個女人，嘻嘻哈哈談了起來，小樂、魯超忙出忙進，魯超燒了開水，小樂忙著泡茶，難得一聚，四個女人有說不完的話。誰也沒有料到，門外已經來了不速之客。

皓祥、伍項魁帶著眾多官兵，悄聲的靠近小木屋，屋裡傳來各種笑聲。伍項魁小聲指揮各衛士團團包圍了前院、後院。皓祥建議：

「伍大人，集中武力對付魯超，其他弱女子就好辦了！」

伍項魁對皓祥一點頭，立刻大腳一踹，踹開了門，衝進了客廳。吟霜等人一見伍項魁現身，大驚失色。靈兒和魯超立即擺出架式，手翻左拳右掌、腳踏前弓後箭，攔在吟霜面前保護著。魯超見到皓祥，不敢相信的問道：

「二公子，是你出賣我們？你竟然把敵人帶來？」

「你這狗傢伙也敢質問本公子？」皓祥大喊：「把他拿下！」

官兵們便衝向魯超，魯超拳法了得，加上氣憤之下，拳掌交錯、攻防劈架、虎虎生風，

與敵人纏鬥。魯超心知時間不多，所以下的都是重手，招招致命！先是一陣快拳，當場放翻了三個衝在前面的官兵，個個吐血倒地。魯超嫌屋內施展不開，飛身躍向屋外，和眾官兵打到院子裡去。靈兒一見伍項魁，新仇舊恨齊聚心頭，抽出身上的流星錘，當頭就是一個「流星趕月」，問候了伍項魁的鼻子，被其險險的躲開。靈兒見一擊不中，又急又怒，流星錘舞出一片錘花，如疾風驟雨般灑向伍項魁。她揮著流星錘痛罵：

「來得正好，我今天要為我爹報仇！常媽、香綺，妳們保護吟霜！」

伍項魁身邊的官兵，都是伍家侍衛，立刻把靈兒團團圍住，靈兒見室內會傷到吟霜、常媽，縱身一躍，跳到屋外，和官兵們大打出手。小樂趁混亂之際，順手就抓了一個罈子，對著一個官兵砸去。官兵側身一閃，抬腳一踹，就把小樂踹到屋外老遠的樹下。香綺拿起一把剪刀，就對著一個官兵的手扎了下去。官兵一痛，號叫著把香綺整個人舉了起來，對著門外丟去，正好丟在小樂身邊。小樂呻吟著說：

「二公子幹嘛欺負自己人啊！」

香綺摔得頭昏眼花，掙扎著想起身：

「他根本不是人！我去幫小姐……」話沒說完，就倒地了。小樂急呼：

「香綺！香綺……」

房裡，吟霜和常媽相擁著，被伍項魁逼進臥房，皓祥跟著進門看熱鬧。吟霜喊：

「伍項魁！你不要過來，你身上的血污已經洗不乾淨，你全身上下，都纏滿了冤魂，如果你再作惡，老天會把你劈死的！」

項魁蠻力的抓著吟霜，把常媽一腳踹開，邪惡笑著：

「妳以為說些冤魂鬼怪的事情就能嚇到本官？不管妳是狐狸還是人，本官都不怕了！妳就是再變出蠍子蟒蛇來，在一邊有點不安的看著，喊道：

伍項魁說完就把吟霜壓倒在床，開始用手撫摸她的面頰，又要去強吻吟霜，吟霜奮力抵抗，皓祥拿著劍抵住常媽，在一邊有點不安的看著，喊道：

「項魁，你打打她出口惡氣就行了！別佔她便宜！」

「我就要佔她便宜！」項魁就對吟霜說道：「以前在東市，明明是我先看上了妳，結果被袁皓禎搶去！今天，我要把被他搶走的，再搶回來！先跟妳親熱親熱，再去跟我那個小辣椒溫存溫存！」

項魁說著，就拉扯吟霜的衣服。常媽尖叫狂喊：

「你這人怎可欺負少將軍的夫人？快住手！住手！」拚命的要上前。

皓祥抓著常媽的衣領說道：

「老太婆，妳不想看可以滾出去！別壞了伍大人的興致！」

常媽就被皓祥強拉出了院子外，皓祥手一揮，常媽摔倒在地。

伍項魁把吟霜壓在床上，嘩啦一聲，撕開吟霜的上衣，就要強暴吟霜。吟霜使出了全力掙扎，用手抓著項魁的臉，用腳死命踹著，但是，她哪兒是項魁的對手，再嘩啦一聲，項魁又撕開了她第二層的衣服，她悽厲的狂喊：

「救命啊！救命啊！皓禎！救我！」

❖

皓禎下朝後就去了太子府，和寄南、太子、漢陽圍著兩張圖分析。漢陽說：

「這是戰略據點位置圖，但是，他們一定還有一張兵力分配圖！」

「對！如果能找到那張圖就好辦了！」皓禎說。

「長安四個城門，他們都畫了線，難道四個門他們都要進攻？」寄南問。

「我們應該馬上去找那張兵力分配圖，在他們發動戰事前，打他一個措手不及！」太子說道。

突然青蘿開了門，只聽到外面猛兒在哀聲啼叫。青蘿喊著：

「有一隻鳥兒，一直在這密室外面大叫！」

皓禎驟然起身，臉色惶恐，大喊：

「不好了！」

寄南臉色一變：

「是什麼聲音？猛兒？」

「一定是吟霜有難！」皓禎說完，便奪門而出。

「啊！那靈兒也有難！」寄南驚喊，追向皓禎：「皓禎等我！」

兩人奔出門外，立刻躍身上馬飛馳而去。太子一頭霧水，問漢陽：

「吟霜和靈兒有難？他們怎麼知道？我們要不要也去幫忙？」

「我們還是先把大事談完要緊！靈兒機靈得很，再加上皓禎和寄南趕去，他們兩個應該可以解決問題！」漢陽說完，又埋頭在那戰略圖裡。

✣

靈兒和魯超在院子和眾官兵打得天翻地覆，兩人要對付許多官兵，顧此失彼，打得非常吃力。

房裡，吟霜被壓在床上，動彈不得，衣服都撕裂了，伍項魁的手指捏著她的下巴，滿臉邪氣，吟霜使出吃奶的力氣，依舊掙扎不出項魁的魔掌，覺得屈辱已極，淚流滿面。項魁輕薄的說：

「妳變啊！變出個狐狸來我瞧瞧！」鼻子湊近她面頰聞著：「一身的騷味，可挑逗人了，難怪皓禎被妳迷得七暈八素，連公主都不要！我也要嚐嚐這騷味！」俯身就想親吻吟霜，吟霜看到他的面孔壓下來，張開嘴，一口就咬住了他的鼻頭，項魁痛得尖叫：

174

「妳咬我鼻子?」一巴掌打上她的臉。吟霜死死咬住不放,項魁就用雙手去掐吟霜的脖子,吟霜無法呼吸,張口吸氣。她一開口,項魁的鼻子就得到了自由。他趕緊抬頭,鼻子已經滴血。這一下,項魁怒發如狂,把吟霜的身子,壓到自己身子下,吟霜百般掙扎,狂喊著:

「放開我!放開我……放開我……」

吟霜拚命掙扎,床上棉被床單都被踢到床下。取暖火盆中的木炭在燃燒著,床單一角飄進火盆中,迅速的燃燒起來。床上,項魁還在和拚死掙扎的吟霜扭打。項魁再也沒想到,一個女人為了保持貞潔,竟然有這麼大的力氣。

忽然間,火苗引燃了室內的坐榻,又延燒到窗櫺和門框。火焰快速延燒,也燒到了床邊一個紙糊的屏風,著火的屏風倒向正欺辱吟霜的伍項魁。伍項魁見到失火,大驚跳下床。室內已經到處都是火焰,項魁狂喊:

「火!火!」項魁慌張之際,推倒著火的屏風,沒想到火苗反而燒到他的衣服,他打不滅著火的衣角,急著打轉,求救大喊:「皓祥!來人啊!救火啊!皓祥!」

吟霜趕緊跳下床,抓起地上的衣服套上身,但是衣服是破的,依舊無法遮掩自己的狼狽。

皓祥聞聲奔進來,見到失火的房間和著火的項魁,大驚失色……

「怎麼著火了？」瞪向吟霜：「是妳這白狐施的法術嗎？又是妳搞的鬼！」

「別囉嗦了！快救火呀！」項魁大吼：「水！水在哪兒？」

皓祥見房裡臉盆盛著水，拿起臉盆就潑向伍項魁。誰知皓祥身後的門扇也被燒得倒塌，皓祥抱著伍項魁閃躲，兩人卻被逼到屋角，而救火的皓祥，衣服也已經著火了！皓祥在屋裡亂竄喊著：

「不得了！我的衣服也著火了！救命啊！」

吟霜想出手拉皓祥一把，卻也被倒塌的木頭攔住，無法救援。只見火勢一發不可收拾，吟霜抓著胸前衣服，往外跑去。

院子裡的官兵和魯超、靈兒發現失火，都停止了打鬥，官兵在井邊提水，一桶桶水往木屋澆灌。靈兒對屋裡狂喊：

「吟霜！吟霜！妳在哪兒？」

「袁公子！伍大人快出來啊！」官兵們喊著。

「我得衝進去救夫人！」魯超說著，用一桶水澆濕身子，就往火裡衝。

此時吟霜用手拉著撕裂的衣襟，從屋內狼狽的奔出來。魯超趕緊上前幫忙，把她拉到安全地帶。靈兒迎向吟霜，喊道：

「吟霜，那個混蛋傷害妳了嗎？」

「他沒得逞！」顧不得自己，她著急說道：「皓祥還在裡面，快想辦法救他……」

「他就該死，妳還管他！」靈兒激烈的對著著火的房子喊著：「大火！大火！燒呀！用力的燒呀，燒死伍項魁！爹，你在天之靈，趕快來幫忙呀！」

「我去救二公子！」魯超喊著，正要進屋，屋頂塌陷了一大塊，眾人均嚇得後退。

「怎麼辦啊！魯超快去救皓祥，從後門進去！」吟霜喊。

官兵們趕緊提水灌救，無奈水桶中的水無能為力，火勢越燒越猛。

魯超決定闖入，靈兒死命拉著，不讓他去，喊著：

「不能去，太危險了，吟霜！裡面的人是我們的仇人、敵人，他們死有餘辜，不能讓魯超為他們犧牲！」

屋裡傳出皓祥、項魁的呼救聲。皓祥悽厲的驚叫：

「火！火！救命呀！救命呀……」

「來人呀！」狂叫……「救命呀……救命呀……」

官兵奮力從窗口潑進幾桶水。屋內，皓祥立刻想從水中翻窗出去。豈料項魁一把拉下皓祥，用力一甩，就跟著灌入的水，翻窗出去了。皓祥又跌落在一堆火舌中。

伍項魁滿身著火翻窗逃了出來，到處亂竄亂跳……

項魁對外瘋狂的大喊……「你們那些笨蛋！快救你們主子呀……哎喲……好痛……」

「救命啊！我身上著火了！著火了！快救我呀！快救我呀！」

官兵們急忙用水和外衣撲滅他身上的火。伍項魁被燒得焦頭爛額，狼狽不堪。他的鼻子被吟霜咬破，還在滴血。水桶裡的水，淋在項魁身上，滋滋冒煙。靈兒衝過去要殺伍項魁，嘴裡大叫：

「還想逃，我非殺了你，為爹報仇不可！」

「別過去！他們人多，我們打不過！」魯超攔住靈兒。

「官兵們，護送本官，快撤！」

項魁被官兵們匆忙快速架上馬背，痛得趴伏在馬背上，策馬疾奔，喊著：

「又是伍項魁！……」皓禎大叫：「吟霜！吟霜……」

寄南看到小屋陷入火海，心驚膽顫大喊：

「靈兒！靈兒！」

此時，皓禎和寄南火速的策馬奔來，與逃命的伍項魁人馬在院外擦肩而過。伍項魁就這樣騎馬奔逃而去，大批官兵騎馬跟著奔逃保護。

皓禎、寄南飛騎到了小院，在火光中飛身下馬。吟霜看到皓禎，痛喊：

「皓禎！」淚水奪眶而出。

皓禎見到吟霜衣衫不整，臉色慘白，又驚又怕，急忙脫衣將吟霜裹住。他心痛已極，憤

恨已極的說道…

「我該陪妳過來的！」

「我沒事了！可皓祥還在火裡面，他沒逃出來！」吟霜說。

「皓祥？」皓禎惶恐大喊，毫不猶豫拿起一桶水，對著自己全身當頭澆下。

皓禎立刻奮不顧身的衝進小屋的火海裡。魯超、寄南、小樂、香綺、靈兒見皓禎衝進火海裡去了，全部拚命從井裡提水救火。水火交流下，房子崩塌中。靈兒又昏亂的仰天大喊…

「爹！爹！你在天之靈保佑，皓禎在裡面，你趕快讓火熄滅呀！」

屋內一角，皓祥俯臥在地上已然半昏迷。皓禎衝入，吼叫著：

「皓祥，你在哪兒？皓祥！」

四處濃煙密布，遍地瓦礫焦土，皓祥嗆得猛咳，他找不到皓祥，著急不已。皓祥似乎聽到了皓禎聲音，努力的回應：「救……我……我在這……哥……哥……」

皓禎透過縫隙，看到了皓祥。他全力衝過火焰，越過各種殘骸障礙，向皓祥奔去。

屋外，大家都快急瘋了，眼見小屋處處在崩塌，個個喊著、叫著，拚命澆水。忽然間，大家看到皓禎扛著皓祥，像天神般從火海中奔了出來，臉上黑一塊、青一塊，盡是煙薰火烙的痕跡；水珠圍著他閃爍，火舌在他背後飛舞。大家一擁而上去幫忙，又哭又笑的喊著：

「他們出來了，他們出來了……」

吟霜含淚雙手合十的感謝老天。靈兒也感動的抹了眼淚，仰天說道：

「爹，謝謝你保佑了皓禎……」

寄南迎向皓禎，幾乎要喜極而泣，顫聲喊道：

「皓禎，你沒事吧？皓禎！」

寄南、魯超七手八腳幫忙把嚴重燒傷的皓祥扶下來，擺在地上。皓禎急切的喊：

「吟霜！吟霜！快幫皓祥看看，他還有沒有救？」

「給他沖冷水，不斷的沖，受傷的地方都要沖到，然後脫掉衣服，蓋上濕透的被單，趕緊送回將軍府，再繼續治療！」吟霜說。

「大家快照吟霜夫人的方法做！常媽，能找塊被單嗎？」魯超喊著。

「這……全都燒光了……上哪兒去找啊？」常媽說。

魯超一聽，二話不說就脫了自己的外衣去浸水。

大家分頭去忙，香綺、小樂、寄南等人圍著皓祥沖水，吟霜抓住了皓禎：

「你呢？給我看看！燒傷了哪裡？」

「只有手，一點點，沒關係的！」皓禎伸著雙手。

吟霜不顧自己的狼狽，拎了一桶水來，就把皓禎的雙手浸進冷水裡。

小屋已經陷入熊熊火海中，火聲劈啪響，房子轟然一聲，全部崩塌了。

89

皓祥臉上蓋著布，身上蓋著魯超的衣服，被臨時用竹子做成的擔架抬了回來。皓禎、吟霜、寄南、靈兒、魯超、常媽、小樂、香綺都跟在後面，大家餘悸猶存。皓禎扶著衣衫不整，臉色蒼白的吟霜；寄南扶著力氣用盡、喉嚨喊破的靈兒。

翩翩帶著皓祥的兩個小妾青兒、翠兒，從屋內狂奔而出，迎了過來，柏凱和雪如跟在後面跑。翩翩喊著：

「皓祥出事了？」尖叫：「他怎樣了？他死了嗎？這是怎麼回事？」

「趕快讓袁忠請大夫，恐怕要專治燙傷的大夫！」皓禎緊急的說：「吟霜已經沒力氣了，也不擅長治燒傷！」

「燒傷？」翩翩看著，心驚膽顫，慌張的喊：「皓祥！皓祥！你還能說話嗎？趕快跟娘說說話！」哭著……「怎麼好好的出去，變成這樣回來！」

皓祥呻吟著，口齒不清的說…

「好痛……好痛……」

青兒和翠兒哭喊著…

「二公子！二公子……」

「趕緊進屋吧！他好像暈過去了！」寄南說道。

「天哪！這怎麼辦呢？」雪如問。

柏凱上前看看，急問…

「有多嚴重？吟霜，妳一定知道，有多嚴重？」

「大家別慌！青兒、翠兒，快去拿床被單浸濕，蓋在皓祥身上，保持濕潤，等大夫來看，只要治療的方法正確，應該生命沒有危險！」吟霜說。

「這是什麼意思啊？為什麼你們這麼多人，只有皓祥傷成這樣？」翩翩嚇壞了。

「那是他自找的……」靈兒氣急敗壞開口，寄南阻止靈兒，接口說…

「他今天沒燒死，是他命大，是他有個不怕死的哥哥！」

大家一邊說話，一邊跟著擔架跑。

「這……到底是怎麼回事？」柏凱問。

「爹，整個經過，魯超都親眼目睹，你問魯超吧！我們幾個先回畫梅軒！魯超，你跟我

爹娘說清楚，這中間有很多事，我也不明白！」皓禎說。

魯超敬佩的看著皓禎，回頭對柏凱等人點頭。皓禎就帶著吟霜、寄南、靈兒、常媽、香綺等人向畫梅軒走去，其他袁家人跟著擔架跑去皓祥的小院。

皓祥躺上了床，大夫也請來了。翩翩哭哭啼啼的望著躺在床上的皓祥。

皓祥赤裸著上身，右臉到頸子、前胸都被燒得又紅又腫，泛起了水泡，手臂也有不同程度的燒傷，痛得呻吟著，意識不清。兩個小妾青兒、翠兒圍在床前，哭哭啼啼的照顧著。大夫仔細的敷上了藥，再用棉布慢慢的包紮，每一個動作都讓皓祥疼痛不已，全身發抖。

「啊……娘……痛……啊……」

「皓祥！你忍忍啊！大夫正在幫你治療啊……」翩翩心痛著，不停落淚。

大夫起身，對眾人說道：

「現在就這樣包著，明天我再來！」

「大夫！他沒有危險吧？這臉上會留疤嗎？」翩翩傷心欲絕的問。

「幸好，燒傷之後，做了緊急的處理。有沒有生命危險，還要看後續的治療，最怕火毒攻心和傷口潰爛，那就沒救了。至於疤痕，跟生命比起來，就不重要了。」

「那怎樣防止火毒攻心和傷口潰爛呢？」雪如著急的問。

「這個……得一面治療一面看！大家輪流守著他，別讓他亂動，疼痛是必然的，只能忍

著，有問題就立刻來找我！」

眾人聽大夫說得嚴重，個個驚惶著。大夫收拾著東西離去，袁忠跟著送出去。

柏凱來到床邊，痛心的看著床上的皓祥：

「這就是『多行不義必自斃』，聽了魯超說的那些經過，我實在太痛心了！如果他不是傷成這樣，我真想揍他一頓！這個逆子，這個我親生的兒子，這個我也愛著的兒子，到底要我怎麼辦才好？」柏凱說著，眼淚落了下來。

翩翩不敢接口，看著皓祥低低哭泣。皓祥神志昏迷的呻吟著：

「痛……痛……火……火……伍項魁……你……不是人，你……你……痛……痛死我了……」

「娘……青兒！翠兒！痛……」

青兒哭著抓住皓祥露在包紮外面的一根手指，安撫著：

「二公子！別怕，現在回家了，沒有火在燒你了！」

「我們都陪著你！皓祥，你會好的……」翠兒哭著。

翩翩不禁痛哭著，抱住兩個小妾說道：

「青兒！翠兒！妳們兩個，跟著皓祥這兩年，沒名沒分，從來不抱怨！我……還不如妳們兩個啊！」

翩翩這樣一說，柏凱眼淚盈眶，情不自禁伸手握了握翩翩的肩。

「放心，吉人自有天相，皓祥會度過這一關的！」

雪如也伸手握了握翩翩的手，說道：

「是的！是的！咱們家裡還有一位神醫呢！等吟霜休息夠了，讓她也過來看看皓祥的傷，也許她有什麼偏方，能讓皓祥好得更快！」

翩翩這才抬頭，怯怯的問道：

「吟霜會肯嗎？老爺、大姊，你們可以幫我去請求她嗎？我沒臉去啊！」

❖

在畫梅軒大廳裡，大家都換了乾淨的衣服，也梳洗過了。吟霜坐在坐榻裡，臉色依舊蒼白憔悴，正在喝著香綺送來的參湯。吟霜問：

「香綺，常媽的住處安排好了吧？」

「不用安排，就跟香綺睡一間房就好了。」香綺說。

皓禎手上包紮著，看著吟霜說：

「妳就不要操心了。我真不該讓妳們兩個單獨出門！又讓妳受到這麼大的侮辱！」氣憤已極的：「我跟那個伍項魁，現在是新仇舊恨，算都算不清，如果不親手宰了他，我也白當了驍勇少將軍！」

「我們每個人跟他的新仇舊恨，大概都堆積如山了！到時候，你把親手宰他的權利讓給

我吧！我也要親手宰了他！」寄南痛恨的說，又不解的問：「不過，這伍項魁怎麼會到常媽

那兒去呢？我也要親手宰了他！」寄南痛恨的說，又不解的問：「不過，這伍項魁怎麼會到常媽

那兒去呢？這小屋從來就沒有暴露過！」

靈兒精神都來了，指手畫腳的罵著皓禎：

「這還不明白嗎？一定我們在家商量去常媽那兒，被皓祥聽到了！哪有這種人，居然帶

了外人來侵犯自己的嫂嫂？而且還是自己的親姊姊呢！我只要想到這個，我就恨死你衝進火

場去救皓祥！」

吟霜放下喝完的湯碗，起身說道：

「好了，好了！大家不要再討論已經發生過的事了，皓祥傷得不輕，可我以前接觸的燒

傷病人不多，也沒有特別鑽研過火燒傷的治療。皓禎，我的元氣恢復很多了，你先陪我去看

看皓祥的傷口，待會，我得好好找下爹留下的藥方，研究下怎麼幫皓祥配點外敷的藥膏，減

輕他的疼痛。」

「吟霜，爹已經請了大夫，妳明天再去也不遲吧。」皓禎錯愕的說。

「不，燒傷的疼痛有如錐心，萬一他疼得痙攣，那後果不堪設想。我得先減緩他的疼痛，

還得小心傷口潰爛，毒火攻心，這些都可能會要了他的命啊！如果他治不好，不是辜負你衝

進火場去救他的一片心？」

大家面面相覷，無言以答。此時，柏凱、雪如、秦媽踏入畫梅軒，就碰上了正準備去看

皓祥的吟霜和皓禎。雪如關心的問：

「吟霜，我們過來看看妳……」到處審視吟霜的身子……「妳自己有沒有哪裡受傷？剛剛看妳狼狽的回來，臉色又那麼憔悴蒼白，娘都嚇死了！」

「皓禎你不是也傷了嗎？不在屋裡休息，這是要去哪兒？」柏凱心疼的問。

「我還好，可吟霜只換洗了一下，就著急說要去看皓祥，根本顧不得休息！」皓禎說。

「現在正要陪她去皓祥那兒呢！」

「唉，同樣身上流著我袁柏凱的血液，可是這心地卻是差別那麼大。吟霜，爹沒有把皓祥管教好，反而害苦了妳！」

「爹，我也算是平安歸來，皓祥也嚐到了苦頭，爹就別再怪他了，怎麼說他也是我的親弟弟呀！」吟霜真情的說道。

柏凱深深的看著皓禎，又心痛又欽佩：

「皓禎！你又為了什麼呢？去救一個陷害吟霜、靈兒，又處處跟你為敵的人？你救他又是什麼心態呢？」

「我根本沒想那麼多，從小，我跟他一起玩，一起長大！我們是一家人，而且，說到底，我欠他一個袁家獨子的位置！」皓禎坦白的回答。

柏凱、雪如、秦媽聽到皓禎這番話，個個肅然起敬、深深動容。

眾人到了皓祥那兒，只見皓祥包裹著白布，嘴裡不停發出疼痛的呻吟聲音。兩個小妾在一邊侍候著，青兒還端著一碗沒餵完的藥。

吟霜小心的揭開皓祥臉上的棉布，想要觀察傷勢。才一掀開棉布，皓祥就疼得醒了，呻吟著：

「哎喲……哎喲……疼死了……哎喲……」睜開眼一看是吟霜在眼前，驚嚇的說道：

「妳要幹嘛！走開！妳別碰我……娘！娘……」

「皓祥！你別動，吟霜是來看你的，她會幫你好得快些……」翩翩說著。

「我不要她看，走開！她巴不得我死了，怎麼會來幫我……走開！都走開……」激動的情緒讓他更疼痛…「啊……娘！我是不是會死，疼死我了……」

「皓祥，你別激動，這樣對你的傷口不好，我走，我們馬上走，你別激動，好好睡一晚，明天我配好藥方再來看你。」吟霜說，轉頭看翩翩…「二娘，我們先走了，妳千萬讓皓祥把藥喝了，好好休息。」

「吟霜夫人，二公子吃不進藥啊！他嗓子疼得厲害，根本吞不下！」青兒說。

「是濃煙把他的咽喉嗆傷了，我回去看下我爹的藥方，過兩個時辰妳過來取藥，我會再加安神的藥，讓他今晚能好睡些。」

「吟霜夫人！謝謝您的大恩大德！」翠兒和青兒就要跪下，吟霜急忙扶起兩人。

「別跪我了，好好照顧皓祥吧！」

皓禎陪著吟霜出去。

翩翩在皓祥身邊看著一切，一臉慚愧。

❖

吟霜回到畫梅軒，就埋進了書堆裡。她面前放著許多藥方子，還有孫思邈的藥書《千金翼方》、古醫書《黃帝內經》、《五十二病方》等，她仔細的研究，翻閱著，再對比父親的手稿。

香綺端著碗盅進來。

「小姐，妳交代的安神藥煎好了。」

吟霜掀開蓋子聞了聞…

「每味藥都按藥方上的份量吧？」

「那當然，文火煎，五碗水煎成一碗，一步不敢離開。常媽的敷料也快調好了，不過那味兒太腥了，二公子會肯用嗎？」香綺說。

「現在治傷要緊，我加了點香油壓壓腥味兒，也更潤滑些，只能先這樣調製了。」

說著常媽端著一碗盅的敷料進來，說道…

189

「來了！來了！小姐，妳看看這樣調得對嗎？」

吟霜看了下黏稠度，滿意的點頭：

「嗯！常媽、香綺，妳們真是我的好幫手！」

「小姐，妳今天也受夠了驚嚇，自己都還沒好好休息，盡在擔心二公子的傷！」常媽心痛的看著吟霜。

「我沒事的，這兩天是皓祥的關鍵時刻，千萬不能讓傷勢惡化了，一旦毒火攻心，那是會有致命的危險啊！」

皓禎帶著翩翩，青兒進來。吟霜迎上前說道：

「二娘來得正好，我幫皓祥準備的安神湯現在正好入口，青兒一定要讓皓祥喝完，除了讓他好入睡，我還加了下毒火的幾味藥，能讓他的咽喉不這麼疼痛⋯⋯」把碗盅交給青兒⋯

「還有這個，這是敷在傷口的，一天要換兩次，雖然味道不太好，但防止傷口潰爛，化膿效果很好，是我爹留下來的偏方。我親眼見過傷勢輕的人，傷口沒留下一點疤痕。妳們先讓皓祥試兩天，如果有效，我們繼續用，如果效果不彰，我再找其他方子試試。」把敷料交給了翩翩。

翩翩突然感動得熱淚盈眶，向皓禎、吟霜跪了下來。青兒也跟著下跪。

「二娘，妳這是做什麼呢？」皓禎一怔，想拉起翩翩⋯「快起來！快起來！」

「皓禎！吟霜！你們讓我跪著把話說完吧！」翩翩堅持跪著：「這次皓祥闖下大禍，現在害自己傷得這麼重，這都是他咎由自取，我這個做娘的也感到羞恥，我這就代替皓祥向吟霜賠罪！皓祥實在大錯特錯，吟霜，請妳原諒皓祥吧！」拿著敷敷料磕頭。

「二娘，有話起來再說，妳這樣跪著實在折煞我們了！快起來！」吟霜也拉著翩翩。

翩翩著急落淚，繼續跪著⋯

「不不不！吟霜，請妳原諒我們母子，過去我們對妳和皓禎造成許多傷害，請你們原諒我們吧！」抓著吟霜的手，衷心懇切的說⋯「我知道妳的醫術很高明，妳有法力，妳一定能還我皓祥原來的容貌對不對？我求妳，救救皓祥，別讓他這麼痛，他曾經擁有一張俊美的臉，我真怕⋯⋯他無法承受這樣的改變！我求妳幫幫他！幫幫他！我給妳磕頭了⋯⋯」

青兒也哭著，拚命給兩人磕頭，說道⋯

「吟霜夫人！只有您能救皓祥，我看羅大夫一點把握也沒有！」

「哎呀！哎呀！妳們都不要跪我呀！我那不是法力，是一種醫術，我會盡力⋯⋯我一定盡力⋯」吟霜急著，拉這個，又拉那個。

「妳們快先回去照顧皓祥才是，也讓吟霜好好休息一晚，也許她明天元氣恢復了，就能幫皓祥運氣功來止痛了。我受傷吟霜都會用氣功幫我止痛，很有效的。」皓禎說。

「那我們不打擾了，明天、明天我們等著你們。」翩翩感激的說。

翩翩帶著青兒離開了。皓禎心疼的把吟霜摟在懷裡。吟霜說：

「皓禎，你都猜到了我下一步想做的事了。」

「唉！」皓禎苦笑：「我都還沒從白天的驚嚇中緩過來，妳這個當事人已經一門心思在救人了。吟霜，我該拿妳怎麼辦呢？」

「還說我呢！你要救皓禎時也沒有片刻的遲疑啊！」吟霜笑了。

「也是，我們都無法擺脫跟皓禎的手足之情！」皓禎也笑了。

「如果這場火，能夠燒掉袁家人彼此的仇恨，或者也是一場『正義之火』吧。」皓禎說，和吟霜緊緊相依。

❖

皓禎躺在床上，傷口疼痛難耐，他沉重的喘息者。青兒端了藥過來，說道：

「昨晚睡得好嗎？該吃藥了，我來餵你！」

皓禎皺眉不語，嗅著空氣中的怪味，覺得反胃，更加不舒服。

「吃了藥，我再幫你換藥！吟霜夫人說這個藥效果可好了！」翠兒說。

皓禎瞪著翠兒直喘氣。

「你怎麼了？不舒服嗎？我去請吟霜夫人……」翠兒放下藥，就要出去。

「回來！」皓禎吃力的、喉嚨嘶啞的說道：「妳們讓我服那狐狸精的藥，妳們不知道她巴

不得我死嗎？」

翠兒、青兒彼此互視，不敢說話。

「你們聞聞，我是不是一身的腐爛味，我是不是快死了？」

「皓祥！不是的，這是敷料的味道，吟霜夫人說了，這味兒不好，但療效好……」青兒趕緊說道。

皓祥大怒，嘶啞出聲：

「吟霜！吟霜！她是妳們的主子嗎？妳們對她唯命是從，妳們都被她收服了，這袁家已經成了狐狸窩……」一激動，傷口又疼……「啊！疼死我了……」

「二公子！你別激動，別生氣啊！」青兒說著，和翠兒兩人不敢靠近皓祥，只敢遠遠的站在一邊。

皓祥面目猙獰的問：

「妳們為什麼不敢靠過來，是不是我毀容了，加上一身的腐屍味兒，嚇著妳們了？」

「沒！沒有……不是的……」青兒、翠兒同聲喊道。

「把鏡子拿過來！」皓祥喊。

「青兒、翠兒嚇得不敢動。皓祥嘶吼：「拿過來！」

青兒只好拿鏡子過來。

皓祥拿著手鏡面對自己，他用左手吃力的揭開了敷在臉上的棉布，終於看到了燒傷後的

右臉……扭曲的皮膚，紅腫帶著焦黑。皓祥震驚又恐懼，冷顫不語，眼眶慢慢的紅了。青兒微顫的說：

「你會好的，大夫說會好的……」

皓祥突然用盡所有的力氣，跳下了床，嘶吼出來。屋內皓祥把房門閂上，嘶吼、叫囂、器皿的砸碎聲不斷傳來！翩翩驚問：

「怎麼了？怎麼了？」說著便要往屋裡去。

屋外，翩翩正端著特別熬煮的食物準備進屋，被裡面皓祥的嘶吼聲嚇得碗盤齊飛，青兒、翠兒衝了出來。

「滾……」鏡子朝青兒丟去。

「二公子……他把門閂住了，您進不去！他……砸了所有的東西，他看到了臉上的傷口就瘋了……」青兒說。

「哎呀！妳們幹嘛讓他看呢？」

「我們不敢不聽啊……他變了一個人……」翠兒害怕的說。

皓禎、吟霜正過來。聽到屋裡皓祥的狂吼亂叫，急忙快步走近。皓禎敲門：

「皓祥！你快開門，你冷靜一下，讓我們進來！」

「滾！都滾！」皓祥嘶喊：「你們這些魔鬼、妖怪！現在把我弄成了怪物，你們心滿意足了吧……」花瓶砸向了門框。

「皓禎！這樣不行，他會傷了自己，我們必須讓他安靜下來！青兒、翠兒趕緊去叫人來，先把門打開！」吟霜說。

屋內，皓祥聽到吟霜的聲音，驚恐萬分，嘶啞大叫：

「走開！妳這個狐狸精！妳是妖精！妳把我害得這麼慘，妳滾！妳滾……娘！救我！娘……娘……啊……」

皓祥驚慌失措的撞到了椅子，摔倒在地，傷口的劇痛讓他暈厥過去。

門外，袁忠帶著家丁齊力把門撞開。翩翩首當其衝的衝了進來，屋內一片狼藉，看到暈倒在地的皓祥，撲了過去，心疼不已，落淚喊道：

「皓祥，皓祥，我可憐的孩子啊……」

皓禎和吟霜，看了也心酸不已，彼此互視，對於這個又是兄弟，又是仇敵的弟弟，簡直不知道是憐惜、是遺憾、是悲憫？還是無奈？

吟霜只知道，在各種複雜的心態下，要治好他是現在唯一的心願！皓禎看著吟霜，完全讀出她的心聲，就跟她心念一致了。

90

皓祥昏迷的躺在床上，手腳也用棉布束縛住了。臉上，手上除了燒傷又多了外傷。吟霜仔細的在幫他敷藥，袁家全家都站在一旁。翩翩忍不住掉淚，柏凱安慰的說道：

「妳也別太悲觀了，相信吟霜會盡全力的救他！」

「我就怕他連生存的欲望都消失了……你要他怎麼能承受這麼大的改變！他連正室都沒娶呢！」說著又淚眼婆娑……「為什麼是他呀……」

「二娘，別喪氣！男兒志在四方，外在的容貌，不是女子選擇夫婿的唯一標準，何況還有吟霜細心的治療，燒傷需要很長的復原期，我們都要有耐性。」皓禎說。

「就是啊！翩翩……」雪如勸解的說：「做為娘，更不能先失去了信心，皓祥這時更需要妳的鼓勵！最重要的是，他不能再把吟霜看成妖狐，這樣吟霜怎麼幫他呀！」

「是的！是的！我記住了！」翩翩心服口服的說道。

吟霜已換好敷料包紮好了傷口。皓祥又發出痛苦的呻吟聲：

「我疼……娘……疼啊……」

吟霜就把雙手輕輕貼在皓祥胸前包紮著白布的地方，說道：

「我要用我的方法，逼出他的毒，也幫他止痛！爹娘，你們都請先回房休息吧！有皓禎陪著我就行了。」

「辛苦妳了！娘去交代廚房給妳做點補品。」雪如說。

「謝謝娘。」

雪如、柏凱帶著秦媽離去，留下了翩翩、青兒、翠兒、皓禎守在房內。

吟霜開始虔誠的運功，額上冒出冷汗，皓禎心痛的用帕子幫她擦拭著。吟霜運氣運得雙手發紅，面容蕭穆莊重，反覆低唸著：

「心安理得，鬱結乃通。治病止痛，輔以氣功。正心誠意，趨吉避凶。心存善念，百病不容！」

翩翩和兩個小妾看著，淚水一直掉。

皓禎看著，眼裡充滿了感動和對吟霜的愛。

幾天過去了，袁家每個人都守護著皓祥。這天，皓祥睡得不安穩，翩翩在床邊陪著，也累得打盹。突然間，翩翩被皓祥的躁動給驚醒了。

「皓祥！娘在這兒呢！」翩翩說。

皓祥悠悠轉醒，想動，又發現自己被束縛在床上，掙扎起來⋯

「娘，妳這是幹嘛？為什麼把我綁在床上，放開我⋯⋯」突然想到⋯「妳讓那狐狸精把我困在房裡對嗎？」

皓祥不進去，憤恨的說⋯

「皓祥，聽娘說，你先冷靜下來，大家都是為你好，你這麼激動，對你的傷勢復原不利。吟霜不是狐狸精，這幾天，娘看著她為你的付出，娘真心感動啊！你想想，你的嗓子是不是清亮多了，你的傷口也進步多了，這都是吟霜的功勞啊！如果她要害你，早就可以讓你毒火攻心、魂歸西天。更何況，造成這麼大的傷害，始作俑者還是你啊！」說著說著，眼淚滾落。

「娘，妳真是可悲，我盡了一切努力，想把我們在袁家的地位提高，可如今我卻落得這樣的下場，而妳⋯⋯還幫那個狐狸精說話，被那個雜種跟妖精玩弄於股掌之間⋯⋯什麼我是始作俑者，那場火是怎麼起的，妳想過嗎？」

翩翩無法跟皓祥溝通，傷心又無奈，勉強的說道⋯

「不是你想的這樣！娘怎麼才能讓你明白呢？都怪娘沒用，一直沒能讓你爹對你有更多的寵愛，是娘沒把你教好，你才會如此偏激，對人性充滿了怨恨⋯⋯」

「妳住口！住口！」皓祥怨懟的喊：「明明是他們的錯，為什麼要妳來扛責任，我就是討厭妳這樣委曲求全，妳委屈了一輩子，求到了什麼？明明是獨子的我，明明是該被寵愛的妳，如今都成了什麼？現在，我更是徹底毀了，成了人不人鬼不鬼的怪物，就算死不了，活著又有什麼意義？袁家唯一的兒子，根本見不得人的兒子……」「我怎麼為袁家傳宗接代，出身好的姑娘誰會嫁給我？我還能做什麼……」皓祥悲從中來：「妳放開我！我不要這樣活著！我不要……」

皓祥痛苦的掙扎著，拚命想擺脫束縛，激動的樣子嚇壞了翩翩。

「來人哪！來人哪！」

翩翩看到傷口又撕裂出血了，嚇得衝出了房間大叫：

「妳放開我！讓我死！讓我死！」

「皓祥！別這樣啊！你會受傷的！」

為了給皓祥治傷，吟霜忙得暈頭轉向，皓禎守護不離，靈兒和寄南都在畫梅軒陪伴，過了好多天，太子親自到畫梅軒，皓禎才把這場「大火驚魂記」告訴太子。太子著急的看著四人，驚問：

「發生了這麼大的事，我怎麼全被蒙在鼓裡，你們也藏得太深了！在這緊要關頭皓祥被

燒傷了，吟霜又要忙著治傷，我們何時才能再去那座山呢？」

「太子別急，經過了幾天的照顧，皓祥的傷漸漸穩定了，我想要不了多久，就會結好痂，然後是脫痂，後面就是護理傷疤的問題，這雖然需要很長的日子，但青兒、翠兒都能做，到時候，我們就可以去了！」吟霜說。

「唉！你們怎麼這樣多災多難？」太子看著皓禎和吟霜，不可思議的問。

突然間，袁忠急敲門進來，喊道…

「不好了！二公子又出事啦！」

大家震驚！吟霜和皓禎急忙就向外面跑，喊著…

「寄南！靈兒！你們陪著啟望，我們去看看！」

「大家一起去吧！」太子說：「你家的事，跟我家的事一樣重要！」

皓祥已經掙脫了束縛，正在屋裡發狂，面孔猙獰，拿著匕首頂在自己的脖子上，翩翩崩潰的在一旁。

「皓祥！娘求求你了，不要嚇娘啊！你不想活，讓娘怎麼過啊！」翩翩哭喊。

「娘！」皓祥痛哭流涕…「我沒有辦法面對後半輩子的人生！爹說過，我永遠不會是他的驕傲，現在我終於承認了，這樣的我不配做袁將軍的長子！」

「不！你不是娘的驕傲，永遠都是！等你好了，娘帶你離開這個家，我們母子相依為命……

娘求你了！」翩翩哀求著。

房門被推開，太子跨進房門，看著皓祥，忍不住怒斥：

「皓祥！你想成為袁家的驕傲，就先放下匕首！」

太子說著就向他走去，其他人都進門來，皓祥一看全家上下都跟著太子來了，嚇得發抖，顫聲說道：「你……你們不要過來，再靠近一步，我就下手了！你們走開！都走開！」

太子、皓禎毫不猶豫的一步步走向皓祥，皓祥被逼得退到了角落，蹲了下來，手上包紮的棉布上又滲出了血。他疼痛難耐，全身發抖，顯得無助極了。吟霜溫柔的說：

「皓祥！你又把傷口撕裂了，快讓我幫你上止血的藥吧！」拿起碗盅：「你看，我又配了新的藥方，讓我慢慢幫你治療，我有把握還你一張漂亮的臉，好嗎？」

皓祥看著吟霜，怔住了！被她溫柔而堅定的語氣吸引，好似吟霜真有魔力似的。皓祥、吟霜對視著，皓祥狐疑的眼神，逐漸迷茫起來，看著吟霜問：

「妳……為什麼要幫我？妳到底是人？是狐？妳到底想幹什麼？」

皓禎趁其不備，突然出手，「空手入白刃」，閃電般在皓祥持匕首的手腕上一捏，奪下匕首。皓祥轉身一動，匕首落地，太子一腳踢到遠處。

眾人驚呼！皓祥雖被皓禎奪下，但皓禎仍被匕首劃了一道口子，一時血流如注，

「皓禎！」吟霜喊。

「一點皮肉傷，不礙事！」皓禎趕緊說道。

皓祥想要搶回匕首已經來不及，寄南、太子、魯超一起制住了皓祥，皓祥痛得大叫。

「輕點！你們輕點！他傷口都破了，很疼的！香綺！快幫皓禎上點刀傷藥。」吟霜喊著。

「是！」香綺打開了藥箱，拿出藥來幫皓禎處理傷口。

皓祥無力再博鬥，奄奄一息的臥倒在地上，疼得冷汗直冒，直打哆嗦。吟霜看著不忍，從藥箱裡拿出了一個小瓷瓶，遞給寄南⋯「寄南，你們想辦法讓他喝下去，他很快就會不疼了。」

「別碰我！你們別碰我！」皓祥掙扎。

太子拿過小瓶子，說道⋯

「你不相信吟霜，總能相信我吧？」說著提起皓祥的下巴，一用力，皓祥被迫的張開了嘴，太子就把藥水硬灌了進去。

皓祥喝了，果然很快的就暈眩了起來，眼睛閉上了，翩翩緊張的喊⋯

「皓祥！皓祥！你怎麼啦？」

「二娘，沒事的。我只是想讓他能安靜的睡一下，他就不會痛了，我再幫他看下傷口，重新上藥。你們幫我把他抬上床吧。」吟霜說。

寄南、袁忠兩人把皓祥抬了上床。皓禎包紮好了傷口，過來說道⋯

「二娘，今天的事，就別讓爹、娘知道了，這些日子他們操心的事情太多了。」

「是的，我明白。」翩翩感動的對著青兒、翠兒等下人們說道：「你們都聽到了，誰也不許多嘴！」

「是！」袁忠等下人們齊聲回答。

翩翩在太子面前跪下，此時才有機會道謝：「翩翩教子無能，驚動太子，罪該萬死！」

「起來吧！」太子說：「就當虛驚一場！但我要妳幫我帶句話給皓祥，只要他能夠乖乖的讓吟霜治療傷口，我就保證讓他成為袁將軍的驕傲！」

翩翩感動莫名，拚命點頭。

❖

接下來，一連串的日子，將軍府都在為皓祥的燒傷治療著。吟霜是最忙的一個人，無論早晨、黃昏、夜晚……她細心治傷，調藥，進出廚房，監督香綺、常媽煎藥。皓祥逐漸接受了吟霜治療的事實，常常迷惘的看著她為他換藥、敷藥。皓禎、寄南、靈兒、太子只得把大事搬進畫梅軒來商議，研究鋸齒山的地形圖。青兒、翠兒忙著餵皓祥吃藥，翩翩幫忙吟霜換藥包紮。忙碌中，吟霜依舊會送點心給在商議大事的太子等人，為大家打氣。皓祥慢慢睡得安穩，傷口也開始癒合。大家照顧皓祥時，雪如幾乎天天送來點心，翩翩感動在心，柏凱也有意外的欣慰。

三個月後，吟霜幫皓祥拆開臉上包紮的棉布。皮膚燒傷的疤痕已經癒合得很好，只有不

203

明顯的燒傷痕跡。翩翩熱淚盈眶，青兒、翠兒緊緊握住彼此，激動得不能言語。

吟霜把鏡子拿到皓祥面前，皓祥看到了一張新的面孔，他不敢相信還能有這樣的一張面孔，一時說不出話來。他看著吟霜，眼眶泛紅。吟霜微笑的說道：

「妳真的做到了！」皓祥哽咽的說。

「持續用這些敷料，剩下的這些疤痕，日子久了，也會慢慢淡化的！」

大家見到皓祥的燒傷大致恢復，都又是安慰又是感動。柏凱感動的說：

「多虧了吟霜，辛辛苦苦的照顧他！這麼嚴重的燒傷，居然能癒合得這麼好！」

「是啊！這真是皓祥的福氣啊！」雪如說。

翩翩感動萬分，激動的說：「不是皓祥有福氣！」感激的望著吟霜：「是吟霜的醫術太好，吟霜根本就是一位活菩薩、救命仙子！是她救回了皓祥這條命！」

「我只是盡我最大的能力，皓祥能恢復健康，是大家的福氣！不過，皓祥左腿上的傷比較嚴重，要繼續包紮，才能防止像螃蟹腳那樣的傷疤。」吟霜說。

「皓祥，現在你總相信吟霜只會救人，從來沒有害過人吧。」皓禎說。

皓祥實在太感動了，突然握緊皓禎的手掌，就跪了下地，痛悔的哭泣：

「哥！我錯了！我錯了！這段日子我都想明白了，你和吟霜不計前嫌的照顧我，家人不眠不休的侍候我，大家對我所有的付出，我都記在心裡！我何德何能，承受著你們對我的一

切，我太慚愧了！」

「皓祥，你左腿還沒全好，起來說話，不要這樣跪著！快起來！」吟霜喊。

「不！下跪都不足以表示我的歉意！我真是一個罪大惡極的人，過去我對你們各種惡行惡狀，還勾結外人迫害自己的家人，我對不起你們！哥！請原諒我的無知，原諒我和你爭寵爭地位，哥！對不起！」

皓禎扶起皓祥，懇切說道：

「我們是家人，是兄弟，何須說原諒呢！只要你願意痛改前非，我們永遠都是好兄弟！」

「哥！我是『親』兄弟！你不用避諱這個字，不管我們有沒有血緣，你就是我的親哥哥！」皓祥聲淚俱下，抱緊皓禎，強調的說：「親哥哥！」

眾人見此情景跟著感動落淚。柏凱不勝感慨，說道：

「皓祥，你能有這番感悟，能感受皓禎對你的愛，這才是我的好兒子！」

「爹！」皓祥抱向柏凱：「皓祥不孝！從今以後，絕對洗心革面，做一個堂堂正正，值得你驕傲的兒子！雖然我永遠趕不上哥，可是，我會以他為榜樣去做人做事！」

「太好了！太好了！」雪如欣慰：「從此以後我們袁家團結一致，再無風浪了！」就拉著吟霜的手說道：「吟霜！認了妳的弟弟吧！」

吟霜含淚的依偎著雪如說：

205

「是！也認了我的親娘和親爹！」

雪如一顫，緊緊的擁著吟霜，眼淚落下來，啜泣的說：

「多麼漫長的等待，終於等到了！」

91

皓祥的傷已經無礙，鋸齒山的大事也不能再耽擱了。這天，大家終於開始行動。太子、皓禎、吟霜、寄南、靈兒、漢陽、鄧勇、魯超等人神色謹慎，都穿著黑色勁裝，帶著便衣衛士若干人，來到鋸齒山的山腳下。漢陽嚴肅的對太子說道：

「即使懷疑伍震榮在鋸齒山養兵，但此山處處暗藏奪命凶險，太子身分特殊，下官奉勸太子，還是不要參與今日的行動吧！」

「那怎麼行！」太子抗議：「於朝廷，我是一國儲君，有責任保護父皇的社稷江山，於『天元通寶』，我們都是歃血為盟的兄弟，不管有什麼艱險，我都必須和大家一起行動，絕不退縮！」

皓禎對太子說：

「一路上一直苦勸，你就是不聽，既然你知道自己是一國儲君，你的存在對我們而言是

多麼的重要，應該留在朝廷治國安邦，成為我們堅實的後盾！探敵的事情，還是由我和寄南去辦就行了！」

「對啊！」寄南加入說服：「萬一鋸齒山真是伍震榮的軍事營地，又萬一我們有個閃失，落入了伍震榮的手裡，那他肯定拿你的命，要脅皇上交出政權，到時候我們治不了伍震榮，說不定就讓那賊王登上皇位了！你還是回去把守朝廷吧！」

「你們什麼時候變得這麼沒有信心，為何我們就一定會遭遇萬一呢？」太子發怒了：「為什麼我們不可能出奇制勝，拿下伍震榮？我知道你們為我安危著想，但這些都不是阻止我行動的理由！保家衛國，人人有責！」

「好了好了！」靈兒耐不住性子說道：「都到山腳下了，你們都別再勸太子，多一個人就多一分力量，管胡人有什麼毒蛇猛獸，他們那些把戲我清楚得很！你就不要再婆婆媽媽的阻止這、阻止那了！你看，連吟霜都去了！」

「希望我不會給你們增加負擔，我認為我的醫術，多少會幫助大家。而且，今天是隨便挑的山腳，應該不會有太多埋伏。」吟霜說。

漢陽和皓禎、寄南面面相覷，仍有憂慮。靈兒衝向漢陽說：

「哎呀！漢陽大人，不對，木鳶大人，今天的行動指令，你在太子府都交代清楚了，你快回京去監視伍震榮，我們這會兒趕快行動要緊！」

漢陽果斷的說：

「既然太子心意已決，那麼皓禎、寄南、鄧勇、魯超，你們一路必定保護好太陽星，不得有誤！」恭敬對太子行禮：「漢陽就恭送各位到此，恭祝諸君平安歸來！」

漢陽說完，掉頭而去。

　　　　　　✦

太子、皓禎、寄南等人，小心翼翼的踏上鋸齒山，這隨便選的入山處，居然是一片岩石區。眾人警戒小心步伐，個個用輕功在岩石間前進，動作統一俐落，非常有默契。皓禎緊牽著吟霜，很多地方都托著她的身子飛躍過去。

突然之間，從暗處射出許多有迴力功能的乾坤圈，圈上裝有尖銳的利刺，太子等人個個反應迅速，跳躍閃躲。皓禎立即把吟霜護在懷裡，躲在一塊大岩石後面蹲下。

靈兒輕喊：

「大家小心！乾坤圈上有暗刺！」

「看來他們布署了不少人力，大家小心各種陷阱！」皓禎提醒。

「居然隨便挑個地方上山，也有人埋伏！這兒到底藏了多少人？」吟霜驚愕的說。

說話間，更多的乾坤圈從不知名的暗處再次襲來，眾人身手靈活，施展輕功敏捷的左閃右避。

太子危險之際身子後仰，避過有銳利刺刀的乾坤圈。皓禎跑來近身保護太子，兩人一起拔劍揮斬乾坤圈，三柄劍聯合舞出道道光幕，乾坤圈碰上光幕，鏗鏘作響、紛紛墜落。太子對皓禎命令：

「你快去保護吟霜！」

「她躲在那岩石後面，還算安全！」皓禎說。

一個乾坤圈旋轉間劃破了寄南的衣袖，他一步步退後驚險閃避，靈兒即時拾起石塊，飛擲過去，打落了乾坤圈，救下寄南。

這乾坤圈的陣仗，大家一陣躲避和硬闖，個個安全過關。太子等人，繼續前進，越過這片岩石區，來到一片草地。大家呼出一口氣，總算看到綠地，像一座山了。

忽然，地上四面八方各處，湧現出無數的毒蜘蛛，爬向眾人。吟霜緊急呼喊：

「當心地上的蜘蛛！有毒，千萬別被咬到！」

「如果有人被咬了，趕快找吟霜治療，不能耽誤！」皓禎跟著喊。

地上，毒蜘蛛如同蜘蛛大軍，不斷湧來。太子眾人，揮舞著各種武器，砍殺蜘蛛，卻越砍越多。鄧勇和魯超，拿著大石頭亂砸，砸死不少蜘蛛。但是，蜘蛛好像殺不完，不斷源源湧現。寄南不解的說：

「怎麼會有這麼多毒蜘蛛？一定是胡人養的，我們要不要退？」

「才剛剛入山，怎能被一群蜘蛛嚇走？不退！」太子堅定的說。

「不退！我不信我們連蜘蛛都打不過！」靈兒呼應太子，也堅定的說。

靈兒就使用流星錘，對著地面一陣橫掃過去，殺死無數蜘蛛。魯超、鄧勇和諸武士，也開始用橫掃的功夫，對付地上的蜘蛛。但是，毒蜘蛛前仆後繼，依舊源源而來。

「要想攻略辦法，打仗跟人打，怎麼跟蜘蛛打？」太子說。

眾人打得捉襟見肘，各個又閃又躲又攻，手忙腳亂。忽然間，天上一聲聲鳥鳴，悽厲高吭，眾人尋聲一望，只見猛兒帶著一群矛隼，從天而降。吟霜大喜，對猛兒喊道：

「猛兒，你把朋友都帶來了嗎？趕快來幫忙！這裡有蜘蛛大餐，你們快快享用！」

只見猛兒帶頭，眾矛隼盤旋在蜘蛛群上方，尖喙落如驟雨，啄向蜘蛛大軍，像風捲殘雲般。不過一盞茶的時間，就迅速的吃掉了地上的蜘蛛大軍。太子驚愕的說：

「這猛兒為什麼叫猛兒，本太子終於明白了！但是，牠們不怕毒嗎？」

「矛隼是作戰的鳥兒，專吃毒蟲，怎會怕毒蟲？」吟霜笑著說。

「現在，太子知道我們兩員女將的厲害了吧？」皓禎不禁得意，問道。

「她們是巾幗英雄，有時更勝我們男子！」寄南笑著說：「差點讓本王在長安大街滾三圈呢！哪一個敵人能夠如此？」

「哈哈！說得不錯！」太子欣然同意。

蜘蛛陣就這樣被矛隼大軍給破了。大家繼續前進，眾人步步為營，來到叢林區。進入叢

林，就聽到胡人再次吹出陶笛聲音，眾蛇突然大量的出動，爬向太子等人。太子喊：

「毒蛇陣擺出來了！靈兒，看妳的！」

靈兒一跳，上了樹幹，立刻拿起事先準備好，掛在胸前的陶笛，吹出另一種聲音。四處

亂竄的毒蛇一聽到靈兒吹出的聲音，全部靜止不動。躲於暗處的胡人又吹響陶笛，全部毒蛇

再次爬動，吐著蛇信。靈兒低語：

「想跟我玩是嗎？你姑奶奶我奉陪！」又再吹另一種非常尖銳的聲音出來。

所有的毒蛇突然全部退回地穴，或原地蜷曲，再也不動。寄南攀在樹上，驚奇的說：

「原來靈兒妳真的是弄蛇族的高手呀！真是厲害！吹一吹牠們全睡著了！」

胡人見蛇陣被攻破，首領吹了一聲口哨，若干隱藏的殺手全部冒出，手中射出一朵朵黃

色的花兒暗器。霎那間，樹林裡、草叢中，鐵製的花兒紛紛破空飛來，場面看似漂亮壯觀，

但每個花瓣上都有一根毒刺。靈兒急忙喊道：

「太陽星小心！這是胡人專用的狼毒花！上面有毒刺！大家小心！」

太子身形一斜，連續數個後空翻閃避眾多飛來的花兒，一朵花兒險險的從太子的眉眼間

飛過，啪的一聲，嵌入樹幹上，花上毒刺眾多。

眾人立刻拔劍，一邊揮劍擊落狼毒花，一邊施展各種身手，閃躲不斷飛來的花兒。太子

仍然不慎被狼毒花劃破了臉頰出血。皓禎和寄南雙雙護駕，聯手站在太子跟前，揮落一波波的花兒攻擊。

皓禎瞧個空隙，趕緊拉著太子退到一棵大樹後躲避，吟霜已在那兒等候。吟霜拿起地上的一朵狼毒花聞了聞，說道：

「是『斷腸草』，太子別急，我前幾天就研究過各種毒草毒花，配治了這『解毒藥膏』，我幫你解毒！」吟霜幫太子擦藥，又從行囊中拿出一瓶藥丸：「為了萬全，再吃一顆我爹的神藥『解毒萬靈丹』吧！」

太子立刻吃下藥丸，喘息著。他不放心，說道：

「弟兄們還在危險之際，我們快殺出去！」

皓禎和太子再度衝出去與狼毒花對抗。就在眾人疲於奔命，應付不暇之際，身手不凡的白衣男子冷烈，突然凌空飛躍而來，雙手同射，「天女散花」出手，一波波梅花長針飛出，射向胡人布署的眾殺手。冷烈身手高超敏捷的來回飛躍、閃電出招，殺手們一個個咽喉上被射了梅花針，個個中針倒地，狼毒花陣終於平息。寄南驚喜不已：

「又是冷烈！果然是暗器神射手，他又救了我們一回！」

樹林裡，胡人殺手全部倒地，冷烈沉著冷靜的安穩落地。太子對冷烈行禮：

「謝謝大俠，再度出手相救！」

「只是比暗器功夫而已，不需言謝！」冷烈孤傲的說，指著某方向：「往前三里，就能

到達一個制高點，名叫鷹嘴，那兒風景最佳，沒有埋伏，告辭！」

靈兒從後追著冷烈，輕聲喊著：

「冷大俠！下次相逢一定請你喝酒，後會有期！」

冷烈頭也不回的一個飛躍，消失在叢林之中。皓禎困惑的說：

「這冷烈脾氣真是古怪，冷冰冰的一個人，但又總是出現在我們身邊幫助我們。不知是

巧合還是在跟蹤我們，我們還是小心為妙。」關切太子：「啟望哥，你身子還好吧？吟霜的

解毒藥，有沒有發揮作用？」

太子摸摸臉上的傷：「沒事！我現在感覺精力旺盛，我們上山要緊，快走！」

太子等人終於找到山上一個隱密的制高點，四周有樹木掩護，樹木中有塊巨石狀如鷹

嘴。大家匍匐在巨石上，悄悄的探頭鳥瞰下方。

山坡下正是這鋸齒山那葫蘆形的腹地，是一大片山谷平地，駐紮著許多軍事帳篷。每個

帳篷上豎立著一根根旗桿，上面都飄揚著清一色寫著「龍伍軍」的旗幟，平地上有密密麻麻

的士兵在操練著。

「果然不出所料，榮王養兵的規模歷歷在目，真是鐵證如山了。他們這兵力，恐怕不下

數萬人吧？」寄南低聲驚呼，看得目瞪口呆。

「想不到這深山裡居然藏著這麼龐大的軍隊，我看這密密麻麻的，說不定有十萬人呢！」靈兒遠眺著說。

「『龍伍軍』？」太子氣憤的說：「居然把父皇的『龍武軍』，改成了姓伍的伍！這麼堂而皇之的高掛著軍旗，篡位之心昭然若揭，真把自己當作是真龍天子！」氣得憤怒搥地：「父皇早就該殺了他，天大的逆臣賊子！」

「啟望！先冷靜下來，既然我們都進到這個山頭，不入虎穴焉得虎子，我們不如想辦法混入敵營，喬裝成他們的士兵，搜集更多伍震榮謀反的軍事情報。」皓禎說。

「我正有此意，知己知彼，戰無不殆。掌握越多伍震榮的軍情，我們就可以予以反制，對他攻其不備！但是，吟霜不會武功，怎麼辦？」太子說。

「你們不要顧慮我，我穿這一身，也沒人會認出我是女人，我跟著皓禎就是。」吟霜說。

「不！」皓禎斷然說：「妳跟進去太不安全！也會妨礙我們！」指揮魯超、鄧勇：「你們和其他兄弟留守在這兒，你們要好好保護吟霜……」

「不行！」吟霜堅持的打斷皓禎：「我絕對不會一個人留在這兒，還讓魯超和鄧勇不能幫助你們，來保護我！我會小心，我一定要跟皓禎在一起！」

皓禎看著眼中閃耀著毅然堅定光芒的吟霜，知道自己再說什麼都沒用，只得嘆氣點頭。

「靈兒聽得懂兩、三種胡語，就讓她和我們一起進去冒險吧！」寄南說。

「當然！我拚了命也一定要跟你們一起打進去！不滅了伍震榮，我就不姓裘！」

「太陽星！」皓禎再叮嚀太子：「你務必管好自己！你可以冒險，可以歷險……」

「知道了！」太子打斷：「可以探險，不可涉險！這次，是我們最大的冒險和探險，大家都要注意，不可涉險，出發吧！」

❖

片刻後，太子、皓禎、寄南、靈兒、吟霜、魯超、鄧勇低身走近敵營邊界。正好一隊八人小組的巡邏兵走來，眾人隱身樹林內，在皓禎一聲低嘯下，迅雷不及掩耳的撲了過去，身手矯捷的短刀一刺，八人連對方的面都沒見到，就全部送了命。大家七手八腳把屍體拉進了附近的岩石叢中藏好，然後，七人都換上士兵的服裝，臉上也用土抹黑了，彼此照應著。

吟霜知道自己沒有武功，手中悄悄緊握一面手帕，緊緊跟著皓禎。眾人輕手輕腳走進軍隊的營區裡。營區帳篷林立，許多士兵在帳篷外，忙著排隊打飯。因為士兵太多，七人混在士兵中，完全沒有引起任何人注意。

太子一路無懼的和皓禎並肩走在營區裡，看著眾多士兵整齊打飯，低語：

「以他們這些兵力的規模，簡直比皇宮的軍力還大。羽林軍不夠瞧！」

皓禎看看四周，立刻拿出作戰經驗，說道：

「我們七個要分開行動，寄南和靈兒，你們想辦法去找出糧倉和軍火庫，我和太陽星帶著吟霜去找他們的總部。鄧勇和魯超去找他們的戰馬場，找到了千萬不能動手，我們幾個打不贏這樣的大軍！」

「好！大夥兒各自小心！不管找到還是找不到，天黑前到鷹嘴那兒會合！」寄南說完，拉著靈兒，立刻隱沒在巨大的士兵聯營中。

皓禎、吟霜、太子正另尋方向之時，突然被一個伙夫頭叫住。

「喂！你們三個是伙夫班的嗎？杵在那裡幹嘛？還不快過來幫忙！」

皓禎和太子隨機應變附和，答應著：

「唉！來了！來了！」太子跑向伙夫頭，盡量壓低腦袋。

伙夫頭卻一點也沒懷疑他們是生臉孔，用勺子敲著皓禎、太子和吟霜的頭：

「就會到處混水摸魚，趕緊給大伙兒打飯！伙房的事還多著呢！快幹活！」

皓禎、太子、吟霜接手勺子，幫大家打菜。皓禎和氣的應著：

「是是是！幹活！幹活！來來來！」勺起米飯到士兵的大碗裡…「兄弟多吃點，多吃點！」

太子勺起菜餚自己先聞聞，再給士兵打菜…

「這是道地的東北酸菜，好吃好吃！」

眾士兵依序排隊打飯。吟霜低俯著頭，一面幫忙打飯，一面低聲對皓禎說道：

「這些打飯的規矩，給了我一個好主意……」

吟霜話沒說完，太子一看，只見不遠處，伍項麒和胡人將領談著話，走向他們的方向。

太子趕緊對皓禎和吟霜示意，兩人都低俯著頭，急忙給士兵打菜、伍項麒一路巡視在各處或坐或蹲著吃飯的士兵們，關切的對一個士兵問道：

「我們龍伍軍吃得可好？」

士兵奉承的大喊：

「回副統帥！我們吃得好！菜很對胃口、又吃得飽！」

伍項麒完全沒注意到太子、皓禎和吟霜，笑著對胡人將領說：

「要讓我的十萬大軍吃得飽也是不容易啊！大家吃得飽最重要！我們的武力要隨時保持旺盛狀態，我爹榮王大統帥明天會到，進軍長安，恐怕就在十天之內！」

太子等三人一聽有十萬大軍，又聽說進軍長安等語，三人心驚，彼此交換眼光。太子心想：

「十萬大軍？長安所有的軍隊，也不過十萬人左右！還有一半沒有作戰力！」

皓禎眼睛瞪得好大，震驚得一塌糊塗，十天之內？那豈不是要血洗長安城？

「這兩天，我們波斯又進來了數千名勇士，我們的武力可說是所向無敵了！榮王大可放

心，皇位已離他不遠！哈哈哈！駙馬爺請到我那喝點波斯好酒，助興助興吧！」胡人將領心情良好的說道。

伍項麒滿意的笑著，點點頭，和胡人將領轉身離開。

太子和皓禛抬著飯桶出來，見危機解除，兩人鬆了口氣。皓禛對太子低語：

「十萬大軍？這座山裡居然藏了十萬大軍？」

太子不寒而慄，低語：

「恐怕這大軍營早已進行很多年，山裡一定有地道和地窖藏兵！這明明就是想一舉攻下長安！如果我們沒發現這座山，後果不堪設想！幸好木鳶找到那張圖！」

「十天之內攻長安？」吟霜低語：「如果沒有奇蹟，長安不保！」

「奇蹟？說不定我們就是奇蹟！」皓禛低聲氣憤的接口。

❖

寄南和靈兒離開了太子以後，兩人摸摸索索，利用士兵吃飯的空檔，到處找倉庫。寄南衡量地勢和兵力，說道：

「我們往山頭去找，這座山很奇怪，有很多山頭。根據我的判斷，倉庫可能在山頭，這麼多士兵，不見得個個忠心，倉庫是重要基地，如果在山下，守衛會很多，我沒發現守衛多的地方，難道一吃飯，大家都不守倉庫了？」

「對！」靈兒說：「我們就往上面去找！」

寄南塞了兩把匕首給靈兒：

「發現倉庫，必須幹掉守倉庫的人，妳那流星錘沒用，用這個割喉！」

「我們只是來刺探軍情的吧？」靈兒小聲說：「如果把守衛殺了，他們馬上就會發現軍隊被發現了！我們這幾個人，怎麼打得過這個大軍隊，最好別殺人！我用口技把他們引開就行了，你千萬不要動武！」

「妳還會口技？」寄南越來越覺得靈兒「深不可測」了。「妳忘了？我們上山時，已經殺了多少人？他們遲早會發現有人潛入！冷烈就斃了一群暗器射手！」

說著，兩人果然在東邊一個山頭，發現了倉庫，守倉庫的只有四個人，正在玩骰子。靈兒埋伏在樹叢裡，發出一陣蛇鳴，眼鏡蛇、蟒蛇、青竹絲、金環蛇、百步蛇、紫晶蛇、響尾蛇……各種毒蛇聲，滋滋滋滋……嘶嘶嘶嘶……此起彼落。

「毒蛇！毒蛇！」一個守衛喊道。「好多毒蛇來了！」

「胡人把毒蛇都引到倉庫來了！快逃快逃！那些蛇上次咬死了十幾個人！」

四個守衛拿著刀，東張西望，靈兒再一陣「滋滋滋」，四人頓時鳥獸散。

寄南彎身拾起了一把剛才守衛們在驚慌中遺落在地的刀。

靈兒正在得意，忽然聽得寄南一聲輕呼……

220

「小心！」

靈兒猛回頭，只見一桿長槍，槍尖直指後背而來！靈兒大驚，正要側身閃避，長槍來勢極速極猛，如電光石火，靈兒哪裡來得及閃？但見寄南一個箭步，欺身而上，一掌將靈兒來勢推出三步之外，同時手中之刀，搭上槍桿，順勢沿著槍桿往下削去，其勢竟比那長槍還要快上幾分！

寄南這一推一削，一氣呵成，迅雷不及掩耳，令那使槍之人大驚！

這招名為「單刀破槍」，兵器乃一寸長、一寸強！刀與長槍纏鬥時如欲佔上風，此招乃殺招。

轉瞬間，刀鋒沿槍桿而下，眼看就要削到握著槍的手指。那使槍之人驚慌應變，立馬鬆手撒槍後退，長槍砰然落地。寄南哪容得他逃？欺身而上，刀尖直指對方咽喉要害。那人無路可逃，佇立不動，面如死灰，冷汗直流。

靈兒在旁，見寄南身手矯健、武藝高強，滿心歡喜。寄南細看那人，棕髮碧眼，是一西域之人。還沒來得及反應，突然聽得一聲大喝：

「閃開！」只見林中又奔出一人，身長八尺，碧眼虬髯，手執長刀，向寄南奔來。也是棕髮碧眼的西域人。那人手中所執之長刀，似昔年春秋末期之吳鉤，只是刀身細長得多。

「大食彎刀！」寄南心中一凜。

那落槍之人，此時已退至一旁，看樣子這兩人是一組的。

兩人眼神交會，各自持刀而上，兩刀相交，但聽得鏗然一響，寄南手中之刀，已然斷為兩截！

大食彎刀，又稱大馬士革刀，亦稱鑌鐵，乃取自印度之烏茲鋼材再配合鑄造技術打造出來的利刃，斬鐵如泥、鋒利非凡。

寄南大驚，抽身急退，一旁觀戰的靈兒也大驚失色，心急如焚。

西域人那容得下寄南喘息，縱身而上，手中之刀橫掃，刀身幻化成一片白光，直指寄南之胸。但見寄南一式「千斤墜」使出，身軀一沉，險險的避過刀鋒，接著攬腰、左足立定、右足後踢，使出「雁落黃沙」，一腳踹在那人的小腹之上，令他連退三步，同時右手拔出背上長劍，一聲清嘯，玄冥劍已然出鞘！

兩人相隔七步，再度彼此互相凝視。

對方先動，這次大食彎刀，化成一道白光，直奔寄南咽喉而來。寄南先是一招「閉門推月」，守住上三路，接著一招「白蛇吐信」劍尖直指那人胸膛。此時，那落槍之人，已經拾起長槍，對寄南攻來，頓時間，寄南前後受敵。靈兒一看不得了，在地上抓了一把沙子，就對那持槍的西域人臉上灑去，那人哎喲一聲，眼睛再也睜不開。同時，寄南劍風一緊，招式變為「大羅漢天」，但見玄冥劍身化為一面黑網，將白光罩於其中。只聽得鏗鏘之聲，不絕

222

於耳，黑光白光交會之處，火花四射！

突然白光化為一道長虹，脫手飛去，插入樹幹之中，刀身兀自晃動不已。寄南的玄冥長劍，劍尖立即從對方喉頭劃過，再反身直刺還在揉眼睛的西域人胸腔，迅速的擊斃了兩個敵人。

「好險！」靈兒說，四面張望，沒有看到別的敵人，卻看到前面岩石中有縫，她拖著一個西域人的腳，就往石頭縫裡塞去，嘴裡說道：

「還好這鋸齒山有牙齒縫，我們趕快把這兩個屍體塞進齒縫裡去吧！」

寄南見靈兒拖得吃力，急忙上前，兩人合力，把屍體塞進石頭縫藏好，又用地上的沙石掩蓋了血跡。寄南對靈兒說：

「謝謝妳那招『飛沙迷目』，不然，我這王爺的小命，恐怕不保！現在，趕快去看看這倉庫藏著什麼吧？」

靈兒驚魂未定，被寄南誇獎，不禁有點小得意。兩人就這樣，一路順著勘查下去，發現了好幾個倉庫，最後，兩人東張西望的從一個木蓋的糧倉出來。寄南對靈兒竊竊私語：

「果然還是皓禎厲害，知道有軍營，必然有軍火庫和糧倉！剛剛在東邊找到足以將長安城夷為平地的火藥庫，現在這西邊的糧倉也找到了。」

「我們老百姓好多地方鬧飢荒，這裡居然有那麼多糧倉，真是太不公平，太沒有天理！

我恨不得把它們一把火給燒了！」靈兒憤慨不已。

「要燒也不是這個時候燒，晚點和皓禎商量，看如何把這些糧食奪回給老百姓！怪不得

伍震榮他們拚命貪污，原來是要養這麼多大軍！」

「你又想讓天元通寶的人來搶嗎？我們進個山都危機重重！」

「所以才說要從長計議嘛！不過妳的口技實在有用，抵得好多大軍！」

突然，太子從後拍拍寄南的肩膀，寄南閃電般反應，將太子來個後肩摔。太子身手敏

捷，一躍起身沒有被摔著，和寄南過了兩、三招。寄南認出太子，收了手⋯

「小心，有人來了！」皓禎警覺低語，把吟霜推到身後保護著。

「你也真是的，見人就開打，小心暴露身分！」太子拍拍手上灰塵。

「哎喲！是你呀！你幹嘛嚇我，差點就出了狠招！」

兩個士兵行色匆匆走來，寄南即刻扶著太子演戲。寄南說道⋯

「大頭啊！慢點走，我帶你去找醫務大夫。」

「你們是哪一營的？在這幹嘛？這麼晚了怎麼還在這亂晃？」一個士兵問。

「我們是伙房的，都是伙夫兵，兄弟的腿給燙傷了，正要去找軍中大夫！」皓禎說。

「你們是伙房的？」士兵嚥著口水⋯「伙房還有飯菜嗎？」

「哎呀！別想飯菜了，趕快通報將軍，山下出事了，守門的人都死光了，快去！連胡人

都中了暗器，全部死了！」其中一個士兵說。

果然，殺死的人還是被發現了。寄南想著。靈兒卻迅速擋住兩個士兵去路，驚訝的喊：

「山下的人出事了？」慌張的說出一串胡語，然後又說：「那怎麼得了，兩位兄弟才回

山上來，一定餓壞了，你們快去伙房吃飯！」對寄南、太子眨眼暗示：「小弟我腳快，立馬

去通報大將軍！」

兩個士兵猶疑著。皓禎對靈兒裝腔作勢：

「去去去！快用你的飛毛腿去通報，別誤大事了！」轉身客氣的對兩士兵：「我那小弟

手腳俐落，一定會如實通報。兩位大哥，我帶你們去伙房找吃的！」熱情說道：「伙房裡還

有燉肉呢！」

饑餓的士兵笑道：

「去去！我們真累壞了！走！」

太子對士兵搭訕：

「兩位老哥辛苦了，平日都你倆下山嗎？山下出這狀況，還有人知道嗎？」

「一般就我倆到處巡山，山下就胡人負責把守，今天想說去給他們遞點山果，到那才發

現都死了，不知道誰幹的！」

太子對皓禎、寄南使使眼色。兩人到了暗處立刻拔刀，將兩士兵殺死。

225

吟霜默契的東張西望把守四周，確認無人發現，皓禎等人就一起拖著兩士兵的屍體到岩石後面的齒縫裡隱藏起來，幸好這鋸齒山的齒縫還真不少。接著，靈兒不知從哪兒弄了一籃的酒水，奔來歸隊。寄南拉著她，走向把守在帳篷外的士兵套交情。靈兒用胡語嘰哩呱拉一通後說道：

「老哥，喝點酒，休息一下。」

士兵欣喜又有點遲疑。寄南倒了一杯給士兵：

「喝一點沒事的！」試探的說：「這帳子是哪個大將軍住的？好像把守的挺嚴密。」

「你們新來的啊？最近來的新兵真多！這裡是副統帥的帳子，也就是李氏皇朝的駙馬爺，你們沒事就快走開吧！」看看酒杯，嚥著口水。

靈兒說了串胡語：

「原來是副統帥的帳子，那可是軍事重地，我們快走吧！別打擾這些弟兄了！」說完靈兒正想拉著寄南走，但士兵貪杯，反而舉起酒杯喝盡。靈兒笑說：「好喝吧大哥？要是大哥你喜歡，我以後常常來給你們送酒水。」

接著三四名士兵也圍著寄南、靈兒喝著酒。

太子和皓禎趁機，拉著吟霜，悄悄的潛入帳篷內翻箱搜尋。太子低語：

「寄南說，伍震榮在這的火藥庫和糧倉儲備驚人，最致命的攻擊應該是我們立刻毀壞他

「你有沒有聽到伍項麒說的話，十天之內開戰的準備，可見他們隨時都有可能出兵，鋸齒山深不可測，可能還有地道、山洞之類。你記得那戰略圖，他們預備四面進攻，那麼東邊的『駱駝山』有沒有兵力呢？我們現在當務之急，就是要趕緊找出他們的兵力分配圖，也好讓我們比照兩份圖，有應戰的準備！」皓禎低語。

兩人深感事件危急，繼續在帳內東翻西找。吟霜也幫忙翻著被褥和衣物。

帳篷外，伍項麒醉醺醺的，被一波斯女郎攙扶著往帳篷走來。守衛見伍項麒，慌亂將酒杯交還靈兒，咳咳兩聲⋯

「你們快走，副統帥回來了！」

靈兒故意提高聲音⋯

「啊？副統帥回來了！快侍候副統帥！」

靈兒又一陣胡語嘰哩呱啦，拉著寄南往帳篷後面躲避，從帳篷的窗戶偷窺篷內的太子、皓禎和不會武功的吟霜，擔憂著。帳篷內的太子、皓禎一聽靈兒的暗示聲音，兩人彼此互視不放棄，更加快速的翻找。吟霜在大花瓶裡抱出一大堆卷軸，一卷卷的翻找。

帳篷外，伍項麒已來到帳門口。他雖醉了但力圖站穩，推開美人⋯

下決斷⋯難也！難也！」

們的補給，但是寄南也說得有理，那麼多的糧食應該還給百姓人民。唉！真是顧此失彼，難

「好了！妳回大將軍那兒去吧！酒和女人，都會誤事！走！」

「統帥，讓我侍候你回房我就走。」波斯美人說道。

美人說完，伍項麒醉醺醺差點要跌倒，被美人扶著回到帳篷內，坐進臥榻裡。

皓禎、太子吟霜三人千鈞一髮間，躲於屏風後方。幸好吟霜眼明手快，已把紙卷塞回花瓶。

伍項麒甩頭想醒醒腦，又推美人：

「好了！妳可以走了！出去！出去！」

美人無奈退出帳篷，伍項麒搖搖晃晃起身，突然翻過地板上的一塊波斯地毯。地毯的反面，赫然貼著一張畫有山水人頭標記的兵力分配圖。伍項麒繼續搖晃喝醉的身子，拔出長劍揮舞著，用劍尖指點著地上的地圖：

「哈哈哈！李啟望！你們的氣數已盡，看我龍伍軍如何拿下你們的江山！哈哈哈！」他醉得不支倒地，幾乎立刻就睡著了。

太子和皓禎兩人相對一笑。兩人急忙去撕下地毯後的布製地圖，太子捲著地圖，皓禎趕緊把地毯鋪好。靈兒和寄南繼續在外把風。

吟霜緊張的在一邊看著，忽然，營帳後面的帘子裡，走出另外一個醉醺醺的波斯女子，吟霜一急，手裡握著的那張帕子，對著波斯女子張大的嘴巴就塞了進去。波斯女子瞪大眼睛，搖搖晃晃的，接著就倒地。

看到三人，張口就叫，

「好險！」皓禎瞪著吟霜：「妳這是哪一招？」

「昏睡液！」吟霜驚怔的說：「我灑在帕子裡，一直握在手心，就怕遭遇敵人，我不會武功，這『昏睡液』可以應變！」

吟霜看著地上的波斯女子，驚魂未定的問：

「怎麼後面還有小香閨？」太子驚看皓禎：「我們翻箱倒櫃也沒發現！」

「我們把這個女子怎麼辦？」

「妳這昏睡液可以支持多久？」寄南拉著靈兒衝進帳篷問：「總不會死了吧？」

「沒有！會昏睡五個時辰！」

「夠了。」靈兒低喊，把伍項麒手裡還緊攥著的酒瓶拿過來，對著波斯女子的身子，灑了一身的酒，再把吟霜的手帕抽出來，還給吟霜。剩下的酒灌進了波斯女子的嘴裡，一邊說：「等她醒來，大概什麼都記不得，就算記得，也沒人相信她說的醉話！我們快離開這兒，不然，第三個波斯女子又跑出來了！」

太子飛快的低聲說道：

「趕快去會合魯超、鄧勇他們，交換我們的情報，然後先趕回長安見父皇！靈兒會胡語，還會口技，和寄南就留在這兒當內應！你們行嗎？」

「行行行！」寄南一疊連聲回答：「有話快說！」

「寄南！」皓禎嚴肅的說：「你們兩個一定要隨機應變，千萬不能出事，我們回去就調兵遣將，可能三天內就打過來，我會派人在那鷹嘴山頭的對面，用琉璃鏡給你們打信號，只要看到信號，你們就把他們的火藥庫炸掉！」

「這個好！」靈兒眼睛發光的說：「你們快回去！快去！快去！」

✤

太子、皓禎、吟霜等人飛騎趕回長安的將軍府。然後，太子和皓禎偕同袁柏凱，立刻進宮見皇上，在御書房裡，兩人展開從波斯地毯上撕下的地圖，和另外兩張手繪的戰略圖。皇上一看，震驚得差點從坐榻上摔下來，緊急起身細看，不敢相信的說道：

「難怪你們要朕摒退左右。這就是榮王的兵力圖和作戰圖，他們伍家在鋸齒山，真的養了十萬大軍？」

「還不止，駱駝山還有兩萬人馬！進攻時會讓人誤以為東邊才是主攻戰場，其實大軍都在西邊！就怕父皇不肯相信，所以兒臣和皓禎、寄南，跋山涉水經歷各種危險，才親眼目睹了他們浩大的軍事規模。伍震榮這是要篡位，其心可誅！」太子說。

「據臣推斷斷榮王已養兵數年之久，又勾結突厥波斯叛將，武力火藥實力驚人，而且十天內就要發兵攻打長安皇城，臣懇請陛下，應立即出兵剿滅叛臣賊子！」皓禎說。

「朕一再容忍，不願發生內戰，榮王居然這樣背叛朕！」皇上痛心疾首：「他是朕登基

後第一個封王、第一個給予『丹書鐵券』的大臣啊！」

「伍震榮既對父皇不仁，父皇何須對他有義？他們迫害忠良，掃除父皇身邊的重要臣子，就是要架空父皇的權力！」太子激動的說：「父皇請為我朝當機立斷！寄南和靈兒現在還潛伏在敵營，準備為我們做內應！」

「什麼？寄南還在敵營裡？」皇上驚跳起來，急問：「柏凱！你能調動多少兵力？」

「回陛下！因事出緊急，左驍衛有三萬人馬。我朝距離鋸齒山最近的是白雲嶺軍營，可動用左右神威軍五萬兵力，但皓禎說榮王已有十萬大軍，我們就用八萬大軍去應戰！因為宮中的羽林軍不能動！」柏凱說道。

「為何羽林軍不能動！」皇上問道。

「因為伍魁是『羽林左監』，伍震榮整天出入皇宮，命令羽林軍已經是常事，羽林軍等於是伍家的軍隊！」太子說。

「非但不能動用羽林軍，一旦開戰，還要防備羽林軍造反！中央十六衛除了爹的左驍衛，都要全力保護皇宮和長安！」皓禎說：「我們用三天來調兵遣將，在最後一天夜裡，把羽林軍悄悄撤退，換上左右衛！左右衛的崔浩上將軍和陸雲上將軍忠心耿耿，可以信任！」

「所請照准！這個討賊之戰，不能打草驚蛇，必須採取突襲式的圍剿行動，最好集中在山上一舉殲滅『龍伍軍』。為了統一，朝廷軍隊都用『神威軍』名號！」皇上終於斷然下令。

「柏凱明白！絕對不能打擾到百姓，而且要速戰速決！」袁柏凱振奮說道。

「朕命袁大將軍為最高統帥，皓禎為副統帥，李遠霖大將軍去攻駱駝山，李德輝將軍帶上東宮十衛中的五衛去支援你們！劉震、張琬兩將軍，帶著十四衛專門守住皇宮和長安！崔浩和陸雲兩位上將軍，帶著左右衛立即替換羽林軍！」皇上看向太子：「啟望！朕知道你滿腔熱血、憂國憂民，這時候也該是讓你上戰場歷練了。朕准你追隨袁大將軍一起出兵，剿滅伍震榮！」

「謝父皇！」太子信心無比：「這樣安排萬無一失，兒臣立刻去調兵將！」

「慢著！」皇上坐下，攤開空白的詔書：「朕要立刻給你們御筆詔書，讓你們憑詔書去調兵遣將！崔浩、李遠霖……幾位忠心的將軍，立刻召喚進宮，讓朕面授機宜！」

皓禎和柏凱同聲說道：

「臣領旨！」

皇上看著太子，似乎有幾千幾萬個不放心，眼睛掃向曹安，曹安立刻會意，走進了後面的密室，然後，從密室中拿出一件銀色編織的細絲衣服來。

「這是一件鎖子甲。」皇上把鎖子甲鄭重的交給太子。「它是貼身的鎧甲，刀槍不入，宮裡只有這一件，你要上戰場，無論如何，都要貼身穿著，外面再穿普通的鎧甲，以免受傷。」

「父皇！」太子驚愕而感動的捧著那件鎖子甲，知道是件防身寶物，不敢接受。「這件

232

是父皇防身用的，兒臣怎敢……」

「啟望！」皇上打斷了他，充滿不捨的看著他……「是你要上戰場，不是朕！如果你不穿上這個，就不許參加這次的行動！」

太子不敢不從，只得謝恩接受了，心裡，是滿滿的感動。

❀

從皇宮出來，太子等人立刻到了將軍府，魯超、鄧勇帶著衛士，把書房保護得密不透風。太子一步上前，對柏凱、皓禎說道：

「這個討賊之戰不像皇上說的那麼簡單，我們不能直接進入山裡，那鋸齒山是他們的地盤，裡面有各種機關，可能還有各種密道，我們進去會被他們甕中捉鱉！我們也不能帶輜重，因為要祕密行軍，不能被對方發現！但是，我們有『神槊騎兵隊』，專門對付他們的陌刀隊，我們的軍隊陣式操練純熟，例如『一字長蛇陣』，和『八卦陣』！我們一定要把他們的大軍，引到山外面的平原上來打！」

「一字長蛇陣和八卦陣是什麼？」吟霜好奇的問，自從她用了昏睡液那招，皓禎已經把她當成女軍師了！反正，對於吟霜，他是愛和崇拜都分不清的。

「這是擺出陣式來打！」皓禎解釋：「攻打『一字長蛇陣』的頭或尾，另一端轉過來對敵，就形成『雙龍搶珠陣』。如果中間蛇腹向前，就形成『天地人三才陣』。四角打直，每

邊並開一門，即成『四象封門陣』，各角對穿，變成『五虎嘯天陣』，然後變化排列成龍虎豹鶴猴蛇六型，成『六出飛花陣』。接著騎兵之部拉成線如斗柄，步卒之部排成凹字形如斗底，就成『北斗七星陣』。斗底化凹封口成圓，再形成八角八門、八個出口，以騎兵橫互於底部而鎖之，就是『八門金鎖陣』。再按九宮排列，每格步騎弓弩混成，九宮互相策應穿插，便是『九瑤星官陣』。最後形成十個天干序列，變成『十面埋伏陣』。」

「哦？」吟霜聽得目瞪口呆：「那麼，這個『一字長蛇陣』，就等於十個陣式，變化無窮，難以抵擋了！那麼，八卦陣呢？」

「八卦陣，」太子接口解釋：「八卦陣也可以稱為『五行陣』，按照八卦的次第列為陣式，八八可變成六十四卦，常使對方軍隊陷入迷離莫測之中。五行指木、火、土、金、水。加之五行又代表青、赤、黃、白、黑五種顏色，這五色盔甲，可以代表五種武器如：刀、槍、弓、槊、戟；也可以代表五種兵種如：步、騎、盾、矛、弩；也可以混合編組聯合使用，能夠獨立作戰，無堅不摧。」

吟霜聽得眉飛色舞，拚命點頭，柏凱皺眉說：

「只是，我們要怎樣把他們從山裡引出來呢？」

「這點我已經想到，幸好巴倫回到長安了！我準備今晚就連夜把巴倫將軍訓練好的那批精兵，送進山裡去，幹掉一些他們的人，換上他們的軍服。等到我們和寄南、靈兒的約定時

辰一到，這些精兵就在山裡製造混亂，讓伍家軍變生肘腋、自亂陣腳，把他們通通嚇得跑出來！」皓禎說。

「巴倫將軍有多少精兵？最擅長的是什麼？」吟霜忽然插口問道。

「那隊精兵只有五百人，可是幾乎十八般武藝都會！最擅長短兵相接，肉搏戰也是勇不可當！」皓禎說，驚奇的看吟霜：「難道，妳還有戰略不成？」

「可不是！」吟霜興奮的說：「那天我在鋸齒山，就發現他們的一個弱點，我們可以大大利用，只怕沒人能混進去做！既然這隊精兵，可以混進敵營，我可以立刻做很多『仙人散』，這藥比『昏睡液』還有用，只要放幾顆在敵方的食物裡，半個時辰後，他們都會昏睡倒地，十個時辰才會醒來！巴倫那些精兵，全部混進伙夫營裡，不管他們是什麼兵，通通在他們的食物裡撒下『仙人散』，到時候，個個都倒了！」

皓禎瞪大眼睛看著吟霜，柏凱已擊掌說道：

「這太好了！這叫做『不戰而屈人之兵』呀，奇人奇計！吟霜也不讓鬚眉呀！巴倫將軍來得正是時候，天元通寶的兄弟還是用上了！」點頭說：「我們要半夜行軍，先堵死後山的出路，然後在前山等候他們！但是，他們可以從山頂或山谷冒出來，我那祕密訓練的『神禦騎兵隊』就有用了！那晴光甲十分笨重，所以他們作戰時，無法靈活用盾牌！脖子更是致命傷！」

「吟霜！」皓禎深思的看吟霜：「既然妳有這麼好的『昏睡液』，又有『仙人散』，為什麼妳還要用那個『氣功止痛藥』？」

「這是不同的。」吟霜說：「昏睡液和仙人散都是讓人安靜睡覺的藥，完全不能止痛，如果在用了仙人散的人身上縫傷口，會把他痛得死去活來，甚至送命。」

「哦！」袁柏凱驚奇的接口：「吟霜懂的東西，實在太多了！」

「我還需要幾個大帳篷。」吟霜說：「再給我一百個學徒和大夫，這樣的大戰，一定會有人受傷，我只能在後面幫受傷的兄弟醫治。希望那些學徒，能夠立刻到將軍府，跟我溝通一下。另外，我這兒有張藥單，最好馬上派人，把長安城裡這些藥都買全！還有藥壺、藥罐、藥爐，通通買來，再準備大批棉布針線和羊腸線。」

「好極！吟霜要的醫藥用品和大夫，我負責！為了寄南和靈兒還潛伏在山裡，我們三天後子時就出發！天亮就發動攻擊。」太子說。

「巴倫的五百人會混在敵營，為了區別免得誤傷，大家注意，巴倫的部隊，明光甲的右肩上，都有一塊紅色的寶石！迎著陽光，非常容易看到！混在十萬大軍裡，他們不會注意，不過，主要的巴倫部隊，都是伙夫兵，千萬不要誤殺了！」皓禎再提醒。

「就這樣，大家立刻去調兵遣將，大軍集合在長安城外竹寒山東麓，三日後出戰！這一戰是本朝生死之戰，一定要全力以赴！」太子說。

「全力以赴，一戰成功！」皓禎豪氣的說道。

「全力以赴，一戰成功！」

「全力以赴，一戰成功！」眾人全部喊道，個個眼神堅決，意志堅定。

❖

轉眼間，兩天過去了，太子皓禎等人，個個忙碌。這晚，太子忙到很晚才回府。佩兒還沒睡，太子難得那麼有興致，背著佩兒，在廳中歡樂的玩笑著，奔跑著，丫頭們都微笑著旁觀。太子開心說道：

「佩兒越來越重囉，爹今晚當你的馬，讓你盡興的騎，好不好？」

「不好！我要騎真馬！爹是爹，不是馬！」佩兒笑著說。

「那麼，爹就背著你跑，好嗎？騎馬打仗，騎馬打仗，騎馬打個大勝仗！」

「爹！跑快一點！駕！再快一點！」佩兒笑得嘻嘻哈哈。

太子妃走過來攔阻：

「您這是幹嘛？把他寵得不像話了！白羽，抱他下去吧！」

白羽抱走了佩兒，太子依依不捨的看著佩兒的背影。太子妃一個眼色示意，丫頭、僕人們全部退了出去，房裡剩下太子、太子妃、青蘿、鄧勇和幾個貼心衛士。

青蘿見室內安全了，就一步上前，對著太子跪下，懇求說：

「太子，我知道您明晚就要去打一場硬仗，請您把我也帶去！我不會妨礙您，吟霜不是

也去了嗎？我就跟她在一起，當她的助手！」

「不行！」太子堅定的說：「妳還是待在府裡，守著太子妃和佩兒比較要緊！」

太子妃也過來了，緊緊握著太子的手。

「臣妾知道早晚有這一天，但是，請您為了我，為了佩兒，也為了青蘿，好好的保護自己！您知道，您還不止是我們的，您還是本朝江山社稷的！」

太子也回握太子妃的手，笑著說：

「妳們幹嘛？一場小仗而已，我去去就回來！我才捨不得妳們，捨不得佩兒，捨不得父皇，捨不得天元通寶的兄弟，捨不得本朝的百姓！大家都給我笑嘻嘻的！鄧勇！拿酒來，我們為勝利喝一杯！」

鄧勇拿了酒來，太子、太子妃、青蘿、鄧勇和幾個貼身勇士，全部碰杯，眾人豪爽而笑，一飲而盡。

❀

這晚，皓禎和吟霜也忙到很晚，皓禎忙著去撤換羽林軍，柏凱親自去調動神威軍，吟霜連天收集藥材，做了許多「仙人散」，交給了巴倫軍隊的斥候小隊。她又買了棉布，帶著香綺、常媽剪布條，忙著製造無數「急救藥囊」。到了深夜，兩人才聚在一起，站在梅花樹下，吟霜依偎在皓禎懷裡，說：

「這次不是像以前的行動，而是十萬大軍對付八萬大軍的戰爭，我想起來就很害怕，請你不要太拚命，好不好？」

「妳別害怕。這場戰爭是提前發動，我們打他一個措手不及，勝算很大！說不定一戰就定勝敗！這伍震榮父子，我早就要讓他們為妳爹，為靈兒的爹，為許許多多本朝的老百姓和忠臣，讓他們償命！我現在都興奮得不想睡呢！」

「我是在為民除害，是不是？」

「是！我一直在想，他們要那麼多火藥幹什麼？」

「鋸齒山離開長安這麼近，他們會不會挖一條地道，直通皇宮，到時候，把火藥全部運送到皇宮下面，點火一炸，令整個皇宮都灰飛湮滅！」吟霜猜測的說。

皓禎驚心動魄的把吟霜一攬：

「妳實在聰明，分析得很對！就算不是皇宮，只要通到長安，造成的傷害都無法彌補！所以炸掉火藥庫是首要目標，就看寄南和靈兒了！這場仗太重要，只能成功，不能失敗！」

「反正我跟著你一起去，我們就去打一場漂漂亮亮的仗吧！」

皓禎握著她的手，心悅誠服的說：

「是！執子之手、與子同袍，皓禎遵命！」

這晚的寄南、靈兒還混在眾多龍伍軍的軍人中，在夜色裡偷偷摸摸到了火藥庫前。寄南對靈兒低語：

「引線我都弄好了，現在就等皓禎他們的信號，到時候就炸飛他們！只是火藥庫有三個，我們兩個人不夠，只好妳負責這個，我負責一個，第三個要晚一步！」

「好！我到屋頂去躲著，你也小心！火藥爆炸前，一定要先逃！千萬不要沒炸到敵人，先炸到了自己！」

「笨！從來就不會說點吉利話！」寄南想敲她的頭。

就在這時，有三個龍伍軍走向寄南和靈兒。寄南反應迅速的一拳打過去，刀子握在手上，劈向另一人。豈知對方功夫了得，一閃而過，迅速的過了幾招。靈兒用流星錘，擊向其中一人，竟然被對方一把握住了手腕。寄南低吼：

「敢碰靈兒，我要你的命！」

「天元通寶！」對方忽然說道。

雙方立即收兵，寄南、靈兒驚喜的看著來人。假龍伍軍低聲說道：

「見過寶王爺和靈兒姑娘！我們是巴倫將軍手下，已經混進來五百人，大部分在各個伙夫隊伍裡，因為吟霜夫人有妙計，要給他們的食物下藥，讓他們當『仙人』，可以睡上十個時辰！我們是奉大將軍命令，來找你們的！」

「太好了！」靈兒大喜：「這一下，三個火藥庫可以同時爆炸了！趕快，我帶你們去火藥庫，到時候，只要看到皓禎的光點暗號，一起引爆！」

「還有……」寄南指示：「魯超和鄧勇說，他們的戰馬，分散在六個馬廄裡。馬匹眾多，你們分一些人，先去偷一些火藥，等到火藥庫爆炸時，用火球陣丟進馬廄，嚇跑那些戰馬，讓他們的騎兵沒馬可用！」

「領命！」天元通寶兄弟亢奮的答道。

寄南就低低告訴他們馬廄的位置。

長安城裡的太子、皓禎等人，這晚各自帶了不同的武器，為了統一起見，所有皇家軍隊一概用神威軍旗幟，穿鐵灰和紅色鎧甲，頭盔上豎著紅色盔纓，拿著各式盾牌。只有「八卦陣」穿著不同色系的盔甲。

三天後，漢陽獲得消息：伍震榮、伍項麒、伍項魁全部不在長安，大家心裡有數。所有的調兵遣將，也都在這三天內完成。

三天已過，子夜時分，大隊人馬就踏著夜色，浩浩蕩蕩出發。

92

袁柏凱、太子、皓禎、寄南等人身穿威伍的鎧甲戰袍，舉著「神威軍」軍旗，率領著八萬神威軍來到鋸齒山。雖然是連夜行軍，個個精神抖擻，即使有鎧甲有武器，卻靜默無聲，士卒一律銜枚，戰馬都罩著口罩，一路行來，連一聲馬嘶都沒有，軍威壯大而齊整。吟霜穿著布衣軍裝，沒穿鎧甲，免得治療工作不便，跟在太子、皓禎身後一起騎馬前進。到了山腳下，天還沒亮，整個鋸齒山靜悄悄，居然沒有發現大軍已經壓境。袁柏凱在那長弧形的沿山地帶，輕聲指揮「神槊騎兵隊」作戰布陣方式，然後帶著「一字長蛇陣」，布署在前山山口外的草原上，並把隊伍分散，讓太子、皓禎去守住後山出口。

太子、皓禎、吟霜在一個山坳處和魯超、鄧勇會合。魯超興奮的報告：

「竇王爺傳出好消息，巴倫將軍的五百精兵，已經成功的混進了伍家軍裡！三個火藥庫也埋好了引線，現在就等我方的信號！」

「太好了！」太子興奮：「趕快去幫吟霜紮起醫療帳篷，大戰馬上會開始，有傷兵立刻帶去她那兒！」

篷紮營處。

「你們安心的去打仗，我會在後方出力，我去醫療營了！」吟霜跟著魯超，奔向醫療帳篷紮營處。

「妳也不要太累，那種『止痛藥』少用！」皓禎在她身後叮囑。

「是！吟霜遵命！」吟霜在日出的曙色中跑走了。

「我們軍隊都布署好了，山下前後出口也都堵死，事不宜遲，快給寄南、靈兒打暗號，我們立刻進攻！」皓禎命令道。

軍營裡。

鄧勇帶著一小隊人馬，跑到制高點，拿出琉璃鏡對著日出的光芒反射。光點折向伍震榮頂異狀。靈兒抬頭一望，終於等到對面發出了光點。靈兒欣喜低語：

此時的靈兒和寄南，正趴在火藥庫旁邊的一個屋頂上，庫房門口的士兵完全沒有查覺屋

「皓禎和太子來了！寄南！我們趕點燃引線！」

寄南身手矯捷的從屋頂悄無聲息鑽入火藥庫，然後點燃一個早已備好的長線引信。回到隔壁屋頂，拉著靈兒就跳落地，閃電般幹掉了兩個守衛，飛跑著離開火藥庫。寄南邊跑邊回頭看，笑著說：

「現在要過大年！放大砲了！」

在伍項麒的軍營裡，項麒對伍震榮急急說道：

「剛剛接到飛鴿傳書，說是長安城裡突然大調兵，連皇宮裡的羽林軍都換成了左右衛，城外的守城兵突然增加，好像連東宮太子的十衛都出動了！」

伍震榮大驚，驀然跳起身子⋯

「為什麼會這樣？難道他們有了我們鋸齒山的風聲？我就知道上次到鋸齒山來探路的那些人不安好心！那些胡人還說只是打獵的人！」

「爹！你趕快去長安城裡，先穩住皇宮的情形再說！」項魁急急的說。

「對！爹，你先回皇宮，把盧皇后的盧全、盧準和他們的軍隊，火速調回長安應變！」

伍項麒還來不及說完，忽然一陣轟然巨響，天搖地動，接著，另外兩個火藥庫也接著爆炸，震得帳篷頃刻崩塌。項魁驚聲尖叫，從塌陷的帳篷中逃出，喊道⋯

伍項麒接口：「我們的『龍伍軍』恐怕要立刻集合⋯」

「逃命呀！火藥庫爆炸了！」

伍震榮武功高強，一躍而起，跳出了崩塌的帳篷，一把拉住項魁怒罵⋯

「這個沒出息又怕死的東西！項麒！我們趕快整頓人馬，準備迎戰！這明明就是太子幫

聯合了那窩囊皇帝來直搗我們的大本營！我們有十萬訓練有素的人馬，還怕他那些養尊處優的烏合之眾嗎？可恨我那地道只要再兩天就可完成，他們居然搶先一步，炸掉了我的火藥庫！」

伍震榮就帶著項麒、項魁衝到營地。只看到一片混亂，眾多龍伍軍奔跑呼叫著：

「快逃命呀！三個火藥庫同時爆炸，這座山馬上要崩塌了！」一個假龍伍軍喊著。

「我家還有老父老母，死在這個鋸齒山裡太不值得！逃命呀！」另一個假龍伍軍呼應著。

許多龍伍軍趕緊從前山、後山、岩縫、山谷的各種出口逃命！只見山頭冒出熊熊火焰，無數巨石，被炸得飛落下來，壓死不少龍伍軍。同時，又一陣火藥從空中掠過，只聽到戰馬長嘶，馬兒受驚、四面狂奔出柵，馬蹄下踐踏了不少龍伍軍。各隊所屬兵勇們呼喊著，奔跑著，亡命的奔向山前、山後的出山口，有的往山上跑去，驚動了毒蛇陣，又被毒蛇咬得哀嚎倒地。眼前一片混亂，呼叫聲此起彼落……

「哎喲！哎喲！炸死人了！山崩了！大家逃命呀……」

伍震榮大聲一吼：

「都給我站住！鎧甲穿上！武器帶上，我們要出征了！」

龍伍軍依舊混亂著，七嘴八舌的喊：

「這山都保不住了，還要打仗嗎？還是逃命要緊！不打了！不打了！」

項麒飛身進去，就把一個喊不打的龍伍軍拉了出來，迅速的割了喉，喊道：

「還有誰說不打？站出來！」

眾龍伍軍立刻啞口無言，震懾的站住不敢再跑。

伍震榮聲色俱厲的吼著：

「穿上鎧甲，帶著陌刀，舉著我們的龍伍軍旗！衝出去殺他們一個片甲不留！」

伍震榮話沒說完，只見一排龍伍軍，忽然東一個西一個的倒地。伍震榮大驚問：

「還沒作戰就先裝死？把倒地的都給斃了！」

伍項麒上前察看，驚愕的說：

「他們都睡著了！」

「睡著了？」伍震榮暴跳如雷：「這個時候睡著了？一定連夜荒唐，殺殺殺，睡著的都給我殺掉，看他們還敢睡著嗎！」

伍震榮話沒說完，又有兩個龍伍軍，倒地睡著了。

同時，山外，戰鼓雷鳴，然後響起如雷貫耳的齊聲大吼：

「伍震榮，是條蟲！伍項麒，是隻蛹！伍項魁，是狗熊！落伍軍！落伍軍！伍家有支落伍軍，趕快出來見閻王！」

伍震榮大怒，喊道：

「居然把本王的『龍伍軍』喊成『落伍軍』，還給本王亂編緯號！」對龍伍軍大喊：「組成『繁星陣』，殺出去！」

龍伍軍就忙忙亂亂的組成「繁星陣」。這「繁星陣」是伍震榮精心設計的陣法，本來應該聚集在一起，見了敵軍，就四散如繁星，見一個，殺一個，每個軍人都有削鐵如泥的匕首。是短兵相接、近戰肉搏最好的陣式。進可攻，退可守。可是，這支倉卒成軍的「繁星陣」還在穿鎧甲，拿武器，顯得十分狼狽，最奇怪的是，還有的軍人，莫名其妙就倒地了。

伍震榮也顧不得軍威不振，帶著「繁星陣」就衝出山口。到了外面一看，袁柏凱的「一字長蛇陣」拿著盾牌，舞著長槍，宛若一條巨龍，幾乎包圍了整個山口，金戈耀日、蕭靜無譁，軍威壯盛、氣勢如虹。不禁大驚，袁柏凱一見龍伍軍衝出，就大喊著說：

「一字長蛇陣，轉成『風捲殘雲陣』！」

頓時間，神威軍穿插變換成無數股像颶風般的小隊，對著狼狽的龍伍軍捲了過來。

❖

太子和皓禎守在後山出口。皓禎大聲的吩咐：

「大家不要急，我們以逸待勞，他們的火藥庫炸了，一定會從這山口出來，只要見到龍伍軍，大家就給我殺！但是，要注意右肩上的紅色光點，那是自己人，不要殺錯人！重要！重要！」

一隊龍伍軍聲勢浩大的喊著「殺」，拿著陌刀衝了出來。太子身先士卒，勇猛無比，喊道：「衝啊！殺啊！把那些旗子給我砍斷！」

兩軍交鋒，戰旗烈烈、戰鼓咚咚；人嘶馬嘶，刀光劍影，殺聲震天，血濺大地；殺得日月無光。神威軍砍殺無數龍伍軍，皓禎喊道：

「太子！我們把他們引到草原上，這兒施展不開！」

「我正有此意！」太子嚷道。

皓禎和太子就帶隊返身奔逃。龍伍軍以為得勝，追殺過來。

伍項麒和伍項魁已穿上明光鎧甲，手拿陌刀騎在馬上，帶領著龍伍軍與太子、皓禎等大軍團對峙。皓禎大喊：「伍項麒！你伍家作惡多端，養兵謀反，辜負皇上恩典，你們謀逆大罪已定，快快棄械投降，回朝領罪！」

太子接口怒斥：

「虧你還是父皇欽點的駙馬爺，竟然如此大逆不道，你讓樂蓉公主如何面對父皇？」

伍項麒輕蔑的笑道：

「哈哈！樂蓉只不過是區區婦道人家，如何比得上天下至尊的皇位。李氏王朝民不聊生，也該是我伍家重振聲威的時候了！」

「不用再跟逆賊廢話了！把他們全部殲滅就是！」皓禎大喊：「殺啊！」

兩軍繼續交戰，神威軍志在必得、戰志高昂，個個如出柙猛虎。龍伍軍是背水一戰，困獸猶鬥、身無退路。雙方一番惡戰，數度拉鋸，戰得天昏地暗，難分難解，互有傷亡。皓禎的醫療軍，迅速把受傷的神威軍，護送到後方的醫療帳篷裡去。戰場上，太子舉著昆吾劍，認清目標，直攻伍項魁的陣刀，兩人開打廝殺，伍項魁打得捉襟見肘。太子邊打邊罵：

「就憑你這草包還奪天下，還不就擒！」

「鹿死誰手還不知道呢！」伍項魁艱難的應付。伍項魁眼看打不過，騎馬回頭就跑。皓禎喊著：「太子！伍項魁的人頭，要留給靈兒來砍！」

「知道了！但是靈兒在哪兒？」太子大聲回應。

只聽到一聲大喝，靈兒和寄南穿著一身神威軍的鎧甲出現。靈兒嚷道：

「太子！皓禎！我們趕到了！」

「總不能穿著叛軍的軍服來打仗吧？」寄南說：「為了這身鎧甲，耽誤了半天！怎麼？要砍伍項魁的頭了？那怎麼能少掉我和靈兒！」

伍項魁一聽，頓感不妙，自知昔日造孽太多，也許斃命就在今朝，慌急間，立刻策馬回頭，亡命奔逃。靈兒和寄南緊跟著追殺過去。無數龍伍軍攔截過來，皓禎和太子很有默契的殺出重圍。於是，太子等人的目標對準了伍項魁。伍項魁帶著大隊的龍伍軍向前奔跑，寄

南、靈兒帶著大隊的神威軍追捕。

忽然，地下出現一個大洞，寄南、靈兒和若干神威軍都摔落下去。寄南在緊急時，以長劍點地，將靈兒一抱，躍出陷阱。伍陷阱地上全部插著尖銳竹籤。

項魁大笑：

「跟著我跑，我就把你們全部活埋！看看你們的兄弟，都死在陷阱裡了！你們以為這平原上，我們就沒有布署嗎？」

「你這個奸詐小人！有種就站住別動！」靈兒大罵。

「幹嘛？妳還想投懷送抱不成？」

「閉口！」寄南手裡拿了一根竹籤，對著項魁擲去。

竹籤正中項魁的大腿。項魁大驚，拔出竹籤。

「敢暗算你老子，我殺了你！」項魁就對寄南衝來，兩人大戰。

寄南三下兩下便打得項魁無招架之力，對龍伍軍喊道：

「龍伍軍！把這兩個不男不女的傢伙給本將軍殺了！」

「龍伍軍上前，神威軍也上前，雙方捉對廝殺、混戰成一團。

忽然，項魁被後面的人一拉，扭住了手，一把利刃抵住了他的喉嚨，將他拉下馬來。原來皓禎和太子已經包抄過來，擒住項魁的正是皓禎。皓禎說道：「冤有頭債有主，伍項魁，

多次放了你，只為今天殺了你！」就大喊道：「靈兒！還不動手！」

靈兒拿了官兵的一把長劍，對著項魁肚子一劍刺去。項魁中劍，大驚喊道：

「裘靈兒女俠，饒命！饒命！看在妳是大夫人份上，饒命呀！」

寄南手執玄冥劍，也一劍刺向項魁胸前，怒罵：

「貪生怕死的無賴，死到臨頭，還要侮辱靈兒，這劍我為我岳父裘彪而刺！」

皓禎放下項魁的身子，項魁倒地，皓禎乾坤雙劍同時刺下去，恨恨說道：

「死刑對你太便宜！殺白勝齡，囚禁靈兒，侮辱吟霜……這兩劍我為吟霜而刺！」

太子執崑吾劍在手，補上最後一劍，喊道：「這劍，我為祝之同全家十口，小白菜、大

理寺中死難的兄弟，無數被你濫殺的百姓而刺！」

項魁在眾人聯合刺殺下，終於斃命。

靈兒仰頭向天，大喊：「爹！第一個『血債血還』做到了！我們再去抓第二個！」

皓禎翻身上馬，帶著神威軍策馬向前跑，一面回頭吩咐道：

「魯超！快把陷阱中受傷的兄弟，先送到吟霜那兒去！」

鋸齒山下，打得驚天動地，皇宮中也開始草木皆兵。樂蓉公主行色匆匆進宮，直奔皇后

寢宮，在宮女通報聲中衝進門，走向皇后，急喊：

「母后！母后！怎麼皇宮裡面……」看看莫尚宮，欲言又止。

「莫尚宮是我們自己人，但說無妨！」皇后說：「什麼事如此慌張？」

樂蓉著急的說道：「連夜之間，羽林軍都換人了！長安城裡也在調動軍隊！這是怎麼回事？妳有沒有聽到榮王說起？項麒對我一個字都沒說！現在，伍家人全部不在長安，聽說父皇的神威軍已經和榮王打起來了！」

「榮王也沒跟我提起！」皇后大驚：「難道榮王起兵了！所以父皇趕緊應戰？」

「情況不妙！榮王爹爹行動沒有那麼快！父皇反應也不會這麼快！到底是什麼原因突然調動軍隊？我覺得太奇怪了！」樂蓉不安的說道。

「打起來也好！這場仗總歸要打的！」皇后深思的說。

「母后，妳必須要有個心理準備！也許妳馬上就要登上皇位了！」樂蓉說。

「莫尚宮！」皇后疑惑的說：「出去打聽打聽！尤其那東宮太子，現在在做什麼？再打聽打聽，現在進駐皇宮的，是誰的人馬？還有，榮王本人，現在在哪兒？」

「是！奴婢這就去打聽！」莫尚宮匆匆下去。

樂蓉面色嚴肅起來，「母后！在這種渾沌不明的情況下，不管情形是怎樣，接下來我們都要演戲，什麼都裝作不知道，萬一追究起謀逆罪，我們得咬定那是伍家的事，跟我們母女一點關係都沒有！直等到母后坐穩那龍椅為止！」

93

鋸齒山下，對立的兩軍，陣式已亂，變成兩軍混戰。伍項麒正在和柏凱手下的將領作戰，雙方還有眾多人馬在後搖旗吶喊。袁柏凱勇猛無比，手執一桿長槳、策馬橫槳，殺入敵方陣營猛追伍震榮，槳尖到處，血光點點，刺死了眾多敵軍。此時，寄南、靈兒、太子、鄧勇拖著項魁的屍體趕到，把屍體丟到項麒面前。

「伍項麒！」太子大喊：「趕快投降吧！不要像這個伍家人一樣，變成一具屍體！投降了，或者你還有活路！」

項麒一看屍體，怒發如狂，喊道：

「李啟望！我要殺了你給項魁報仇！」

項麒就向太子殺去，太子勇猛無比，沉著應戰。同時，靈兒和寄南也默契的兩人一組，策馬和敵人周旋，殺得難分難解。皓禎向對方喊話：

「伍家軍聽著，伍項魁已經伏法，你們跟著伍震榮叛變，個個都是死罪！本帥體諒你們或有苦衷，只要棄械投降，饒你們不死！否則，人人都會像伍項魁一樣！」大喊：「有沒有人要投降？」

對方見項魁屍體，軍心動搖，有的不再搖旗吶喊，大家交頭接耳。

就在這時，只見伍震榮擺脫了柏凱，帶著軍隊，快馬奔來，大笑道：

「哈哈！我那小兒伍項魁只是一個草包，死了少掉我多少麻煩！」就很有氣勢，大聲喊道：「龍伍軍！拿出我們的真本領來！打給他們看！記住你們都有家人在我手裡！誰敢投降，全家死絕！打呀！殺呀！」

伍震榮這樣一喊，龍伍軍大震，全部拿著陌刀武器，如中蠱般嘶喊著，對著神威軍直衝而來。

太子一見伍震榮，指著伍震榮大罵：

「伍震榮，你豺狼成性，殘害忠良，還包藏禍心，窺竊神器。人神之所同棄，天地之所不容！今面臨我堂堂正正、討賊之師，還不快快下馬就縛！」

柏凱已經帶著大軍追到，跟著大罵：

「伍震榮，你這個老賊，大奸大惡，罪不容誅！你世受皇恩，竟然敢謀逆反叛、陰謀竊國！今天，就是你授首之日！」說完，帶著神威軍奮勇迎戰。雙方兵戎相接處，一片刀光劍

影，血濺沙場。

一陣馬蹄聲傳來，皓禎和太子一回頭，只見斗笠大隊飛馳而至。

「天助我也！木鳶趕到！」皓禎就對斗笠怪客說道：「擒賊擒王！」

斗笠怪客就大聲喊道：

「天元通寶！捉住那個伍震榮！」

只見五百多個假冒的龍伍軍銳不可當，齊齊衝向伍震榮。同時，斗笠大隊、皓禎、太子、寄南、靈兒全部出動，撲向伍震榮。伍震榮大駭，拿著刀不由分說，砍死了很多真的龍伍軍，大罵：

「龍伍軍，你們反了！居然叛變！」

眼見斗笠大隊出現，更驚的恐懼襲上心頭，大喊：

「你們這些農民妖怪隊伍，不許接近本王！」

伍震榮就持刀，一陣亂砍，抓到一個空檔，飛騎逃走，邊跑邊喊：

「保護本王的龍伍軍，打勝了封王、封地，全家團圓！務必把那些戴斗笠的人打死！打死一個給百兩黃金！」

於是，又一群真的龍伍軍，跟著伍震榮跑，一邊和皓禎、寄南等人大打，更有一群龍伍軍，纏著斗笠大隊打，眾人便又追又打的向前奔去。太子喊道：

「我們追！務必要除掉這個大奸大惡的伍震榮！」

皓禎回頭喊：

「爹！你最好活捉那個伍項麒，我去追殺那個伍震榮！」

「伍項麒交給我，皓禎儘管去殺掉那伍家老賊！」袁柏凱中氣十足的喊道。

伍震榮一見大勢不妙，心想，只有打出最後一張王牌了。於是策馬回身大喊：「出動陌刀隊！」

身後的龍伍軍將領，聞令後立刻揮動令旗。龍伍軍讓開正面，伍震榮處心積慮、策畫多年、手中的王牌，精銳中的精銳——陌刀隊——如虎出柙的出動了！

這陌刀隊之所以屬害，是因為持陌刀的精兵，均能開兩石強弓，臂力自是驚人。身著明光甲，可禦飛矢；所持陌刀，是精鐵打造，刀身長四尺，比起一般刀矛制式兵器，長出一尺，如此可以制敵先機。刀背厚重，便於劈砍；刀刃於鍛造時加錫，質硬而剛、鋒利非凡。全刀長九尺，刀柄五尺，便於雙手持握。一刀在手，上下翻飛、耀如閃電、動若游龍，凡所近之物，人馬俱碎！

這陌刀隊排成陣式隊形，每排五十人，「如牆而進」，每十人間，留有通道缺口，以化減遇敵時的衝擊力。一個陌刀兵若倒下，其後的陌刀兵立刻向前遞補，所以能維持其陣式的完整。陌刀陣緩緩前進，凡是碰上陌刀的，刀飛矛斷、身首異處。和陌刀隊所遭遇的神威

軍，處處揚起片片血霧，神威軍大片大片的倒下！

伍震榮見此情勢，仰天狂笑道：

「哈哈，這是老夫壓箱底的寶貝！且讓你們見識一下這陌刀的厲害！」

正在聚精會神觀戰的皓禎，立刻發現了這一點。他立馬向太子遙指陌刀陣，急說道：

「太子，陌刀太犀利了！神威軍的刀矛，跟本搆不著陌刀兵。請太子下令，立即出動神槊騎兵，以壓制陌刀！」

太子面色凝重，立刻右臂高舉，驀地往下一劃，大喊：

「神威軍退，出動神槊騎兵！」剛喊完，身後十數面鑼，立刻大響，但見那神威軍各部，立刻旋踵，後衛變為前隊，迅速的讓出正面，井然有序的撤了下去。

陌刀隊突然間失去了敵人，有點茫然，但仍繼續前進。龍伍軍緊跟在後，一派耀武揚威的態勢！

突然間，但覺腳下之地隱隱震動，連那腳邊塵土，也被震得飛揚起來！只見龍伍軍的士兵，驚慌失措的指著兩側，大喊：「騎兵！騎兵！」

伍震榮定睛一看，兩旁山坡上，居高臨下，不知何時已布滿了神槊騎兵。

伍震榮再度仰天大笑：

「來得好！我這陌刀隊，就是用來專門侍侯騎兵的。」接著右手一揮，喊道：「變陣！」

喊罷，身後的戰鼓，隨即咚咚響起。

但見那陌刀隊，聞得鼓聲，隨即一分為二，面對兩側左右之騎兵。同時從龍伍軍中，快速跑出兩隊長矛兵，列於陌刀陣之前，單膝跪地、長矛斜舉。這是為了要驚嚇騎兵的馬，以減緩騎兵的衝擊力。

神樂騎兵這邊的將領見了，沉著的一揮手，說道：「列弩陣！」緊接著，鼓聲咚咚、令旗飛舞，但見上百輛弩車，從騎兵隊中衝出，各自在每邊的陌刀陣隊前，迅速排成二列橫隊，開始架設機弩箭。

這第一列橫隊，架設的弩機名為「朱雀蹶張弩」，每兩人操作一弩，每張弩弓有二十石的強度，可射二百步遠；使用雙錢三尺追風箭。第二列橫隊的弩機名為「鳳凰蹶張弩」，每四人操作一弩，兩人張弓、一人上箭、一人描準發射。每張弩弓有四十石的強度，可射四百步遠。使用三錢四尺穿雲破甲箭，可在三百步內貫穿五層熟牛皮。每架弩機一次可射三箭，中間一枝為響箭，在飛行時會發出破空之聲，以喪敵膽。

這兩列弩機交錯配置排列，以求發揮最大克敵效果。不到一盞茶的時間，架設上箭完成，隨即放箭。

但見寒光點點、箭雨蔽空、箭去如風，箭落處，開出一朵朵的血花！那長矛兵被射得七零八落，早已潰不成軍、一片哀號；就連陌刀兵，也被射倒了不少。

陌刀兵尚在驚惶失措之時，第二波箭雨又至。陌刀陣內，開出了更多的紅花！

弩陣連射五波箭雨，迅速退下。

神樂騎兵連邊的將領，這時長槊平舉，大喊：「殺！」，身後的令旗兵，都是全軍千萬人中選出，臂力特強，手持兩丈高的令旗，穩固端坐馬上，緊隨主帥之後，衝向陌刀陣。

對面的神樂騎兵，跟隨著令旗而行動，同時對陌刀陣發起衝鋒。

山風獵獵，令旗飄飄，金戈鐵馬風瀟瀟。

但見那神樂騎兵的陣形，初看如大海一線，再看如波濤洶湧，馬鳴聲如穿雲裂帛，馬蹄聲令地動山搖，那股衝擊力和震撼力令陌刀兵們大驚失色、心中發虛！

神樂騎兵的布陣，排成數十個功擊波，每波之間，相隔五十馬步，每波之內列陣三排，每排的寬度，可依敵方的陣式調整。排與排之間，相距十馬步，兩個呼吸的時間。

人嘯馬嘶，煙塵滾滾，金戈耀日，氣撼山河。

轉瞬間，第一波神樂騎兵已然衝到陌刀陣前。

這第一波的神樂騎兵，都是百裡挑一、身經百戰的用槊高手；接敵時，槊尖平舉，直指敵人咽喉、雙眼死盯著敵人的雙眼，那股殺氣，足以令敵人膽寒！

眼見槊尖直指自己的咽喉要害，陌刀兵本能的用陌刀將槊尖擋開，同時刀鋒順勢搭上槊桿，欲將其削斷。

不對！槊桿包鐵，削它不斷。不公平！陌刀兵的心裡，閃過一絲寒意。

原來，這又是袁柏凱的心思！他知道陌刀鋒長四尺，所以他下令，所有神槊槊桿，皆包鐵四尺，加上槊尖二尺，一共六尺，來和陌刀纏鬥，可立於不敗之地。

陌刀兵到現在才明白其中的奧妙，但是已晚了。

槊桿削它不斷，神槊騎兵槊尖被擋開，順勢下壓槊尖，直刺陌刀兵右胸。只聽得噗的一聲，槊尖穿胸而過，冒出一朵血花。槊桿遇到阻力而彎曲，隨即彈直，神槊騎兵順勢一揮長槊，將屍體掃離槊尖。

接著，神槊騎兵將槊尖對準下一個目標的咽喉。

那被第一排神槊騎兵衝擊的漏網之魚，還沒能喘息過來，第二排的神槊騎兵，已然殺到眼前。但見槊尖一現、寒光閃閃，所到之處，血花迸出！只約兩盞茶的工夫，陌刀陣的縱深，已然去掉一半。

伍震榮看得傻了！這陌刀隊，是他籌畫了多少年、灌注了多少心血、搜括了多少的不義之財，才練成的一支勁旅，自以為海內無敵，沒想到這麼的不經打！他多年蓄積、毀於一旦，夫復何言?!

這時，更奇怪的事情發生了！

只見那些剩餘的陌刀兵，突然間一個個的倒下。

「吟霜的『仙人散』！哈哈，是吟霜的迷藥發作啦！」皓禎興奮的揮臂大喊。「好吟霜！

好靈兒！好寄南！你們做得好，神威軍威武！」

伍震榮的看家之寶、壓箱底的精銳陌刀隊，就此全軍覆沒。

至此，大勢已去！伍震榮長嘆一聲：「罷了！」於是策馬而逃。

此情此景，儼然一首壯烈的詩：

「風獵獵，

旗飄飄，

神梨閃閃戰陌刀，

邪不勝正膽氣豪。

刀霍霍，

馬嘯嘯，

犁庭掃穴王師至，

金戈所指敵自消。

昆吾劍，

金錢鏢，

梅花英雄威力高。

社稷江山堅如故，

皓禎看到伍震榮逃走，中氣十足的大喊：

「老賊，哪裡走？」帶著親衛，緊追在後。靈兒、寄南、漢陽，也跟著追了過來。

大家追著伍震榮，一路追殺到有岩石處。伍震榮功力全開，奮勇殺敵，但是敵人中有斗笠大隊假冒的龍伍軍，有真有假分不清，又殺死了幾個自己人。身居斗笠大隊裡的漢陽，武功超群，一個飛躍，手起刀落處，刀尖順勢下抽，在伍震榮左手臂上劃了一刀，立刻見血。

太子精神大振：

「還是首領厲害！伍震榮！看我的！」

太子飛身上去，不料和也飛身上去的靈兒相撞，兩人都跌下馬來。

「風火球！妳不能慢嗎？」太子喊。

「抓伍震榮，一點也不能慢！」靈兒喊。

兩人再度上馬，只見伍震榮陷進斗笠大隊中苦戰，手上、身上都已負傷。

「快！我們去幫木鳶！」寄南喊。

「天元通寶！通通上，拿出本領來！」皓禎大喊。

一群天元通寶的龍伍軍，幫著漢陽，攻了上來。一群真的龍伍軍，不知從哪兒冒了出來，個個身手矯健，拚命纏打斗笠大隊。寄南大怒…

「這個該死的伍震榮，故意把我們引到這兒來，原來這兒有埋伏！」

伍震榮轉身，在冒出的龍伍軍大將保護下，策馬而逃。

太子、皓禎、漢陽、寄南、靈兒等人，各自率領本部兵馬，緊追於後。忽聞戰鼓震天價響、頓時從山腰中，橫裡殺出一支人馬，擋住去路。

太子等人勒住馬韁，定眼細看這支人馬，不禁一驚。

這支人馬，士氣雄霸、兵強馬壯、肅靜無譁，一看就知道是支訓練有素的部隊！

原來，這是伍震榮的另外一支奇兵，布置在此多時，專為替伍震榮斷後路之用。

皓禎不禁怒罵…

「詭計多端的老匹夫，竟然還有這招！你以為這樣就能逃之夭夭嗎？做你的春秋大夢！」

伍震榮此時回馬收韁，大笑道…

「哈哈哈，兵者詭道也！這支部隊，是本王研六韜三略之精華、窮鬼谷黃石之奧妙；上應天象、下參兵機，所設的一個陣式，此陣高深莫測、變化無窮，進得來出不去，你們可要小心了。」說罷下令…「布陣！」

但見令旗翻飛、鼓聲震耳、人走天干、馬踏地支，按五行八卦方位，傾刻間，這支兵

馬，井然有序，布成了一個陣式。

伍震榮在馬上得意的放聲大笑⋯

「小輩們，可認得此陣？陣名為何？本王倒要考考你們！」

只見漢陽催馬獨自向前數步，揚聲應道⋯

「這有何難？!此陣有柄有杓，陣名《北斗》，是也不是？」

這「北斗陣」，又名「北斗七星陣」，是上參北斗天象，馬步聯軍相輔而成，需七成步卒、三成騎兵來布陣。斗杓部分是步兵，呈凹字形，前方開口，誘敵兵入陣。斗柄部分是騎兵，外圍策應、入凹字陣內衝殺，靈活非凡。

伍震榮心中一驚，但仍狂笑道⋯

「既然識得此陣的厲害，你們可敢來破陣？」

太子、皓禎、漢陽、寄南等人，看這北斗陣，斗杓部分，縱橫各約千步，陣分五層，疏密相間，中有盾牌兵、步弓手、短矛槍兵、刀槍劍戟、無一不備；軍容壯盛、陣勢排列奧妙，別有一股蕭殺之氣！漢陽皓禎相對一看，都感到背脊發涼，知道此陣凶險至極。

「有何不敢？且看本太子率軍親自破陣！」只聽到太子大聲應道。

皓禎大急，說道⋯

「太子，這萬萬不可！你身分不同、是全軍之魂、重中之重，怎能輕易親自衝鋒陷陣呢！

264

如果萬一有什麼閃失，叫我等如何自處？如何向皇上交代？」

「皓禎，別攔我。從來這天下，是要靠自己來打的！父皇要傳給我的江山，被這伍賊給弄得烏煙瘴氣、污穢不堪。我當親手勦滅此賊，以安父皇之心！這是國事，也是家事。這陣，必須我親自來破；上慰父皇之念、下拯黎民百姓之苦！現在大功即將告成，逆賊已窮途末路、即將授首。請你們幫助我，破此陣、滅此賊！好兄弟們，來吧！讓我們一起破陣，以擒元凶！」太子說罷，摧動跨下的颯露紫坐騎，手執昆吾劍，一馬當先，直衝北斗陣而去。

這番話，說得情理兼顧、大義凜然！皓禎、漢陽、寄南大驚；別無他法，也攔不住太子，緊隨著太子之後，衝陣而去。

靈兒也是一驚，緊隨寄南之後，策馬入陣。

皓禎乾坤雙劍出手，高呼：

「全軍壓上，保護太子，隨太子一起破陣！」

戰場上最高貴的品德，就是勇敢！太子已經用行動證明，他是一個夠資格的皇朝繼承人！神威軍的這批人馬，被太子的身先士卒所深深感動，個個胸中熱血沸騰、奮不顧身。

但見神威軍的步卒、騎兵，如狂風暴雨般，直衝北斗陣而去！

太子手中的昆吾劍，化成無數道白虹，左劈右掃、前砍後刺，勇不可擋，如入無人之境。

白虹所到之處，揚起片片血霧。

皓禎和寄南緊緊跟隨在太子馬後，護定太子的左右兩側。皓禎手中的雙劍，上下翻飛，迅如游龍、矯如飛鴻，連刺數名敵將翻身落馬。更把陣中的敵兵，橫掃倒下了一大片。寄南手中的玄冥劍，劍出如風，劍氣直衝敵兵敵將，勾挑砍刺、點迴架掃，當者披靡。凡與寄南相戰相持者，數招之內，就被玄冥劍的劍氣和劍刃所傷斃，死傷無算。

這三人，形成一個鐵三角，在陣內如入無人之境，橫掃千軍。

天元通寶的隊伍，也緊跟在三人之後，保護太子。

靈兒手中的一雙流星錘纏上的兵器，如飛燕、似黃鶯，雙錘瞻之在前、忽焉在後，揮舞的滴水不漏。凡是被流星錘纏上的兵器，都脫手破空而去，變成赤手空拳；凡是被流星錘砸到的人馬，都掩面而逃——因為她專門攻擊敵人的咽喉要害。

漢陽眼觀全局、催動各軍，指揮若定，見縫插針；看到陣形有弱點處，立刻強攻。

這樣的氣勢、這般的武藝，這等的善戰；其疾如風、侵略如火，攻勢既快且猛，使得整個北斗陣，為之動搖！

❖

在太子的攻堅鐵三角和漢陽的靈活指揮運用兵力之下，北斗陣的縱深，如冰雪見到太陽般融化、消失！陣中的兵馬，死傷不計其數，已經殘破不堪。

漢陽看這形勢，知道破陣在即，振臂高呼道：

「將士們、弟兄們，逆賊之陣，已經支持不住了！破賊就在今日、立功就在此時，殺啊！」

漢陽話剛說完，忽然看到龍伍軍迅速的重組，除掉死傷的軍人，剩下的大約只有五千人左右，卻又組成一支「北斗陣」，在那「杓」中，站著一個身高八尺的西域人，大聲喊著：

「太子何在？本將軍來取太子首級！」

太子一聽，哪裡忍得住，飛身就從馬背上躍進「杓」中。皓禎、寄南、漢陽同時大喊：

「太子！當心有詐！」

一面喊著，三人都飛躍進那個「杓」中去保護太子，果然，那個西域人是餌，在「杓」底，竟然蹲伏了一支手持短劍的軍隊，看到太子進來，全部起身，持劍去刺殺太子。皓禎手中雙劍翻飛，刺殺不少敵軍，眼看太子被短劍圍攻，雙劍不夠用，環腳一踢，踢倒無數短劍兵，同時，小腿也中了敵人短劍一刺，鎧甲竟然破裂，血濺戰場。寄南大喊：

「那是西域『血刃』！我們的鎧甲防不了……」

寄南一面喊，一面用玄冥劍砍斷不少西域「血刃」，太子手中的昆吾劍，也是玄鐵練成，又砍斷不少「血刃」。漢陽拳腳齊下，虎虎生風，一面作戰，一面大喊：

「神威軍，趕快組成八卦陣！太子，請進八卦陣！」

八卦陣迅速組成，卻無法攻進敵營。此時，數把「血刃」對著太子刺去，寄南眼見無法

全部擋住，一面揮舞手中的玄冥劍，一面和身抱住太子，只聽到嗤啦一聲，肩上鎧甲已破，鮮血濺出。太子見皓禎和寄南都已負傷，大吼一聲：

「伍震榮，本太子要把你碎屍萬段！」

太子一面喊，一面奮不顧身，擺脫了寄南的保護，如有萬夫不敵之勇，豁出去大殺敵軍，寄南、皓禎也負傷作戰，加上漢陽出神入化的武功，竟然把這支埋伏的「血刃」部隊，全部殲滅。但是，太子作戰時，中門大開，鎧甲上扎著好幾把「血刃」，他帶著血刃，向伍震榮昂首走去，大叫：

「伍震榮，你傷我兄弟！賠命來！」

一面叫，手中昆吾劍沒停，所過之處，竟然又砍翻了不少「新北斗陣」中的兵勇。伍震榮看著太子一身扎著「血刃」，還向自己步步進逼，大駭不已，一面騎馬逃走，一面大吼：

「弩弓隊！射殺太子李啟望！賞黃金一百兩！」

突然間，岩石後面冒出許多胡人弩弓手，所有弓已上弩準備發射，通通對準太子。

靈兒一看，大叫警告：

「胡人弩弓手百發百中，能穿透鎧甲，保護太子！」

「盾牌八卦陣！將太子護住！」皓禎負傷大喊。

只見萬箭齊發，射向太子。皓禎雙劍齊飛，又去保護太子。漢陽再也不顧禮數，飛身過

來，拎住太子鎧甲上的皮帶，就把滿身血刃的太子，拎進了由盾牌組成的八卦陣，急急忙忙的問太子：

「太子，身上這麼多把血刃，是否受傷？」

寄南眼看太子進了八卦陣，也不顧自己的肩傷，就對著伍震榮馬身而上。

寄南跳到伍震榮馬上，就一刀往伍震榮背上刺去。玄冥劍正中伍震榮肩頭，伍震榮鮮血直冒。不料幾個龍伍軍大將手中陌刀對著寄南砍去。皓禎、靈兒、太子、斗笠大隊都在盾牌陣中尖叫。太子大喊：

「寄南！快下馬！」

「寄南！小心後面的陌刀！」皓禎等人大叫。

三把陌刀對著馬背上的寄南砍去，刀疾如風，寄南的上、中、下三路全被封住，手中的玄冥劍，要對付三方面的攻擊，顯得左支右絀、險象環生，手腕虎口，被震得發麻！手中之劍，被陌刀砍得火星四濺。

太子眼看寄南躲不開，心急如焚，拔下胸前鎧甲上的幾把血刃，就跳出盾牌陣，飛身上去抱住寄南，把他拉下馬背。

兩人滾落在地上，數把陌刀對著兩人砍下。兩人抱著滾開，閃躲陌刀。皓禎飛身而下，護著太子，陌刀又對著皓禎背上砍來，眼見皓禎逃不掉，太子竟然一翻身遮住皓禎，幫皓禎

擋了這一刀。皓禎大驚喊：

「太子！」

「不怕！」太子在皓禎耳邊說：「我有鎖子甲護身！那些血刃都傷不了我！」但是，陌刀力道之大，太子已受內傷，卻隱忍不說。

「太子！」太子已受內傷，卻隱忍不說。

「別管我！去殺了那個伍震榮！」太子大喊，一面喊，就又飛身去抓伍震榮。

「太子！」寄南驚呼：「你還保護我們？快回八卦陣去！」

皓禎已經一躍而起，緊隨著太子之後，大喊：

「太子，快回八卦盾牌陣！不要冒險啊！」

「你們都是我的好兄弟，為我負傷苦戰，我怎能躲在八卦陣裡？」太子喊道。

太子喊著，竟然飛身而上，硬生生把伍震榮拉下了馬，伍震榮大驚，滾落在地，拚命擺脫太子，被昆吾劍連刺了兩劍，嚇得他連翻帶滾，滾得老遠，嘴裡大喊：

「弩弓手！射死他！」

弩弓手又對著太子，萬箭齊發。盾牌隊立刻擁上擋箭，漢陽帶著斗笠大隊，再飛身來保護太子，太子眼見其中一箭正對寄南咽喉而來，間不容髮，寄南絕對逃不過。太子大驚，本能的伸出右手去抓箭，完全忘了手上沒有鎖子甲可保護。結果因背傷連累，手無法使力，箭沒抓到，卻被箭深深射進掌背！另有兩箭，射在太子胸前，但被身上穿的鎖子甲所擋住，掉

270

落於地。

「魯超！」皓禎急喊：「快馬去把吟霜帶來，讓她把所有解毒的藥都帶來！只怕這箭有毒！」

漢陽見太子受傷，心中大怒，策馬回身，和斗笠大隊衝進弩弓手隊伍中，一陣奮不顧身的廝殺，劍身橫掃、刀鋒砍劈，槍刺穿心，招招都是殺招。刀光劍影所到之處，血染黃沙，哀號慘叫之聲四起，打死了一大片弩弓手，同時，李德輝帶著大軍，運用螳螂捕蟬黃雀在後之策，從後包圍了弩弓手，一陣衝殺，把弩弓手全體殲滅。

後面在廝殺中，前面眾人都圍著太子，伍震榮負傷，亡命奔逃。靈兒痛喊：

「太子！你趕快躺下！」

「啟望！啟望！」寄南痛喊著。

只見太子傲然挺立，伸手把右手背上的箭一口氣拔了出來，丟在地上，大喊著：

「木鳶，追那個伍震榮，他已被我的昆吾劍所傷，千萬不要讓他逃掉！」

漢陽剛剛殲滅了弓弩隊，聽到太子的喊聲，猛的策馬回身。漢陽馬術精湛，人馬一體、奔躍如飛、如嫦娥奔月、似夸父追日，縱馬來追伍震榮，轉眼呼吸之間，已追到伍震榮身後三步之遙。漢陽挺身一躍，就躍上伍震榮的馬背，抓住伍震榮，立馬點其穴道，閃電般回到太子身邊，把渾身是血的伍震榮摔到太子面前。漢陽喊道：

「太子！逆賊伍震榮帶到！」

「哈哈！伍震榮！」太子的手流血不止卻大笑⋯「你這叛賊還要靠胡人幫忙？你除了靠女人、靠胡人，還有幾分本事？」

伍震榮全身負傷，也傲然的挺立，說道⋯

「能把你這個李啟望打死，李氏江山也等於滅了！」

忽然，冷烈不知從何處飛身而來，站在伍震榮身前，冰冷的說道⋯

「伍震榮！逆賊叛將，快給太子跪下！」兩顆如意珠，打在伍震榮膝蓋上，伍震榮頓時給太子跪下了。

太子依舊挺立大笑⋯

「哈哈哈哈！你這一跪，萬事全休！你的春秋大夢，全部灰飛煙滅！你看看你的落伍軍，已經全軍覆沒，你輸了！哈哈哈哈！」

太子喊完，人已支持不住，身子搖搖欲墜，眾人全部去攙扶。漢陽急喊⋯

「太子！你要為江山社稷挺住！」

眾人各喊各的⋯

「啟望！太子！啟望！太子⋯⋯」

冷烈在這一片混亂中，高聲對眾人說道⋯

「這伍震榮和我還有舊帳未了，我先帶去，後會有期！」

冷烈就在眾人忙著太子傷勢之時，重新點了伍震榮的穴道，一陣風般將伍震榮撈上馬

背，疾馳而去。

太子倒在皓禎懷裡。皓禎跪坐於地，擁著太子。寄南跪在太子身前。

太子看看皓禎，又看寄南，微笑問：

「我們這場仗，打得真過癮，打勝了吧？」

「打勝了！大獲全勝！」皓禎忍著淚說道。

「啟望！你撐著！吟霜馬上就來了！」寄南忍著淚喊。

柏凱快馬奔來，滾鞍下馬，對太子一跪：

「柏凱援救來遲，太子恕罪！落伍軍已經投降，伍項麒也已擒獲，我們就在鋸齒山下，

一戰而勝！」

「哈哈！太好了！」太子大笑著，看看皓禎又看看寄南⋯⋯「皓禎、寄南，你們讓我沒有

虛度此生！照顧⋯⋯我的佩兒⋯⋯和太子妃！」又輕聲加了一句⋯⋯「還有青蘿！」

太子說完，頭一歪，閉眼在皓禎懷裡。魯超帶著吟霜趕到，吟霜急呼⋯⋯

「把太子的鎧甲脫掉！鎖子甲也脫掉！」

鄧勇奔來，和皓禎、寄南七手八腳脫掉太子的鎧甲和鎖子甲。皓禎大喊⋯⋯

「啟望！吟霜來了！你撐著！撐著！吟霜！吟霜！快救太子！」

吟霜看太子中箭的手，只見整隻顏色已變成烏黑，脫口驚呼…

「血骷髏！中了此毒，沒人能活！皓禎，我……我……救不了……」

「救他！」皓禎急喊…「他為我挨陌刀，為寄南擋毒箭，勇猛刺傷伍震榮！他是太子呀！是我朝唯一的太子呀！我們都可犧牲，太子不行……吟霜……」

「是是是！」吟霜哭著，悽然的喊著…「我試！我試……」

吟霜一面喊，一面就跪到太子面前，伸出雙手，要去握住太子的雙手。

皓禎眼前，瞬間閃過吟霜當初為他治蠱毒的畫面，知道她要犧牲自己來試著救太子。大慟之下，連反應的機會都沒有，就放下太子，撲上去一把抓住吟霜的雙手，痛哭著喊…

「妳想把太子的毒，度到妳身上來嗎？如果妳死了，太子能活嗎？」

「我不知道……我不知道……」吟霜哭著說…「他是我朝唯一的太子，我死不足惜……」

「我不知道……我不知道……」

「吟霜……吟霜……」皓禎心碎的喊著，把吟霜緊擁在懷裡說…「我捨不得妳，我不能……」

「我可以試試……但是沒把握呀……」

「去試！去試……不然來不及了……」皓禎如萬箭鑽心，用雙手蒙住臉痛哭。

吟霜就又去握太子的手，還沒接觸到太子，靈兒撲過來，從吟霜身後死命抱住吟霜，哭著喊道…

「吟霜，太子哥已經走了！妳別把毒弄到自己身上來，沒用了！」

同時，寄南也把吟霜的手撥開，哭著喊：

「吟霜，太子……他他他已經冷了、僵了！」說完，仰天狂叫：「啟望！你為什麼要救我？為什麼要為我受傷？啟望！我們還有好多事要一起做，你走了誰來繼承天下？」痛哭失聲。

「啟望！不許死！不能死！」皓禎也哭喊著：「我們還要一起打造桃花源，一起維持忠孝仁義，一起共享最美好的時代……」

鄧勇跪地哭喊：

「為什麼死的不是卑職？太子回來呀！」

眾人全部跪下，個個淚流滿面，哭聲震天。柏凱臉色慘白，回頭看著後面的大隊人馬。

柏凱含淚對神威軍宣布：

「太子，壯烈犧牲了！」

大隊士兵，頓時哭的哭，喊的喊，一片呼喚「太子」聲。

皓禎終於含淚起身，帶著傷站直身子，悲切而壯烈的喊道：

「太子神勇，為國犧牲，英魂永在！」

大隊士兵全體肅立，用長槍觸地，鏗鏘有聲，行軍禮，聲勢驚人的同聲喊道：

「太子神勇，為國犧牲，英魂永在！太子神勇，為國犧牲，英魂永在！太子神勇，為國犧牲，英魂永在！太子神勇，為國犧牲，英魂永在……」

雖然大勝，此時此刻，卻有流不完的英雄淚，有唱不成聲的英雄歌：

「風何悽悽，
天何慘慘！
血濺關山，
英雄魂斷！
此願已了，
此生無憾！
兄弟同心，
沙場征戰！
路漫漫其修遠兮，
與子同袍共患難！
風瀟瀟兮易水寒，
壯士一去兮不復還！」

94

神祕山洞裡，潺潺的水聲，淙淙流過山洞深處，回聲反射在洞壁上，格外襯托出洞裡幽靜和死寂，幾盞火把在山壁上搖曳閃爍著，更顯得山洞的空靈。

已脫掉鎧甲負傷的伍震榮，頭髮散亂，灰頭土臉，雙手和雙腳被鐵環鎖在洞壁上，形成一個「大」字型。伍震榮從昏迷中悠悠醒來，慢慢睜眼後驚恐的四處張望……

「這是哪裡？難道我已經死了？」神思迷糊，雙手掙扎著……「這是地獄？」驚慌喊……「項麒！項魁！你們在哪裡？快來救爹呀！快來救你們的爹呀！」

伍震榮驚慌之餘，定睛一看，只見冷烈漠然的坐在對面一張石凳上，五隻手指頭不停把玩翻轉他的暗器。伍震榮突然看到一臉漠然的冷烈，悽厲的喊：

「你是閻羅王派來的索命使者嗎？你想要什麼？」懇求：「本王全部給你，放了我一命吧！本王有金山、銀山，全部都可以奉送給你！饒我一命吧！饒我一死……」

還不等伍震榮說完話，冷烈不看伍震榮一眼，就手裡一甩，一把暗器向伍震榮飛去。伍震榮身上、手上、腿部中了冷烈好幾個專屬飛鏢。飛鏢上刻有「冷」字。伍震榮刺痛哀嚎⋯

「哎呀！好痛！好痛！使者請饒命！饒命呀！」

第二波飛鏢再次射出，伍震榮身上到處插著飛鏢，但都不在致命之處，滿身鮮血直流，狼狽哀嚎⋯

「唉！不要射了！不要射了！閻羅王要審案是不是？我招！我招！」痛得老淚縱橫⋯

「是我幹的，我榮王全認了！不要傷害我，不要再折磨我了！求求你！放過我！放過我！不是我幹的我也認了，行嗎？」

冷烈走近伍震榮，面對狼狽的伍震榮，冷笑⋯

「哼！伍震榮！你也有今天！算你還有自知之明，知道自己該死到地獄門，不過⋯⋯」把插在伍震榮肚子上的飛鏢，用力再刺進更深處，伍震榮痛喊哀叫。

「閻羅王不急著見你。有一家子的血債，等著你清償！」

冷烈說完，山洞的暗處，突然傳出一陣女性響亮的笑聲。一個女人走進火光照耀處，正是長髮飄飛的九鳳！她依舊美麗，卻面色蒼白，有如鬼魅出現在伍震榮眼前。九鳳不勝唏噓⋯

「伍震榮啊伍震榮！我終於等到你了！看你這麼多年來叱吒風雲，威風八面的，哈哈

哈！怎麼今天落魄成這樣了！哈哈哈！」

伍震榮認不出九鳳，驚問：

「妳是誰？也是索命使者？還是厲鬼？要讓我死，就快動手，不用再耍手段了！早死早超生！」

「是誰說厲鬼不可怕，人最可怕？」九鳳說：「你連人都不怕，怎會怕厲鬼？托你之福，總算讓我瞭解什麼是比厲鬼更可怕的人！那個人就是你！但是，你這個不怕厲鬼的人，我今天會讓你明白，寧可見到厲鬼也不要見到被你刺殺的故人！」

「九鳳？」伍震榮大驚：「妳是九鳳？妳不是被我刺了兩劍，死掉了嗎？妳是鬼？妳是要來向我索命的九鳳！」

「這麼說你對我這鬼魂倒是念念不忘？我怎麼被你親手屠殺，你都歷歷在目，記得清清楚楚？那好！我也不廢話！」喊著：「冷烈！他害你娘終身痛苦，被往事纏繞無法自拔，你把他那隻揮劍的右手廢掉！」

冷烈冷笑，玩弄手中暗器：

「那簡單！給他肘關節幾顆如意珠！」冷烈說完立刻對伍震榮的右肘關節，連續射出五顆如意珠，去勢強勁、珠聲破空，正中伍震榮右肘肘彎部的曲池、天井大穴，珠珠排列有致，像花瓣般圍繞一圈。伍震榮痛得大喊：

「啊啊啊啊……」哀號聲在整個山洞中迴響。

同時，太子的屍體蓋著皇家軍旗，被放置在皇宮大殿上。蘭馨跪倒在太子屍體前痛哭，喊著：

「啟望哥哥！你醒醒啊！我不相信你就這樣走了！啟望哥哥！」

皇上撫頭痛哭，悲傷萬分。身旁曹安也流著淚手足無措，不知如何勸慰皇上。

「啟望，早知你會葬身鋸齒山，朕實在不該讓你去的！你正在英年，多少大事等著你去做，朕的心願，等著你去發揚光大，你這一走，朕肝腸寸斷啊！不是給了你鎖子甲嗎？怎麼不能防身啊？」皇上哭著說。

皓禎、寄南、漢陽、柏凱等人站在太子身後，默默拭淚。皓禎和寄南的傷口，已經被吟霜縫好治療過，仍然行動不便，兩人蒼白的臉色，不是因為身上的痛楚，是因為再也無法挽回的事實，太子之死！

「啟望是因為救我，徒手去抓毒箭，才犧牲的！」寄南語不成聲的說。

「不是，啟望是因為救我，背上挨了陌刀重擊，才無力抓毒箭的！」皓禎哽咽著說。

「好啟望，一直都把兄弟看得比自己都重要……這是他的命！可是，啟望這樣走了，讓朕情何以堪啊？」

皇后和樂蓉知道大勢已去，臉色蒼白的看著跪在殿上的伍項麒。

眾大臣悲傷的跪坐在殿上兩側，個個紅了眼眶。

皇上稍平靜，拭淚不已，憤怒拍桌說道：

「伍項麒！你們伍家處心積慮，就是想要得到今天這種惡果嗎？朝廷上還有多少人是你們的同謀？說！」

「說了……就怕你這皇位也坐不安穩，也許今天在場的各位大臣，都是我們伍家的走狗！哈哈哈！」伍項麒豁出去說道。

皇上氣得走向伍項麒面前：

「你這可惡的亂臣，到現在一點悔意也沒有！你想死，朕有一萬種方式折磨你到死！凌遲、車裂、腰斬、剝皮……你選哪一樣？」

樂蓉奔出跪倒皇上面前，落淚求情：

「父皇！項麒雖然有罪，但也是我的駙馬，他是被迫的，伍震榮掌握朝廷的一切，他是伍家長子，能不聽伍震榮指使嗎？罪魁禍首是伍震榮，不是項麒，請您原諒他吧！」

「伍項麒讓胡人射殺太子！罪惡滔天！罪無可赦！應該五馬分屍！」寄南含淚怒吼。

「他把皇上的龍武軍改成伍家的伍，自稱『副統帥』，打著伍家旗幟在鋸齒山挖地道練兵，預備炸掉整個皇宮！這種人居然是本朝駙馬，更別說聯合胡人謀逆，殺害太子！他死有

餘辜！樂蓉公主難道對所有事情皆不知情？應該一起連坐，以謀逆大罪判處死刑！」皓禎悲憤的說。

「放肆！」皇后突然冒出來，厲聲喊道：「寶寄南、袁皓禎，別以為你們平定了叛臣，就可以在這耀武揚威！這場謀逆之罪，到底誰是主謀還需要調查，請皇上不要聽信片面之詞！伍項麒幹了什麼勾當，一切與樂蓉無關，誰都不許含血噴人！」

「皇后倒是撇得真乾淨啊！」伍項麒冷笑：「天天罵皇上是個昏君，說太子是個庸才，扶不起的阿斗！一天到晚詛咒太子早日昇天，不得好死，這下好了，哈哈！如妳所願，太子真的……不得好死了！」

「你把屍首未寒，你還如此詛咒他！朕也讓你不得好死！」皇上氣得發抖，大喊：「寄南！把你的劍給我！」

寄南拔劍出鞘，雙手捧給皇上，皇上一接。寄南痛定思痛的說：

「皇上，我們一路忍著，就是要把伍項麒的人頭，交給皇上處置！啟望在天上看著呢！閻王在地下等著呢！」

「哈哈哈哈！」項麒大笑：「皇上，你會用劍嗎？你敢刺我嗎……」

項麒話沒說完，皇上用力一劍刺在伍項麒的胸口，玄冥劍何等厲害，立即穿胸而過、血濺殿堂！眾人震驚。皇上拔劍，再一劍由肩頭劈下去，幾乎把項麒劈成兩半。項麒倒地，一

282

陣抽搐，就斷氣身亡。

「項麒！項麒！」樂蓉大喊大叫：「父皇！您怎麼可以親手殺了我的駙馬，他是我的夫君啊！父皇……」撲在項麒屍體上痛哭。

皇上痛心疾首喊道：

「將伍項麒的屍首拉到午門……五馬分屍！」

「不要！不要！不要！父皇！」樂蓉哭喊：「留他全屍吧！是您把我許配給他的，怎麼忍心又殺了他？您要女兒以後怎樣活下去？」又去抱住皇上的腿痛哭：「父皇！項麒有再多的不是，也是您看走了眼！」

「是！父皇看走了眼，才會害死了我的太子！」皇上含淚對衛士說道：「把屍體拉下去，曝屍三日，留他全屍！」拔腳甩開樂蓉：「這是朕給妳的恩典！」

若干衛士跑來，帶走伍項麒的屍體。

皇上盛怒命令道：

「袁柏凱將軍、皓禎、寄南、李遠霖將軍、李德輝將軍，你們兵分多路，將伍氏一族，城裡城外，通通抄家滅族！立刻行動！」大喊：「漢陽！」

「臣在！」漢陽應著。

「你立刻查明長安以外，無論咸陽、扶風、渭城、鳳翔、洛陽……等地，各地伍家餘孽，

到底有多少？全部一網打盡！」

「是！臣領旨！」

皓禎、寄南、柏凱和兩將軍也振奮回答：

「臣領旨！」

「抄家滅族？」樂蓉驚嚇大喊：「父皇！您連女兒也要殺嗎？」

皇上痛心的看著樂蓉說道：

「看在妳是公主的份上，饒了妳！」轉眼看皇后，痛楚而酸澀的說道：「皇后！妳也可以安心了，再也沒有太子來和妳作對，反對妳賣官、造行宮、蓋別府、害得百姓受苦……妳們母女，都下去吧！」

皇后眼看皇上手刃項麒，驚心動魄，一句話也不敢再說，帶著樂蓉離去。

❖

太子府裡，太子妃抱著佩兒，哭得傷心至極。皓禎、寄南都傷心的站在一旁。

「佩兒！你還這麼小，就失去了爹，以後我們母子，要怎生是好？」

屋裡所有的人都悲戚不已。鄧勇向太子妃一跪，狠狠給了自己兩耳光，說道：

「鄧勇向太子妃請罪，沒有好好保護太子！鄧勇自請處分，願坐黑牢、鞭刑、杖刑！」

「鄧勇，你起來！」太子妃拭淚：「不怪你，我知道你已經盡力了！太子一生仁慈，何

時用過鞭刑、杖刑對待衛士？」

寄南走到太子妃面前，落淚說道：

「太子妃！太子為救我而亡，儘管挨了陌刀，又中了箭，卻挺立不倒，支持到最後，他

雖然去了，精神不死！」

皓禎也走過來說道：

「太子妃！太子對我們說的最後一句話，是『照顧我的佩兒和太子妃！』從此，佩兒是

我們大家的孩子！我們會用生命來照顧他，保護他！他還說了一句，『還有青蘿』！」

太子妃聽了，更是淚落如雨。眾人全部落淚。青蘿眼眶通紅，低語：

「青蘿餘生，都要為這四字而活著！」

「娘！你們為什麼哭？」佩兒不解的問：「爹說過，勇敢的人不哭！」

青蘿走來，雖然眼睛紅著，卻努力不讓眼淚掉下來，說道：

「太子妃，皇太孫說得太好！勇敢的人不哭！我們大家都不勇敢，也不堅強，太子卻是

勇敢而堅強的人。我們唯一能為太子做的事，是讓我們大家都堅強勇敢起來，把皇太孫培植

成像太子那樣的人！青蘿我……終生會為了這事而侍候皇太孫，報答太子知遇之恩！」

太子妃不禁抱著青蘿，也抱著佩兒，拭淚說道：

「是！青蘿，妳指點了我們大家一條明路，不管未來如何，我們能為太子做的事，就是

把佩兒教好，讓他做個頂天立地的人！白羽、楓紅、藍翎，大家都過來，我們抱在一起，彼此溫暖彼此吧！」

幾個女子都過來，大家擁抱在一起，個個想堅強，卻個個掉淚。

皓禎、寄南、鄧勇站在一旁看著，眼眶裡也泛著淚。

幾天之後，皓禎、寄南的傷勢在吟霜治療之下，幾乎痊癒，和漢陽、吟霜、靈兒、蘭馨並列駕著馬兒，心情沉重的走過與太子曾經一起去過的地方。大家下馬走到一棵大樹之下，緬懷起太子的種種。

❖

「這片草原是我們和太子經常騎馬的地方……」皓禎一眼望去，無限感傷：「現在景物依舊，卻人事已非！」

「壯志未酬身先死，常使英雄淚滿襟！也許是天妒英才，這麼優秀的將才，未來繼承大統的明君，卻這樣離開我們了，這是我們百姓最大的損失……」吟霜說。

寄南突然瘋狂對草原大喊：

「啟望哥，你放心走吧！現在我的命是為你活著，你沒有完成的夢想，我們拚了命也會替你完成！啟望哥，你死得壯烈！我寶寄南永遠以你為榮！」

「啟望哥是為父皇，為朝廷犧牲的，現在伍家也滅亡了，他應該會含笑九泉的。寄南，

你不要再自責了！我們都要振作起來，繼續為父皇打天下！」蘭馨說。

「蘭馨說得沒錯！我們要化悲憤為力量！」漢陽冷靜理智的說道：「太子會永遠活在我們的心中，我們要為逝去的太子鞏固李氏江山，讓太陽星永遠閃耀在每一處的山河和大地之上。」

「何止是寄南自責，我們的任務就是要保護好太陽星，結果……」靈兒自責的說：「我什麼也沒有辦法，居然讓太子犧牲了！太子，你在天之靈一定要保佑我們找到伍震榮，我一定要親手將他碎屍萬段！」

正當靈兒說得咬牙切齒之際，一個飛鏢從漢陽和皓禎的眼前飛過，直挺挺的射在樹幹上。飛鏢上刻著「冷」字。

「是冷烈？」漢陽從樹上拔起飛鏢，一眼看到冷字，趕緊打開飛鏢繫著紙條。

「冷烈？那天，他不是把伍震榮給擄走了嗎？」皓禎訝異問道。

漢陽唸著紙條的文字：

「伍震榮待宰，速到仙岩洞！」——冷烈。

「原來他也要宰伍震榮！」寄南大喜：「那我們還等什麼？快走！」

「靈兒輕打自己耳光，一躍上馬：

「我這張嘴，真是說什麼應什麼！我立馬去殺了那魔王！」策馬大喊：「駕！」

眾人飛騎而去。

❖

伍震榮仍是大字型被綁在石壁上，已被折磨得不成人形，殘喘不堪，聲音微弱的求饒：

「九鳳！饒了我！」

「饒了你？那些被你迫害毒殺的百姓能饒過你嗎？安南王府一家幾十口的冤魂，會饒過你嗎？就連被你拋棄，差點死在你劍下那個冷烈，你問他會不會饒過你！」九鳳陰沉的說道。

伍震榮艱難的抬起頭，看向九鳳：

「冷烈？當年拋下懸崖的不是女兒嗎？難道妳騙了我？那孩子沒死？」

「你拋下的孩子，命大福大確實沒死！」冷烈聲音有如寒冰：「冷烈來自冷姓血脈，一個沒有一丁點熱血的家族，性子剛烈，我每天活著，都慶幸我娘讓我姓冷！」再用銳器對伍震榮膝蓋骨一刺。伍震榮痛喊：

「唉唉唉！痛死了！痛死了！我終於明白了！原來你才是九鳳的兒子？也是我的親生兒子，求求你不要再刺了，天下無不是的父母，饒了我！饒了我！」

「你這惡魔還敢稱之為人父？『賤女所生，怎配是我的骨肉？』這話你還記得嗎？冷烈就是賤女所生的兒子！」九鳳憤怒的說：「在你拋下無辜嬰兒，在你狠心刺死我的時候，你可曾想過你是為人父母者？」冷笑：「哼哼！我安南王府的九鳳，注定命不該絕，今天就要

親手解決你！冷烈會好好的侍候你到死！」

此時，皓禎、寄南、漢陽、吟霜、靈兒、蘭馨一起衝入山洞，眾人都聽到九鳳的話語。

靈兒尤其震驚，衝向九鳳喊道：

「妳是安南王府的九鳳？妳是我的親娘？原來妳沒有死？妳還活著？」抱向九鳳跪下痛哭：「娘！我是妳女兒，那個被伍震榮拋下懸崖的女兒！」

九鳳看到靈兒悲喜交加，趕緊跪向靈兒，哭著訴說：

「錯了！錯了！我何德何能是小姐的親娘！婢女不敢！婢女對不起小姐！懸崖一別二十多載，尋尋覓覓，今天終於可以光明正大的和小姐見面了！」對靈兒磕頭：「婢女九鳳叩見小姐！」

靈兒傻眼愣住了。吟霜、皓禎、寄南、漢陽、蘭馨等人都吃驚喊道：

「小姐？」

「難道靈兒不是妳的親生女兒？」吟霜問九鳳：「難道靈兒是安南王府的女兒？」

「正是如此！」九鳳回答：「在伍震榮處死之前，我先把靈兒的身世說清楚……」

於是，九鳳說了下面的故事，那是丙戌年十月十九日戌時。

❖

安南王府已經亂成一團，在夫人房中，夫人臨盆，嬰兒呱呱落地。外面一片喊殺聲。月

娥、九鳳、雙喜三個侍女圍著夫人接生，房內充滿緊張。伍震榮的聲音傳來：

「安南王的首級已經在此！大家殺呀！一個活口都不要留下！」

夫人躺在床上，九鳳和月娥包起嬰兒。雙喜害怕的對夫人說道：

「夫人，是個小姐！外面已經殺成一團了！」

夫人滿頭冷汗，衰弱卻堅決的說道：

「月娥、九鳳、雙喜，妳們都是我的親信，等於我的家人，王爺去了，我也不能獨活！這個女兒，就交給妳們了！趕緊想辦法帶她逃出去！如果能夠看著她長大，告訴她，她的爹娘是如何慘死在伍震榮手下！」

夫人說完，從枕頭下拿出預藏的匕首，對著脖子用力劃過去。

鮮血飛濺，三個女僕驚叫。

「夫人！夫人！」三人撲上去看，個個哭了。

「夫人斷氣了，我們帶著小小姐快逃！」月娥說：「可是，逃到哪兒去呢？外面官兵見了人就殺！我們已經無路可逃了！」

九鳳抱著嬰兒，抓了幾塊接生時的染血衣物，緊急說道：

「跟我去柴房！就說我剛剛生的，那伍震榮早就玷污了我，也知道我懷了身孕，我來應付伍震榮！或者可以保住小小姐一命！」

三人抱著嬰兒，打開一點門縫，往外溜去。

❖

眾人聽完九鳳的敘述，個個震撼，靈兒已經呆了，淚流滿面。九鳳說道：

「靈兒小姐！妳的父親安南王爺大名康遠鵬，因軍功封王，是安南王爺康遠鵬！原來我姓康，我娘在我出生時就抹了脖子！」靈兒無法置信的說著。

「這麼說，我爹不是伍震榮，是安南王爺康遠鵬！原來我姓康，妳姓康！不姓裴！」

九鳳依舊跪著，痛哭道：

「後來在柴房，袁大將軍饒了我們一命，為了不引人注意，我當時懷了六個多月的身孕，幸好衣服寬鬆，都沒人發現我有身孕。我抱著小小姐遮住腹部，跑到懸崖，伍震榮追到懸崖，先把小小姐丟下懸崖，再刺了我兩劍。他以為我死了，我卻被一個武功高強的老者救活，三個月後，生下了冷烈。老者收留了我和冷烈，也教會冷烈武功和所有暗器的絕頂功夫。」

「這麼說，冷烈多次出面相救，是為了追蹤伍震榮？」

「沒錯！」冷烈說：「當我功夫練成之後，恩師就讓我下山，一邊受到母命，尋找安南王府遺失的小小姐，一邊伺機刺殺伍震榮。」

吟霜把九鳳從地上拉了起來，眼中充滿了淚，震撼的對靈兒說道：

「丙戌年十月十九日，靈兒，妳跟我是同年同月同日生啊！」吟霜喊道：「我也是那個晚上出生的，被放在杏花溪隨水飄流而去！可是，我們竟然相識，情同姊妹！這是命運特別幫我們安排的嗎？」又看著九鳳說道：「九鳳，妳帶來的真相，給靈兒的安慰太大了！靈兒一直痛苦自己是伍震榮的女兒，恨到曾經想親手結束自己！」

「這種感覺我深深體會！」冷烈說道。

「還有我！」蘭馨陰沉接口。

「靈兒！」寄南悲喜交加的對靈兒說道：「真相大白，妳變成『小小姐』了！妳再也不是『小小的』了！」

「冷烈！你又如何查出靈兒就是安南王府的小小姐？」漢陽不解的問。

「伍震榮屠殺安南王府那天，躲在樹林裡目睹的不止裴彪。我師父親眼看到裴彪爬下懸崖救走了靈兒，他才救走了我娘！我娘曾經為一個雜技班的老闆裴彪送東西吃。所以，我有一天在東市，看到裴家班的台柱靈兒在表演，當時心中非常震撼，也猜出了靈兒就是安南王府最後的命脈！」

「後來我們知道裴家班被屠殺的慘案……」九鳳激憤的說：「小姐！現在是妳為安南王府和裴家班數十條人命報仇的時候了，妳不是發誓要血債血還嗎？」把長刀交給靈兒：「我把伍震榮留到現在，就是等妳來開鍘！」

蘭馨也拿起旁邊的刀劍：

「恭喜靈兒，身世大白，終於和這大魔頭撇清關係！我真替靈兒叫好！現在我也要為啟望哥哥報仇！我要將伍震榮千刀萬剮！」

伍震榮瘋狂的大笑：

「哈哈哈！原來安南王府還有漏網之魚。我怎麼生了一堆逆子，蘭馨、冷烈，你們身上流的是我榮王的血啊！你們這樣親手弒父，不怕天打雷劈！」

「本公主如果是你的種，才叫孽種！我是本朝公主，我要為民除害！」

「早就告訴你，我姓冷！我出生的使命，就是親手結束你！」

「伍震榮！你死到臨頭居然還是如此狂妄！可悲我朝居然任你為非作歹，喪盡天良！今日不送你上黃泉路，才會對不起天下百姓！對不起天地！」漢陽正色說。

寄南拔出玄冥劍看天：

「啟望！我們一起替天行道，殺死惡魔！」

皓禎也拔出乾坤雙劍，大聲說道：

「啟望！正義雖然會遲到，卻一定會到！」

冷烈、皓禎、寄南、漢陽、靈兒、蘭馨，全部舉劍，指向伍震榮。只有吟霜不敢動手，選擇轉頭不看。

「替天行道，殺死惡魔！」皓禛大喊。

「我會變成厲鬼……」伍震榮狂叫。

「厲鬼不可怕！」九鳳大笑：「你這個人才可怕，我終於懂了！各位英雄兒女，還不動

手？」

眾人同聲大喊，聲音響徹山洞：

「**正義雖然會遲到，卻一定會到！**」

七柄劍分別從七個方向，刺進伍震榮的身子。

伍震榮嘴裡噴出一口血，身子痙攣了一下，頭一垂，再也沒有發出聲音。作惡多端的大

魔頭，終於死在七柄正義之劍下。

靈兒見到伍震榮死去，衝出山洞，仰天大喊：

「我天上的兩位爹爹！娘！我終於幫你們報仇了！終於血債血還了！」

95

皇后在室內像困獸般走來走去。樂蓉坐在臥榻前地毯上，恨恨的靠在臥榻上。

「沒想到父皇那麼狠心，居然親手殺了項麒，還讓他曝屍三日！現在伍家每戶都抄家滅族……母后，我們母女是不是再也沒有抬頭的日子了？」

皇后走到臥榻前坐下，還抱著希望，說道：

「還沒完！震榮還不知下落，他是個打不死的鐵人！等他帶兵回來，說不定一舉平天下！」

「鋸齒山十萬大軍都投降了，哪兒還有兵可帶？」樂蓉看皇后：「母后，妳知道鋸齒山有藏兵的事嗎？項麒從來沒跟我說過！」

「本宮當然知道養兵的事，但是不知道距離長安這麼近！」皇后一怔，說道：「震榮保密到家，生怕消息走漏！」扼腕的嘆息：「就差這麼一步！不過，那最重要的太子還是死

了！剩下的皓禎和寄南，本宮一定要讓他們死得更慘！」

「當初伍項偉奉命去殺巴倫，從此整隊人馬都失蹤了！聽說這次鋸齒山就有巴倫，項麒也太不小心！」樂蓉說。

「巴倫？本宮還記得此事！」皇后深思著。

莫尚宮衝進房內，喊道：

「皇后！聽說榮王的頭，已經被少將軍和寶王爺送進皇宮了！」

皇后聞言大驚，臉色慘變：

「什麼？」看向樂蓉：「趕快把我們準備的那密道奪宮圖拿來！」

皇宮大殿上，皇上緊急上朝，文武百官幾乎都列席，跪坐兩側。蘭馨也破例在坐，跪坐在漢陽身邊。皓禎、寄南拿著錦木盒裝伍震榮的人頭，肅穆的從中間走道，走向坐在殿上的皇上。衛士高聲有力的喊道：

「逆賊伍震榮的首級到！」

皓禎、寄南走到皇上面前，單膝下跪，雙手高舉木盒過頭。

「陛下！」皓禎肅穆的說：「這是伍震榮的人頭！伍氏一族已滅，叛賊之首伍震榮伏法！終於可以告慰太子在天之靈！」

神情哀傷的皇上精神為之一振，喊道：

「伍震榮的人頭！皓禎！寄南！給朕親眼看看！」

皓禎和寄南面對皇上，打開盒子，讓皇上驗明。皇上悲傷至極的說道：

「啟望！這個人頭讓你送了命！朕寧願你還能和朕促膝談心，一起騎馬，暢談治國之道！這個人頭卻讓你一去不回……」厲聲喊道：「來人呀！把伍震榮的人頭，高掛在城門上示眾，直到它化成飛灰！」

「是！」衛士一擁而入，拿去人頭。

寄南見皇上落淚，不禁也落淚，見皇上面容憔悴，誠摯說道：

「陛下！亂臣賊子都已伏法，太子求仁得仁，請陛下為了本朝社稷，節哀順變！」

漢陽、柏凱、世廷、眾臣皆匍匐於地，誠摯喊道：

「請陛下節哀順變！節哀順變！」

皇上勉強提起精神，拭去眼淚，說道：

「伍氏謀逆一案，終於可以平息了。為了百姓社稷的安寧，也請各大臣回歸本位，體民所苦，知民所痛！讓百姓生活安康幸福，才是我兒啟望的心念！」

眾臣匍匐於地，齊聲喊道：

「臣遵旨！」

方世廷跪起發言：

「啟稟皇上，太子英年早逝，正是國殤之痛，臣以為應該召告天下，百姓同悲，以國恤之禮為太子送行。」

眾臣全體再磕頭，齊聲說道：

「請皇上節哀！以國恤之禮送行太子！」

這時，皇后帶著一卷圖，突然眼露凶光，衝入大殿，喊道：

「且慢！這太子幫到底是英雄還是叛黨，不能因為他們殺了伍家就下定論！鋸齒山雖然是伍家養兵謀逆，但是，太子幫何曾沒有養兵謀逆？我這兒有證據，證明太子、袁皓禎、寶寄南去年就在唐興養兵！訓練士兵的將軍名叫巴倫！」

眾人大驚！皓禎立刻跳起身子，激動而坦白的說道：

「陛下！巴倫將軍確實為太子和我們訓練過士兵，目的就是要抵制伍家的叛亂，一共也不過訓練了五百人，這次鋸齒山之役，他們也勇猛潛入敵營，成為內應，才讓我們能夠一舉得勝！皓禎正想為巴倫將軍請求陛下論功行賞！」

寄南更是義憤填膺的喊道：

「皇后怎知巴倫將軍在唐興的事？那次，巴倫險遭刺殺，去刺殺他的人名叫伍項偉，正是伍家人！幸好我們得到消息，殺了那伍家人，皇后居然知道這伍家的內幕，難道皇后竟是

伍家謀逆者在宮中的內應？」

寄南話才說完，皇后衝了過來，就給了寄南一巴掌，喊道：

「放肆！小心你的腦袋！」

寄南完全未想到皇后會衝來打他，挨了響亮的一巴掌，頓時怒發如狂，厲聲大喊：

「皇后！妳是一國之母，居然在這大殿之上出手打人，這是欲蓋彌彰吧？」

蘭馨更是跳了出來，大聲喊道：

「母后！妳再要興風作浪！就別怪我掀開妳的老底！」

皇后更怒，衝過去想給蘭馨一巴掌，漢陽欺身而上，一手擋下，就把蘭馨擋在身後。

皇上再也忍不住，大怒喊道：

「謀逆！謀逆！這個謀逆，那個謀逆！朕的王朝就是一個讓你們個個想推翻的朝廷嗎？身為皇后，妳說這話可要有真憑實據！」

皇后冷眼注視皇上，緩緩打開手中的卷軸，展開在皇上面前。密道圖立即呈現在所有人眼前，精密而詳盡，大臣們譁然。皇后斬釘截鐵的說道：

「這就是太子擬定的密道奪宮圖。太子早有弒君計畫，以皇宮祕道引兵，再衝入皇上的寢宮，企圖奪取皇上的天下。皇上聖明，這算不算真憑實據？」

皇上驚愕無言。寄南大吼大叫，衝向皇后：

「皇后鬼扯！這圖是假的！妳如何誣衊我竇寄南無妨！太子都已經為保衛朝廷犧牲了，不許妳冤枉他！」氣得去推皇后。

皇后的衛士，立即向前保護皇后，用力拉開竇寄南。寄南一氣，一記「黑虎偷心」，對著皇后的衛士胸口就是一拳。眾衛士全部擁上，和寄南開打。皓禎忍不住也加入寄南，和衛士們大戰。

「反了！反了！你們心中還有王法嗎？……住手！統統住手，不可打寄南、皓禎……」

眾臣大驚！紛紛從地上爬起身躲避。皇上站起身，身子搖搖欲墜……

方世廷跑向皇上大喊。

皇上話還沒有說完，就昏倒在地。

「皇上！曹安！快宣太醫！快宣太醫！」

朝臣大驚！曹安驚慌喊道……

「是是是！宣太醫！宣太醫！」

皇后趁亂追擊，大喊……

「來人呀！將袁皓禎和竇寄南抓入大理寺大牢候審！誰敢違抗，格殺勿論！」

「皇后且慢，皇上沒有下旨……」袁柏凱急喊。

皇后又從衣服裡，拿出一面「尚方御牌」，高高舉著。

「皇上的尚方御牌在此！你們還不跪下！」

眾臣突然見到尚方御牌，又是個個一愣，倉促下跪。皇后對衛士大喊：

「快動手！逮捕袁皓禎！寶寄南！」

眾多衛士一擁而入。漢陽急忙對皇后說道：

「既然皇后說這些都是證據，請將證據交給臣來查辦！」

「不必了！此案本宮已決定交給大理寺卿陳大人來審理！」皇后大聲的說道：「你只是大理寺丞，無法審此大案！」

眾多衛士便把皓禎和寄南制伏，兩人掙扎著，拳打腳踢，奈何衛士眾多，無能為力，在柏凱、世廷、漢陽和一千大臣的目睹下，被拖下了大殿。

❖

皇后逮捕了寄南和皓禎，立刻在御書房召見右宰相方世廷。世廷行禮說道：

「皇后突然召見世廷，不知有何吩咐？」

「方宰相是伍震榮的知己吧？」皇后單刀直入的問。

「知己談不上，曾是過從甚密的同朝宰相而已。」世廷謹慎的選擇用詞。

「方宰相也別撇清，朝廷上誰不知道，方宰相和伍震榮是知交。現在伍震榮因謀逆而死，方宰相能夠逃掉被調查的命運，要拜皇上突然生病暈倒的福氣。不過，太子去世，皇上

又病倒，本宮被皇上器重，曾給予尚方御牌，只好一切代勞了。」

「皇后有何指示，不妨明言。」世廷小心翼翼的說。

「首先，要給方宰相一個好消息，本宮和皇上都一直很欣賞漢陽，所以已經決定把蘭馨公主賜婚給漢陽！等到太子事件塵埃落定，就舉行婚禮！」

「皇后！」世廷大驚失色：「只怕犬子配不上蘭馨公主！當初蘭馨選駙馬時，也不曾看上過漢陽，此事恐怕要請皇后三思！」

「三思什麼？」皇后不悅的說：「這樣的恩典，你還不謝恩？難道你們宰相府，因為蘭馨是二嫁，而看不起蘭馨嗎？」

「下官怎麼會看不起蘭馨公主，只怕漢陽無法討公主歡心！此事懇請皇后和皇上仔細考量，不要誤了公主的終身！」世廷惶恐的說道。

「蘭馨已經知道賜婚的事，皇上問過她，她也同意了！漢陽常常帶蘭馨去騎馬，相信也是兩情相悅，此事已定，不必再談！」皇后強勢的說。

「皇后……」世廷還要抗拒，才開口就被皇后打斷……

「現在談另外一件事，就是皓禎、寄南兩人協助太子謀逆的事！伍震榮已經死了，本宮倒是真心想重用方宰相，宰相心裡有數，以後是榮華富貴，還是和伍震榮連坐，都在方宰相

一念之間！」

「皇后殿下！」世廷驚看皇后：「太子屍骨未寒，這謀逆案來得太快，會不會過於草率？」

「那就要看你如何審理了！」皇后咄咄逼人的說：「漢陽年輕，和皓禎、寄南走得太近，避嫌不得接觸本案！這案子，就交給方宰相和陳大人一起審理，直接向本宮回報！他們兩個，依本宮看是罪證確鑿，你們趕緊問出口供，早日定案！」

世廷驚看皇后，啞口無言。

❖

方世廷回到宰相府，心事重重，滿臉沉重，在客廳來回踱步，對采文煩惱的罵著：

「憑什麼讓我的獨生子去撿袁皓禎不要的老婆！這讓我們方家的臉要往哪裡擺！真是欺人太甚！欺人太甚了！」

「剛剛經過鋸齒山大戰，朝廷不是正在紛亂中嗎？」采文困惑著問：「太子還沒入土，皇后就急著宣布賜婚？」想想，又說道：「蘭馨配漢陽，不也是我們之前心心念念，渴望得到的良緣嗎？你何必生這麼大的氣？罵皓禎又有什麼用？」

漢陽急急踏入家門，一進門就問：

「爹，聽說皇后召見你？」

世廷突然看到漢陽，更加生氣：

「你這不孝的兒子，不是離家出走了嗎？一聽到賜婚又滾回來了？回來也好，快把所有

我朝的律例去翻個遍，想辦法引經據典，依法依理的推掉皇上的賜婚！」

漢陽急在心裡，語氣不佳的說：

「這時候就要我拿出朝廷律例引經據典？平時辦伍家的案子，爹怎麼都不讓我引經據典？」

「伍家人都死了！說那些有什麼用？」世廷大聲說：「現在皇后明擺的要給你難堪，你不趕快想辦法推掉這婚事，還有心思跟我計較？我的心事，你何曾瞭解過？」

采文急忙勸阻雙方：

「你們父子就不能好好說話了嗎？漢陽，賜婚的事你怎麼想？」

漢陽突然堅定的說道：

「命中注定，是誰的人就是誰的人，當初選駙馬，我抱住蘭馨，已經一見鍾情了！這是上蒼的安排，爹何必如此食古不化？」

世廷氣壞了，瞪著漢陽：

「一見鍾情？那你怎麼敗給了皓禎？這麼說，你是同意這門婚事的了？」

「當初輸得有點冤，但我對蘭馨的心意從未改變，也不在乎蘭馨與皓禎的過去！」

「世廷！漢陽不在乎，你何必在乎？」采文震撼的說：「蘭馨……就像漢陽說的，大概是命中注定要嫁進方家，咱們就順應天意吧！」

世廷越想越氣，說道：

「忠臣不事二主，烈女不事二夫！跟袁皓禛做過夫妻的女子，你們還想讓她過門來？如果當初袁皓禛好好的對待公主，蘭馨何須再嫁？這殘局要讓我們方家來收拾，這讓我怎麼能嚥下這口氣！你們母子倆倒是一鼻孔出氣！簡直是氣死我！這個袁皓禛，上輩子跟我有仇嗎？哼！」

方世廷氣得拂袖而去。采文聽到世廷最後一段話，心中劇痛，有苦難言。

漢陽在世廷身後吼著、追著、喊著：

「我回來不是為了蘭馨，是為了皓禛和寄南，那案子應該交給我來辦！」

方世廷早就不見身影了。

❖

皓禛和寄南，被皇后逮捕，就給推進了地獄。在大理寺大牢的刑房裡，兩人上身赤裸，下身穿著囚服，雙手被吊著綁在屋頂垂下的鐵鍊上，身上已經鞭痕累累。陳大人惡狠狠的質問：

「你還不老實招供！你們和太子是何時計畫謀逆的？」

皓禛雖然狼狽卻瀟灑灑的回答：

「這是個好問題，不如陳大人去天庭問問太子？」

「對！」寄南附和：「再去地府問問伍震榮，是誰在鋸齒山養兵，是誰在挖地道，是誰弄了可以炸飛長安城的火藥？他和皇后是何時計畫謀逆的？」

陳大人抓了鞭子就猛抽著他們的上身：

「你們死到臨頭還在貧嘴！」陳大人自己力氣不夠，再把鞭子交給衙役：「繼續打，打到他們招！」

衙役對著皓禎和寄南猛烈的抽著鞭子。兩人咬牙忍痛，雖被痛打卻不曾叫饒。

方世廷跨進了刑房。陳大人見世廷，禮貌卻強勢的說：

「宰相爺！您怎麼親自來了？這兩位公子交給下官就可以！」

「陳大人！本官奉懿旨必須親自審問！」世廷見兩人身上血痕斑斑，有點心驚膽顫。陳大人禮貌的應著：

「是是是！宰相爺慢慢審，下官陪著您！」說完退到一邊。

方世廷就走到皓禎面前，注視皓禎，嚴肅的說：

「袁皓禎，太子謀反，你有沒有參與？老實說！」

皓禎就抬起頭來，朗聲說道：

「我就說實話，伍震榮謀反，我參與了！皇后謀反，我也參與了！太子謀反，我當然參與了！你方宰相謀反，和陳大人謀反，我都參與了！所有的與了！連皇上謀反，我都跟著參與了！

謀反，我一個個參與，全部參與了！」

「皓禎，你這樣說就不對了！」寄南喊道：「不能把本王爺的功勞也搶去！各種謀反，是你一半我一半好不好？」

世廷看看兩人，怒道：

「你們這是向本官顯示你們的瀟灑？還是你們的威武？現在你們兩個死到臨頭，還不知收歛，一定要本官把你們定罪才甘心嗎？難道參與謀反，也算英雄嗎？」

「我從來沒有認為自己是英雄，我做我該做的事，殺我該殺的人！被封為驍勇少將軍，保護我朝江山社稷，保皇殺敵是我的使命！在鋸齒山或是本朝任何地方，如果有人因我而喪命，一定是罪大惡極之人！」皓禎侃侃而談。

「說得好！」寄南喝彩：「今天竇某能與少將軍一起被囚，聽著少將軍的高論，即使被冤死也是無憾！」

世廷瞪著皓禎和寄南，不禁對這兩人的視死如歸也心生佩服。陳大人忍不住上前：

「宰相爺！這兩個人犯，能說善道！您這樣問案，太客氣了！還是交給本官來處理吧！」

本官有把握，讓他們招出所有的罪狀！」

陳大人說完，就對衙役喊道：

「重重的打！打到他們肯說真話為止！」

鞭子又一鞭鞭抽在兩人身上，鞭鞭見血，陳大人再喊：

「準備鹽水！」

「陳大人！屈打成招不是上策！」世廷提醒：「畢竟他們兩個也是皇上器重的臣子！」

「宰相爺此話錯也！」陳大人說：「太子還是皇上的兒子，照樣謀反！」喊道：「潑鹽水！」

兩盆鹽水澆在兩人傷口上。兩人痛楚到發抖，卻咬牙忍耐著。皓禎痛到狂笑……

寄南也狂笑著：「兄弟！有鞭子一起挨，有鹽水一起潑，有閻王一起見，只是……可憐了那兩個傻傻的好女子！」

世廷心有不忍，看了兩人一眼，就掉頭出門去。

與此同時，將軍府裡，漢陽匆匆趕到，和袁家眾人、靈兒都集合在大廳中，個個都臉色蒼白，惶急無比。靈兒氣呼呼的滿屋子繞：

「哪有這種事？還以為皇上會在朝廷上論功行賞，個個升官，結果突然就來個大轉彎，居然把皓禎和寄南給下獄了！」

吟霜急得快哭了。

「皇后分明是在為伍震榮報仇！我有很壞很壞的預感，爹！娘！怎麼辦？我覺得這情況，比他們面對伍震榮的十萬大軍還嚴重！我們必須趕緊去救他們啊！」

「唉！除非皇上馬上能清醒！」柏凱嘆氣：「怎麼會給皇后『尚方御牌』呢？」

「那御牌可能是皇后從皇上那兒偷去的，誰知道是真是假？密道圖就肯定是假的，皇后早有預謀要陷害太子黨！」漢陽說道。

大家一聽，更加愁雲慘霧。靈兒問：「漢陽，你總可以從你爹那探聽消息吧？」

「我爹是奉了懿旨，和陳大人一起辦案，可……他根本不許我插手！」漢陽無奈。

雪如看著漢陽，著急說道：

「你到底是大理寺丞，總有辦法進到大理寺，不管怎樣，皓禎和寄南現在情況怎樣，你總可以幫我們打聽一下？」

「是是是！我一定會去大理寺！」漢陽說：「我趕來就是要告訴大家，先穩住情緒，案子在大理寺，我非管不可！如此明顯的冤獄，我更不能坐視！」

皓祥著急的喊道：

「連鋸齒山那樣凶險的大戰都打勝了，難道就敗在皇宮裡一個女子手中嗎？漢陽大人，我看不如劫獄！我要去救出我哥哥！」

「皓祥！你別亂說！」翩翩急道：「好不容易死裡逃生，怎麼能去幹犯法的事！你要嚇

死娘嗎？還是大家商量商量，有沒有方法，要不，先給他們送點吃的、喝的進去！聽說那地牢又濕又冷！不挨鞭子都要生病的，何況……」

「二娘說得是，漢陽！那兒不是人過的地方，你趕快想辦法吧！」吟霜落淚了。

「還有一條路，我們去找蘭馨！」漢陽深思的說：「她一定比我們還生氣！對付皇后，她有她的辦法！」

眾人眼睛一亮！經過共同擊斃伍震榮，大家都成了同仇敵愾的兄弟姊妹，怎會忘了蘭馨？

於是，靈兒和吟霜，帶著醫藥包，在漢陽安排下，大家在皇家馬場相見。吟霜著急心痛的說……

「公主！請您快想辦法吧！皓禎、寄南現在一定被用重刑了，不知道會不會有生命危險？」

「公主！之前妳都有辦法拿到特赦令，讓皇上刀下留人！這次一定也能有辦法，救下皓禎和寄南對不對？」靈兒慌亂的問。

「說實話，這次的情況和上次不一樣，我母后失去了伍震榮，她恨死皓禎和寄南，現在更急迫的想搶下李氏江山，妨礙她的人，恐怕都沒好下場，我不是很有把握……」

「除非……」蘭馨想著：「我直接去找我父皇說清楚！我把母后和伍震榮淫穢的骯髒事全部抖出來！讓他廢了母后，可是，父皇好像還沒清醒過來呢！」

「公主萬萬不可！」漢陽阻止：「就算皇上清醒了，妳現在去說這些，恐怕會讓皇上的

310

病更加嚴重，臉上無光，惱羞成怒！這樣對事情更加不利，就怕公主說的話，反而引來反效果！何況，現在皇上的身體是最重要的事！」

「直接去大牢吧！我相信大理寺不敢不賣公主的面子，我們先去大牢看看皓禎和寄南的情況，只要見到他們，起碼知道他們現在是不是安然無恙！我們帶著外傷的藥，多少能有點幫助！」吟霜說。

「對對對！我們先去大牢！我們有大理寺丞，還有本朝公主，誰能攔阻我們？」靈兒振振有詞：「我們去探監總可以吧？」

蘭馨首肯，大家不敢耽誤，就直奔大理寺而去。

❖

在大理寺刑房裡的皓禎和寄南，被吊著手，打得更加悽慘！世廷在一旁觀看。皓禎滿身傷痕，嘴角流血，想到方世廷可能是自己的親爹，更是痛心無比，泛著淚光對方世廷說道：

「方大人！就算伍家對你有恩，人在人情在，人走茶涼，你何苦為伍震榮那種千古罪人，讓雙手再沾滿血腥，折磨自己？你看過的血腥場面還不夠多嗎？」

「現在是大理寺卿陳大人和本官聯合辦案！你居然想策反朝廷命官，當心本官讓你罪加一等。不如把你們謀反的經過，完完整整的交待清楚，免得再受皮肉之苦！」方世廷說道。

「快說！」陳大人凶狠，衙役不停抽打兩人。寄南散亂了頭髮，被打得有氣無力…

「我已經說了幾百次，各種謀反，我通通有份！參加了太多次，怎麼記得細節？」鼓起力氣挑釁：「怎樣？你殺我呀！有種你放了皓禎！殺我呀！」

衛士衝進刑房報告：「報告宰相大人！陳大人！蘭馨公主和漢陽大人求見！」

世廷暗怒，自言自語…

「漢陽這不孝子，居然聯手蘭馨公主來對付本官了？皇后賜婚，本官都還沒答應呢！」就說道：「陳大人，你繼續審案！」心想：「我就出去會會公主，直接讓她死了嫁給漢陽的心！」方世廷走出大牢門口。吟霜、靈兒、蘭馨、漢陽都迎上前去。

「宰相大人！大理寺抓走了皓禎和寄南，本公主想探監！」蘭馨著急的說。

世廷無視公主，怒視漢陽…

「漢陽，你身為大理寺丞，難道不懂朝廷重犯不得探監的規矩嗎？」怒氣沖沖說：「我可還沒答應婚事，你就急著和這個準備再嫁的公主，同心協力來對付你爹了嗎？」

「爹！請你口下留情！」漢陽在乎蘭馨的感覺，急喊。

蘭馨聽了臉色大變。吟霜心裡只有皓禎，一跪落地，哀求道…

「宰相大人請饒了皓禎和寄南！」情急生智說道：「大人！吟霜是來投案的，所有謀反都是民女幹的！我是狐仙，是我蠱惑大家謀逆的，大人押錯人了！押我吧！我是白狐呀！」

靈兒聽吟霜如此說，也跪下了。

「不不不！是我！是我！我為了替我們雜技班報仇，我慫恿惠太子假謀反！才能殺了真謀反的伍震榮！」

「是誰謀反方大人心裡早就有數！」蘭馨霸氣的挺身而出：「方大人身為朝中命官，怎能殘害忠良，快放了皓禎和寄南！」

「爹！人死不能復生，請你不要一錯再錯！」漢陽痛喊：「快放人吧！你這樣做，讓身為大理寺丞的我，無地自容啊！」

「本官在處理謀逆大案，在官場我不是你爹！是一國宰相！」世廷怒吼：「你們這些閒雜人等，不要妨礙公務，通通出去！」大喊：「來人啊！把他們趕出大理寺！」

方世廷說完，轉身再進入大牢。眾多衙役粗魯的把吟霜、靈兒、蘭馨趕了出去，但對漢陽卻有怯意。吟霜與衙役拉扯喊著：「大人！宰相大人！您不能趕我們出去啊！我們是來投案的，我才是謀逆的主謀呀！大人！」

漢陽忍無可忍，對眾人喊了一句：「你們等在這兒！大理寺畢竟是本官的衙門，我闖進去看看！」

漢陽說完，就厲聲對眾衙役大喊：「你們退下！」

衙役讓開，漢陽就直奔大牢而去。

96

衙役還在鞭打著皓禎與寄南，兩人已經被打得奄奄一息，慘不忍睹。

忽然漢陽風一般的衝進了刑房。陳大人驚喊：

「漢陽，你又來了？」

漢陽衝到寄南和皓禎面前，對衙役大吼。

「住手！住手！」

衙役住手退後。漢陽看著皓禎和寄南滿身的鞭痕和傷勢，驚痛至極。皓禎忍著痛楚，看著漢陽說道：

「漢陽！你終於出現了！鋸齒山大戰，仙岩洞刺殺大魔頭，還有以前的揮淚送英雄！此生太值得！我身上的傷沒關係，你千萬不要告訴吟霜，讓她擔心！萬一我不能活著走出這個大牢，請幫我照顧她！」

寄南也急道：

「還有靈兒！如果你能收她在身邊，培植她成為一個女神捕，她一定會很開心！告訴她，她不笨不笨一點都不笨，是我欺負她……」

漢陽揮著袖子，激動的喊道：

「你們不要像交待後事一樣跟我說話！你們要對吟霜說的，要對靈兒說的，你們親自對她們說！我不是來聽兩位遺言的！」

漢陽就衝到衙役處，奪下鞭子，對兩個刑求的衙役胡亂抽去。漢陽似乎打得毫無章法，亂揮一通，卻鞭鞭抽在衙役臉上身上。世廷驚喊：

「漢陽！你瘋了嗎？快放下鞭子！」

漢陽丟下鞭子，衝到世廷面前，沉痛的吼道：

「爹！你打碎了我對你的尊敬，打碎了我們父子感情！你要真相是嗎？真相是我在謀反，你信嗎？現在有一群人來自首，明天，可能有幾百幾千人來自首！你還要另一個真相嗎？你因為皇后突然賜婚蘭馨，丟了你宰相的臉，你這是公報私仇！打皓禎、寄南出氣！你還要真相嗎……」

「住口！你這個不孝子！」世廷大驚喊道。

漢陽對世廷恨恨說道：

「你沒有『不孝子』！因為你失去我了！我不是你兒子了！」

漢陽喊完，就回頭對陳大人怒道：

「陳大人！請你立刻把他們鬆綁！否則我馬上進宮，把皇上請過來這兒參觀一下你們的傑作，皇上對少將軍和寶王爺的寵愛，你不會不清楚吧？」

「把皇上請來？」陳大人大驚失色，急忙看著方世廷：「方大人，您看這？」

「漢陽！你這是在威脅誰呢？我和陳大人是奉懿旨辦事，你膽敢在此干擾審案，還不退下！」世廷瞪著漢陽說。

「我身為大理寺丞，決不允許對未定罪的人犯嚴刑逼供，屈打成招！方大人、陳大人是不相信本官說到做到嗎？還不快把他們鬆綁！」

「你……你這個逆子！」世廷氣結，想出手打漢陽，漢陽正視著父親，毫不畏懼。世廷打不下去，氣得手一揮示意衙役鬆綁。

衙役上前，鬆開兩人吊著的雙手。皓禎和寄南立刻癱倒在地。

漢陽對陳大人命令的說道：

「少將軍的夫人白吟霜還在外面候著，她的醫術高明，人盡皆知，我去請她們進來給兩位治傷！兩位大人，可以先行休息，放心！我絕不會擅自釋放嫌犯，給兩位大人添麻煩！」

漢陽說完便大步流星的出去。世廷對衙役吼道：

「你們都看緊了，出了任何差池，就別想保住小命！」

世廷拂袖而去，膽小怕事的陳大人急忙跟了上去。

於是，吟霜、靈兒和蘭馨都進了刑房，在漢陽的大吼下，衙役拿來兩條毯子，讓皓禎和寄南趴在兩張毯子上。吟霜趕緊上前診視，見兩人遍體鱗傷，拚命忍淚，知道時辰寶貴，不敢耽誤，立刻仔細的為皓禎上藥，在傷口上方輕輕吹著，幫他止痛。皓禎看到吟霜，咬牙忍痛，笑著說道：

「吟霜，妳別被那些傷口騙了，不過是鞭子嘛！不痛的！」

「是是！」吟霜說：「你別說話，讓我幫你上藥！」就一面吹氣，一面上藥。

靈兒為寄南上藥，再小心，寄南還是忍不住的叫疼，腦門冒汗。

「啊……啊……好靈兒，妳輕點行嗎？」

靈兒心疼卻嘴硬：

「我看皓禎的傷不比你少，人家怎麼沒你這麼吵！」

「吟霜是妙手神醫，又溫柔，又輕巧，哪像妳，粗手粗腳，又凶悍，又用勁！」

「你還嫌棄我！」靈兒故意用勁的把藥膏抹上傷口。寄南疼得大叫：

「啊……謀殺親夫啊！」

靈兒一怔臉紅，大家被寄南逗笑了。靈兒說：

「你胡說什麼呀！」

「寄南這是苦中作樂，他忍著痛還逗大家開心，他多不容易啊！」蘭馨說。

「哎！知我者蘭馨公主也！」寄南說。

「皓禎！你疼就叫出來，別盡忍著，我知道鞭子抽的傷口有多疼！他們還潑鹽水，真是太殘忍了……」吟霜忍不住掉下淚，滴在皓禎的背上，皓禎看不到但察覺了。

「別哭，吟霜，我不疼，在這麼惡劣的環境裡，能夠有妳的陪伴，還有大家的苦中作樂，所有的疼痛都化為感動了！」

大家聽了吟霜、皓禎兩人的話語，都醉了。靈兒嘟著嘴說：

「寄南！你就不能像皓禎這樣說幾句感人肺腑的話給我聽聽！就會嫌棄我！」

「行！只要我能出去了，咱倆鑽進被窩，我給妳說上幾天幾夜！」寄南說。

「你們一定能平安出心！」漢陽和蘭馨異口同聲的說。

兩人都意外的看著彼此，有點不好意思。皓禎驚覺，不勝感慨，衝口而出：

「公主跟漢陽真是好默契！」

漢陽跟蘭馨又互看，微笑起來。寄南說道：

「有你們的雙重保證，我的傷口好像不太疼了！」

「漢陽！」吟霜擔心的說：「我們這樣幫皓禎、寄南上藥，明天會不會陳大人過來，又

是一頓鞭刑？」

「不會的！在他們離開大牢之前，我不會讓任何人再碰他們一根寒毛！」漢陽堅決說。

「我們會盡快把皓禎、寄南弄出去！」蘭馨說：「待會兒我就會去看父皇，只要他清醒了，你們就得救了！」

「真的嗎？那就好！」吟霜打開瓷瓶倒出藥丸：「這個藥丸，能止痛，還能安神，之前皓祥也服過，很有用的，但藥性苦，我需要水讓他們服下去。」

「我去！」蘭馨和漢陽再度默契的說道。

漢陽率先出去了。

「兩位將就著喝吧！」

「哈哈哈！成！啊……疼！」寄南又笑又喊痛。

大家就這麼苦中作樂著。漢陽拿了一葫蘆瓢的水過來。

「我沒聽錯吧！寄南，什麼時候，咱們也默契一回！」靈兒說。

吟霜一面餵藥，一面對身邊的蘭馨低低說道：

「蘭馨！請妳想辦法把這些衙役通通弄出刑房，我要用我的方法幫他們兩個治傷！這樣擦藥效力太慢！這個藥膏裡我摻了薄荷葉汁，所以擦上去有清涼感，能幫他們止疼、止癢，但涼性會慢慢消失，疼痛感就回來了！」

蘭馨點點頭，忽然跳起身子，對衙役痛罵：

「你們知道這樣虐待別人，要付出多少代價嗎？我有經驗，只要你們還有一點天良，惡夢會永遠追著你們，後悔會永遠纏著你們！痛的不止是被害人，也是加害人！你們這些狗東西，懂嗎？懂嗎？」

漢陽、皓禎、吟霜、靈兒、寄南都被蘭馨的話震撼了。蘭馨趕著衙役：

「你們這三劊子手！給本公主滾出去！」

衙役們被蘭馨這樣突如其來的舉動嚇得不知道該走該留。漢陽喊：

「還愣著幹嘛？萬一公主下令把你們關起來，我也只能照辦啊！快滾！」

衙役們急忙離開了。吟霜趕緊說：

「漢陽！請你幫我守在外頭，氣功治療中最忌突然中斷，萬一受到打擾，對我跟病人都是傷害。」

「沒問題！我和漢陽守在外頭，杜絕所有的干擾，妳慢慢為他們治療吧！」

兩人出去。吟霜看到人都走了，靈兒幫忙，她趕緊用白布巾蓋住兩人背部的傷口。吟霜就忙著將雙手放在蓋著的布巾上，輪流為兩人用氣功治傷。

吟霜額上不斷冒出汗珠。寄南、皓禎逐漸減輕了痛楚。靈兒拿著帕子，不停的為吟霜拭汗。

刑房內正忙著治傷，刑房外，衙役帶著陳大人、方世廷快步的走向刑房門口，漢陽，蘭

馨立即警覺的一攔。世廷喊道：

「漢陽，裡面發生了什麼事，快讓我們進去！」

「方大人別緊張，他們好好的在裡面治傷。我跟漢陽出來透透氣，這大牢裡的寒氣逼

人，陰森又潮濕，我快透不過氣了！」蘭馨說。

「公主不會把人放走了吧？微臣擔不起這責任啊！」陳大人狐疑的問。

蘭馨冷哼，諷刺的說道：

「本公主知道陳大人向來沒有肩膀，趨炎附勢，貪生怕死，我怎麼會私自把人給放了，

讓陳大人項上人頭不保呢！本公主只是留給這兩對苦命鴛鴦一點時辰，說說體己話。陳大

人、方大人可以通融片刻嗎？」

陳大人不敢多言。方世廷知道蘭馨指桑罵槐，氣得火冒三丈，只能對著漢陽出氣：

「你大鬧監牢，是要我把你也關起來嗎？你這一切，是衝著我來的？」

「這一切，漢陽都只有一個理由！為了正義！」漢陽悲痛的看向世廷：「希望宰相大

人，也能有一顆悲天憫人和正義之心！」就熱誠的說道：「**愛在人，謂之仁，義在我，謂之**

義！爹！忠孝仁義，忠孝仁義啊！」

世廷大震，被漢陽這幾句話，著實震撼了。

刑房中，皓禎已在歇息。吟霜臉色蒼白為寄南運氣治傷，靈兒繼續為吟霜拭汗。吟霜累得快要虛脫，皓禎看著心疼又不捨。

刑房外，世廷仰天狂笑，感嘆：

「哈哈哈！想我方世廷一生，年輕時為仕途奮鬥換得家庭溫飽，中年為朝廷奉獻換得有子承衣缽，沒想到老來卻讓唯一的兒子，來教訓我不懂忠孝仁義！哼！罵得好，就讓我這不懂得忠孝仁義的爹，親手把這個逆子打死！」

世廷出手就要打漢陽，漢陽不動如山的站著，準備受打。

蘭馨突然擋在漢陽前面，世廷即時收住了手。蘭馨就對世廷說道：

「方大人！蘭馨知道你對我有很多意見，大人與其把氣出在漢陽身上讓我看了難受，何不和蘭馨徹底把心結打開！漢陽，借你的書房用用！」

世廷一愣。蘭馨自己就轉身走了，世廷只好跟去。

漢陽啼笑皆非，欣賞的注視著蘭馨的離開。

到了漢陽在大理寺的書房，世廷背負著雙手，在室內走來走去，鬱怒著。蘭馨用一對明亮的眼睛，坦率的看著世廷。朗聲說道：

「本公主知道宰相大人對父皇把我賜婚給漢陽的事，耿耿於懷！也知道皓禎是受了這事

的牽累，才被打得這麼慘！」

世廷不悅，也直率的回答：

「既然公主知道，不如去對皇上說您拒絕這門婚事，讓公主和漢陽都能解脫，我方家也不必為難！」

「宰相一定要這樣做？哪怕犧牲了漢陽的幸福也不在乎？」蘭馨問。

「本官看不出來漢陽跟公主的聯婚，會帶給漢陽什麼幸福？」

「那麼，宰相也看不出來，不聯婚，會帶給漢陽不幸？」

「什麼不幸？怎會不幸？」世廷鬱怒的問。

「第一，父皇會震怒，一定影響宰相的仕途！第二、漢陽會失望，一定影響父子的感情。第三，漢陽終身不娶，方家從此絕後！」

「什麼叫漢陽終身不娶？何以見得除了公主，漢陽就不能娶別的女子？」世廷大驚，憤憤的看著蘭馨。

蘭馨直視著世廷，很有把握的說道：

「宰相要不要跟蘭馨賭一賭？如果宰相不瞭解漢陽，那麼，本公主很瞭解，他在朝廷上，只忠於一個姓氏！他在私人感情上，也只忠於一份感情！即使本公主再嫁別家，他還是不會另娶！心唯一，謂之忠！」

世廷瞪著蘭馨，確實被她的話，深深震住了。

❖

這晚，在宰相府，漢陽背著一個包袱，從自己房間走進大廳，堅決的說道：

「娘！漢陽來跟妳告別！」

「什麼？告別？你要去哪裡？大理寺那兒能長住嗎？」采文大驚問。

世廷色厲內荏的喊：

「讓他走！他今天可神氣了！帶了公主、吟霜她們大鬧監牢，對我又吼又叫，簡直無視我這個爹的身分，也無視我這個爹的苦衷！讓我太失望了，我就當沒有他這個兒子，儘管走！」

漢陽怒看世廷，有力的說：

「我無視你的苦衷？你有什麼苦衷？這麼多年來，你知道我的苦衷嗎？你一點也不瞭解我！在刑房裡我就跟你說了，我不是你兒子！宰相大人，漢陽告辭！」

漢陽說完，背著包袱就向門外走。采文又驚又急的撲過來，抱住漢陽不放。

「有話好好跟你爹說呀！什麼叫你不是爹的兒子？你不是他的兒子，你是誰的兒子？為什麼你們父子一定要鬧成這樣？」

漢陽抬頭對采文，恨恨的說道：

「娘，爹已經變了一個人，他不是我爹了！他居然夥同陳大人，把皓禎和寄南關進大牢裡，刑求逼供，打得遍體鱗傷！」

采文更是驚痛，看著世廷，氣急敗壞喊道：

「什麼？那皓禎和寄南現在怎樣？傷得嚴重嗎？」

「已經快要去掉半條命了！」漢陽說：「鞭子抽還不夠，還潑鹽水，潑完再打，這樣的酷刑凌虐，跟伍震榮的暴行有什麼兩樣？皓禎和寄南，剛剛大戰鋸齒山，砍了伍震榮的腦袋，為本朝建立大功，卻被爹毒打……」

「住口！」世廷大怒，喊道：「你沒有資格來批評你爹，朝中之事也不是你這個初出茅廬的後生晚輩能理解的，不要以為皇上提拔了你為大理寺丞，你就了不起了，還早得很呢！我再告訴你，這個袁皓禎為了成就自己偉大的感情，現在害的咱們方家來幫他收爛攤子，蘭馨公主在我面前張牙舞爪的一頓訓斥，等她進了家門，我們還不知道有什麼麻煩！袁皓禎是始作俑者，你告訴我，我還能對他有好感嗎？」

漢陽忍住了不反駁。采文已經急到語無倫次：

「你……你不喜歡他，就這樣對待他嗎？你根本沒有理由不喜歡他！」采文所有的壓抑，全部忍無可忍的爆發了：「他他他……他是你的恩人，他是讓你能夠生存下去的人，他是讓你一路做到宰相的人！而你，卻這樣對待皓禎……你……你才是不仁

不義的人啊！」

世廷又氣又莫名其妙的喊：

「妳滿嘴胡說些什麼？他怎麼會是我的恩人？妳語無倫次，亂七八糟！皓禎是皇后下令抓起來的！我是奉懿旨辦事！這些朝廷裡的事情，哪是妳婦道人家能懂的！」

采文衝上前去，抓住世廷的衣袖，一陣亂搖，失控的喊道：

「我是婦道人家，做錯了一堆事！當年為了讓你請大夫治病，讓你能夠活下來，讓你吃飽飯，讓你考科舉……你要感激的不是伍震榮，是……是……是震榮勾結在一起，現在，還要處心積慮殺皓禎，我錯了！我錯了……」就劈劈啪啪的左右開弓，打著自己的耳光，眼淚奪眶而出：「我真應該去死……我真應該去死……」突然對門柱撞上去：「我不如一頭撞死！」

漢陽大驚失色，閃電般衝上前去，一把抱住采文，阻止了她撞柱。

「娘！妳這是幹嘛？妳說什麼呢？我一句也不懂！」

世廷驚愕至極，瞪著采文喊道：

「妳為了袁皓禎要一頭撞死，妳糊塗了吧！」

采文終於崩潰的大喊：

「世廷！皓禎他……他是你的兒子！他是我們的兒子，我們那個生下來就被抱走的兒

326

子！」大喊：「我們方家的骨肉！你討厭的、你折磨的、你鞭打的是你親生的兒子……親生的兒子呀！」

世廷瞪大了雙眼，說不出話。漢陽震驚的問：

「娘！妳在說什麼？皓禎……是我方家的孩子？」

「漢陽！那是你弟弟！是跟你一個娘胎的親生弟弟……」采文哭道：「因為你的祖母，我的婆婆，世廷的娘作主，我失去了那個兒子！」采文開始哭著述說一段過去……

❖

婆婆拉著大腹便便的采文，在鄉間曠野的石屋外，哭泣的哀求著：

「采文！這是我們唯一的辦法，我們有了漢陽，方家已經有了後了！我也收了牙婆的錢，不能後悔，妳答應娘，就把這第二胎讓出去吧！我們就當這個孩子投胎來方家報恩的！」

「娘！別的事我都可以依妳，這事，我做不到啊！」采文哭著說。

「那妳要看著世廷病死嗎？要看著漢陽餓死嗎？全家的希望，都在妳肚子裡這個兒子身上！人家是出了高價來買呀！」婆婆含淚說道。

「如果我生的是女兒呢？」采文問。

「如果是女兒，他們當然不要！付的訂金就給咱們！他們希望妳吃得好一點，讓孩子健康！如果是兒子，他們會再給咱們很多錢，足以讓我們度過所有難關！娘求妳了！求妳了！

為了世廷和漢陽的命，妳答應娘吧！」

采文趴在石屋的牆上，痛哭搥牆：

「那我希望我生的是女兒！我要生女兒！老天啊，請給我一個女兒吧……」

采文說完這段經過，哭著繼續說：

「結果，我偏偏生了一個兒子，就這樣被牙婆抱走了……」

方世廷震驚得瞪大眼珠看著采文，大吼：

「妳簡直胡說八道！胡說八道！妳瘋了！」

「我沒有瘋！皓禎上回入監的時候，我去看過他！也告訴過他！」

世廷氣壞了，咆哮道：

「妳是不是袁家的故事聽多了，聽糊塗了也來編造一個！我絕對不相信！我只有漢陽一個兒子，我們的老二不是出生就夭折了？娘怎麼會騙我呢！」

「那孩子沒有夭折，那孩子是皓禎！」采文哭喊。

「娘！何以見得皓禎是我們方家的？妳有什麼證據？」漢陽震動已極的問。

「因為牙婆還活著，她來找過我！告訴我她親眼看著皓禎被抱進袁家！他真的是我們的孩子！他長得和我弟弟很像，漢陽，他和你也很像啊！」

328

漢陽怔著，忽然想起在亭子裡看地圖，兩人都有「過目不忘」本領的事，想起皓禎一直是「木鳶」最欣賞的人，許多默契都在他面前展開，想起每次「木鳶」的短箋，只有皓禎可以立刻解出來。想起兩人一起畫洛陽和長安的地圖，有相同的見解⋯⋯越想越驚，越想越有真實感。

世廷震驚、無法置信的瞪著采文。

「妳們婆媳兩人竟然聯手做出這種荒謬的事，還說是為了我的前途？為了我的仕途⋯⋯我是賣子求榮的人嗎？」

采文哭得痛澈心扉⋯

「賣了兒子，我也後悔了一輩子！是我對不起皓禎⋯⋯現在他就在眼前，你怎麼可以不認？還要治他於罪？還要鞭打折磨他，你於心何忍？讓他認祖歸宗吧！讓他回到我們身邊吧！我發誓，他是我們的兒子！一個讓人驕傲的兒子！牙婆我把她安置了，如果你不信，我馬上把她接來作證！」

方世廷又驚又怒又痛，跌落在坐墊上，雙眼發直。

「原來我的功名和生命，是妳賣兒子得來的！」看著采文，難以置信⋯「袁皓禎⋯⋯他真的是我兒子嗎？」

采文痛哭流涕，拚命點頭。

「千真萬確！從我知道皓禎是我的兒子，我沒有一夜能安睡，無時無刻的想讓他回到我身邊，即使不能，最起碼聽他喊一聲娘！」

漢陽一直聽著，震撼無比，問道：

「娘！妳說去牢裡看過他？那麼，皓禎怎麼說？」

「他……他把我趕走了！」采文哭倒在地：「他不認我啊！他怎會要一個賣兒子的娘？

現在……還多了一個要打死他的爹！」

漢陽眼前，又閃出采文追囚車的畫面，哭著狂喊的情景。再冒出皓禎陪靈兒、寄南回家，采文差點跌倒，皓禎飛躍過去扶住。和采文送雞湯，皓禎和采文雙雙燙傷的畫面，漢陽驚痛回憶，脫口痛喊：

「難怪最近提到皓禎，娘經常一把鼻涕一把眼淚，看到皓禎就像著魔一樣。」再一想：

「我會和皓禎一見如故，原來我們是親兄弟！」大喊：「皓禎是我的親弟弟！沒錯！他的視死如歸，他的英雄氣概，他的俠骨柔情……他就是我的親弟弟！不管他要不要認我們，我要認他！我要認他！」

漢陽一喊，乍然驚醒了方世廷。

97

這夜，在大理寺的刑房裡，皓禎和寄南席地而坐，兩人的氣色都好多了。

忽然，陳大人帶著漢陽、世廷和采文一起進門。采文手裡還拿著兩套乾淨的衣服。寄南驚愕的說：

「幸相夫人！妳居然來了大牢？不會是懷念我這個在貴府吵吵鬧鬧的浪子吧？」

采文紅著眼眶，看著兩人，見到兩人身上的血污，心痛至極。

「你們⋯⋯你們的傷⋯⋯是不是很嚴重？」祈諒的看著皓禎，含淚的說：「聽說吟霜來幫你們治療過，是不是好些了呢？」

皓禎看到采文立刻警戒起來：

「我們都很好！夫人請回吧！」

漢陽見皓禎的冷淡態度，心中痛楚，走上前來，看著皓禎，誠懇至極的說道：

「我娘對你們一直很關心，知道你們安全了，就迫不及待的過來探望。」

皓禎接觸了漢陽的視線，更加不安。寄南見狀，機靈的笑道：

「哈哈哈！宰相夫人太給咱面子了，經過吟霜神醫的治療，還會有什麼問題呢？」寄南說著，就站起身子，活動了一下，勉強的走了兩步。

皓禎抗拒的看著世廷和采文，坐著不動，冷淡的說：

「宰相和夫人是來探監的嗎？我們用不著，如果是來審問的，就趕緊繼續審問吧！如果是要刑求，就乾脆刑求吧！」

「少將軍誤會了！」陳大人說道：「宰相和夫人，還有漢陽，是來接你們出獄的！方大人用了皇上的尚方御牌，排除了皇后的反對，力保你們出獄的！」

皓禎和寄南同時一驚：

「啊？宰相也有皇上的尚方御牌？」

世廷就對皓禎伸出手去，溫和的說：

「來！能行動嗎？你們可以出獄了。」

采文急著過來要攙扶皓禎，哀懇的說道：

「先回家裡好好吃一頓，我都準備好了！你們……都受苦了……」

皓禎看著采文，再看世廷，突然有點明白了，臉色一變，用手撐著地，自行站起身。寄

332

南不明就裡，覺得奇怪。皓禎已經說：

「出獄？看樣子，這牢獄之災已經告一段落。那麼，寄南，我們趕快回將軍府！」

漢陽誠懇到近乎哀求的說：

「皓禎、寄南，先回宰相府吧！時候不早了，府裡已經準備了熱水，總要洗去監獄裡的塵埃，收拾乾淨再回將軍府吧！」

「也好！」寄南不知情的答道。

「不必！將軍府有的是熱水！」寄南一怔，更糊塗，閉嘴了。采文就怯怯的送上衣服，說：

「那……換上這兩套乾淨的衣服吧？總不能穿囚衣回去，是不是？」眼光始終祈諒的、哀懇的看著皓禎。皓禎幾乎是粗魯的，一把搶過了衣服，冷冷的說：

「你們『方家人』退後，距離我遠一點！」

寄南驚奇的看著這場面。世廷就痛楚的看看皓禎，說道：

「那你們換衣服吧！換好衣服，我們送你們回將軍府！」

「我們自己會走！不勞宰相、夫人費心！」皓禎粗聲的回絕。

「不回宰相府，臉也要洗洗，頭髮整理好，別讓將軍和夫人，看到你們這麼狼狽。」就

世廷、采文、漢陽三人都臉色慘然。漢陽就去端了一盆乾淨的水來，說道：

親手絞了帕子，雙手送到皓禎面前，低語：「如果你對方漢陽有氣，就算接受木鳶的歡意，如何？」

皓禎一把搶過帕子，胡亂的擦著臉，再把帕子重重的摔進水盆裡，濺了漢陽一臉的水。

漢陽臉上淋著水，也不擦拭，用祈諒的眼神，深深看著皓禎。

寄南困惑不已，卻因要出獄而興奮著，打著哈哈：

「哈哈哈！宰相！夫人！皓禎這人就是彆扭，坐了幾天冤枉牢，現在氣不打一處來！想我竇寄南，能有宰相親自接出獄，榮幸啊榮幸！至於那些鞭子，也就不計較了！」

皓禎一步也不想停留的往外走，寄南趕緊跟上。方家人無奈的隨後走出。

❖

皓禎寄南出獄，將軍府完全不知道。畫梅軒裡，吟霜焦慮萬分的說道：

「爹！娘！皓禎和寄南被打得全身是傷，我必須再進去，幫他們換藥和治療。但是，上次已經是漢陽和他爹翻臉才把我們帶進去的，現在不知道還有什麼辦法能進去？」

「現在真是一團亂！皇上病倒，皇后抓權，我們總不能才打贏了鋸齒山一戰，就再發動劫獄之戰，那就坐實太子、皓禎和寄南都是謀逆，必須先顧全大局！」柏凱說。

「大將軍！」靈兒急壞了：「別顧全什麼大局了！帶著神威軍、左驍衛大幹一場吧！連鋸齒山都打贏了，還怕那座監牢？我們就去劫大牢！要不然，他們還是死路一條啊！」

小樂衝進門，激動不已的喊：

「將軍！將軍！宰相方大人和夫人，還有漢陽大人，用轎子把咱家公子和寶王爺送回來了，人在大廳裡！」

「什麼？他們回來了？」袁家人全部震動著，不知道這個災難是如何解除的？

「我們趕快去大廳吧！」雪如喊著。

大家進了大廳，就看到方家三口站在客廳裡，個個形容憔悴，眼睛紅腫。皓禎和寄南穿著乾淨的衣裳，坐在墊子上，看來沒有再被打，不禁驚喜交集。吟霜衝向皓禎喊：

「皓禎！我真不敢相信你們居然這麼快就出來了！身上的傷怎樣？」

皓禎忍著痛，握緊吟霜的手：

「被妳治療過了，還會怎樣？已經好了一半！」

靈兒翻著寄南的衣服，急切的嚷著：

「你這混蛋！快讓我看看，傷口癒合了沒有？」

靈兒一聽，就胡亂的打著寄南。

寄南窘迫的說：「這麼多雙眼睛看著，妳要脫我衣服，也等到私下無人時呀！」

「哎呀！」

「滿嘴胡說八道，沒有一點正經的時候！」

「哎喲哎喲！」寄南叫痛：「皓禎說好了一半，那是安慰吟霜的話，妳這樣一打，肯定

又流血了！怎麼這樣粗魯呢？」

柏凱看到皓禎和寄南回來，驚奇又意外，看到世廷和采文，更是意外。

「方大人！是皇后釋放了他們嗎？關於那些莫名其妙的罪名，難道都已經調查清楚了？為什麼刑求逼供，現在又突然深夜送回？這事太意外了！」柏凱說。

方世廷臉色凝重難開其口，吞吞吐吐。

「是……是……」

靈兒自以為聰明的說：

「一定是皇上清醒了，立刻就釋放了他們！皇后的奸計沒得逞！哈哈！」

「妳別插嘴，讓方大人說！」吟霜阻止靈兒。

「是！」魯超一揮手，將袁忠、秦媽、香綺都帶出大廳，嚴密的關上房門。

「請將軍摒退左右，有要事必須相談！」世廷看看四周。

柏凱不解，卻交待著：

「魯超，把所有人都帶下去。關好房門，你在門口守著！」

采文見房內只有家人了，就淚眼看著皓禎不語。皓禎和采文眼睛相對，采文的淚就落了下來，皓禎像觸電般跳起身子，抗拒警告的喊：

「方夫人，妳那一套故事在我家人面前，不許說！」

眾人被皓禎這樣的一吼，都怔住了。雪如說：

「皓禎不得無禮！」驚問：「夫人親自前來，一定有什麼要事？但說無妨！」

世廷眼中含淚，拉著采文。兩人對柏凱、雪如行禮，世廷說道：

「袁大將軍！夫人！謝謝你們幫我養大了皓禎，而且把他培養教育得這麼好！世廷感恩不盡！請受我們兩人一拜！」

兩人就對柏凱和雪如跪下了。雪如變色驚問：

「什麼？你說這話什麼意思？你們快起來，不要跪我！」

「是啊！方大人快起來說話！」柏凱拉著。

寄南和靈兒詫異的交換視線，吟霜就去看皓禎。皓禎突然暴怒說道：

「爹娘！送客吧！」對世廷和采文說道：「你們有什麼資格來將軍府大放闕詞、造謠生事！要不就再把我抓回大牢，快把我抓走！一刀砍死我！不准騷擾我的家人！」

采文哭倒在皓禎的腳下。

「皓禎！皓禎！求你不要這樣！難道你寧願死，都不願原諒我嗎？讓我們相認吧！皓禎！」

「我不會認你們！別跟我家人提妳那荒唐的故事！不管我從什麼地方來的，總之，我絕對不可能是你們的兒子！」皓禎怒喊著。

「怎麼皓禎會是方家的兒子？」柏凱糊塗了⋯「到底是怎麼回事？皓禎！你得讓方大人跟我們說清楚啊！」

「爹！不要聽他們的任何一句話！不要相信！」皓禎憤怒而痛苦。

「皓禎！你冷靜一下好嗎？相不相信等他們說完，讓大家自己判斷！」漢陽說。

在場的人都一臉狐疑，等待真相揭開。世廷老淚縱橫的說道⋯

「一切都是我的錯！一切都是我的錯！今天我們全家就是來與皓禎相認的！當年⋯⋯是我們拋棄了皓禎⋯⋯皓禎是我們方家的骨肉！」

「不！不是！不是！不是！」皓禎厲聲抗拒⋯「我說過多少遍了，你們為什麼還執迷不悟，我不是你們的兒子，就算我是將軍府抱來的，也絕不是你們方家的兒子。我再說一次，你們認錯人了，聽明白了嗎？」

吟霜抱著皓禎，試圖穩定他的情緒⋯

「皓禎，你身上還帶著傷，先不要激動啊。」

「你們大家都聽我說，不管親生與否，我只認一個爹一個娘，我是袁家的兒子！袁家的兒子！」皓禎堅定的說完，不顧眾人，逕自走出了大廳。

「皓禎！」大家喊著。

「爹娘！我去追他回來！」吟霜說，追著皓禎而去。

皓禎才跑到庭院，吟霜已經追了過來。皓禎一把摟住吟霜，緊緊的將她抱個滿懷，痛楚的說道：

「讓我好好抱著妳，吟霜！只有妳是真實的，他們都不是真實的，我如何去承受不真實的父母兄弟？」

吟霜感同身受，緊緊的抱著皓禎。

「你的感覺，我當初完全經歷過！所有的掙扎和抗拒我都懂！但是，我們無從逃避，只能面對！進去吧！」說不定面對以後，你的感覺會不一樣！相信我！」

吟霜就拉著皓禎回到客廳坐下，皓禎依舊滿臉的痛苦和抗拒。

采文見皓禎返回，神色悽然，痛心疾首說道：

「皓禎！你真的是鐵了心都不認我這個娘是嗎？」堅定的喊：「血書！我有一封血書！交給了牙婆，希望有必要時，把我的血書帶給收養皓禎的人！」跪爬到雪如面前：「你們看過那血書嗎？」急切的說：「一封血書！血書！」

大家的眼光都看向雪如。雪如臉色沉重的問：

「什麼血書？我從來沒有見過血書！」突然一想，奔到門前，打開門對外喊：「魯超！你快馬加鞭，去把我大姊雪晴接來將軍府，讓她把二十一年前的血書帶來！重要！重要！快去！快回！」

「是！我立刻就去！」魯超跑向馬廄。

采文痛苦敘述那一天……

那一天，丙戌年十月十九日辰時。

采文抱著嬰兒，坐在簡陋的書桌前。桌上攤著一張紙。采文用一把小刀，割破了右手食指。

鮮血湧了出來。采文一手抱著嬰兒，一手開始用鮮血，寫著血書。

采文寫完，看著懷裡的嬰兒，淚水滾落，低低哭道：

「兒子！對不起，娘太窮了，娘太沒用了，娘不配有你，希望你到一個好人家，被爹娘寵著愛著……好好長大……好好長大……」

采文摺疊信箋，放進信封，淚不可止。

采文說到這兒，看著皓禎，哽咽說道：

「上次在監牢裡，我曾經告訴你，馬車來接你了，我抱著你不肯放手，口口聲聲說我後悔了，不賣了！可是，你還是被抱走了，我追著馬車跑，追得摔倒了！那時，我才生下你幾個時辰而已，沒有體力，跑不動啊！然後……

那一天，丙戌年十月十九日午時。

車夫一拉馬韁，馬車往前奔去，嬰兒啼哭聲驟然傳來。采文哭著大喊：

「等一下！等一下……讓我再餵他一口奶喝……我還有東西要給他，等一下……等一下……」

采文開始追著馬車跑，追著追著，腳下一個踉蹌，跌落在地。采文匍匐在地上痛哭，哭叫著：

「兒子！兒子……原諒我……原諒我……原諒我……」

牙婆回頭看，不忍采文在後面苦追，停下馬車。采文趕緊起身，跑著追來將血書交給牙婆。采文哭著說道：

「請把這血書交給收養孩子的人，如果將來孩子像妳說的，生活快樂幸福，這血書就永遠不必拿出來！如果不是，如果孩子有一天想知道生母是誰，把血書給他看！告訴他，他的娘對不起他！但是，他的娘愛他！千千萬萬個對不起！千千萬萬個捨不得！告訴他！告訴他……」

牙婆感動，收起了血書，馬車又開始前行。采文再度追著馬車跑，哭喊：

「兒子！兒子……我養不起你，馬車又開始前行。采文再度追著馬車跑，哭喊：

「兒子！兒子……我養不起你，我要救你爹，我要救你哥哥，原諒我……原諒我……原諒我……原諒我……原

追上來的婆婆抱住采文，婆媳緊擁著哭泣。

不遠處的另一輛馬車裡，雪晴目睹了一切，跟著落淚。

大廳裡，眾人聽完了采文的敘述，個個震動著，包括漢陽和世廷。只有抗拒的皓禎，依舊臉色蒼白，眼睛發直，動也不動。雪如拭淚看采文說：

「所以，妳就這樣失去了皓禎？」

采文點頭。此時，魯超帶來了雪晴，雪晴神色凝重的踏入客廳。皓禎見雪晴出現，心中各種滋味翻滾，五味雜陳！吟霜心痛的握緊了皓禎的手。

雪晴看到哭得很慘的采文和眼眶紅紅的雪如，心中就明白了。她從懷裡掏出一封年代久遠的血書，長嘆一聲，說道：

「唉！我本來想把它燒掉的，後來想，只要我不拿出來，就不會造成任何問題，人生無常，留著以備萬一也好！」

皓禎接過血書，看到那已經變色的斑斑血跡。采文顫抖著唸出上面的文字：

「母別子，子別母，白日無光哭聲苦，生兒就是離別時，從此心碎無法補……宋采文於丙戌年十月十九日辰時。」

皓禎聽采文一字不錯的唸出來，再也無法否認他跟方家的關係，覺得內心絞痛。吟霜握

著皓禎的手，含淚說道：

「我們是同年同月同日生的，我們都有愛我們的爹娘，他們……在各種無奈中，放棄了我們，蒼天接手，讓我們的人生沒有遺憾！」

皓禎終於淚流滿面，身不由主的向采文跪下，采文趕緊跪在他對面。皓禎悲痛，語不成聲：

「我……我……我不知道該說什麼……」

采文哭紅了雙眼，伸手摸著皓禎的手：

「不用說什麼，不必說什麼！還好……還好……這些年，你在一個好家庭，你沒有受苦！倒是你的親爹，在不情下傷害了你，他也痛不欲生啊！」

世廷跪向皓禎，此時才覺得痛楚莫名。

「兒子！我為人臣子，身不由已把你關人大牢，眼看陳大人刑求你，不曾出手相救，真是大錯特錯呀！」

漢陽也對皓禎一跪，說道：

「皓禎！原諒爹吧！他什麼都不知道！也原諒娘吧！別再讓娘傷心了，娘每天一早就對祖母上香，常常哭紅眼，現在我才明白！娘守著這個祕密，也守得好苦啊！你就認了我們吧！」

皓禎流著淚，凝視著采文，哽咽說道：

「這些年……妳，受苦了！」

「是！每天都苦，苦了這麼久，如果你肯叫我一聲娘，我想我就再沒遺憾了！」

皓禎同時對著雪如和采文，伸出雙手，一手抓住一個，痛哭大喊：

「娘！」

屋裡眾人感動得哭成一片。吟霜落淚，情不自禁的跪在皓禎身旁。皓禎就驕傲的對采文慎重介紹：

「妳見過的，吟霜！這是妳兒媳婦，為了她，我辜負了蘭馨公主！」

漢陽終於喘了口大氣，拭去眼角的淚，拍拍皓禎的肩膀，充滿感性的說道：

「放心！你辜負的，讓哥哥來幫你彌補吧！」

世廷帶著感動的淚眼說：

「是的！是的！就讓漢陽來給蘭馨公主一輩子的幸福吧！現在我終於知道，天意是什麼！蘭馨，她一直是屬於漢陽的！當初選駙馬，你就把她推進漢陽懷裡！她注定是方家的兒媳婦！」

皓禎就正視著世廷，嚴肅的說道：

「宰相大人，我看了血書，認了娘！我也認了我的哥哥漢陽。但是你這位宰相，一直是伍震榮的知己，幫著伍震榮做盡壞事！我不能認密謀篡位的人做我的爹！所以……我不能認

344

你，我無法認你！」

「什麼？你不認我！」世廷大震，跳起身子。

「你現在又暗助皇后，要把李氏江山，變成盧氏天下！我不能認賊作父！」

「皓禎！請你相信我，我會說服爹的！」漢陽急喊。

皓禎直視世廷，堅持的說：

「他助紂為虐多年，滿手血腥，如何能夠洗淨一身的罪惡？我無法以他為榮，又怎麼能做為他的兒子？」

世廷凝視著正氣凜然的皓禎，突然跌坐在地，仰天長嘆，痛澈心扉的說道：

「皇天在上，我方世廷活到今日，自認忠孝仁義，不改初衷！此時此刻面對我最愛的家人竟如此悲涼！長子說他不是我兒子，次子根本不認我。你們這些英雄好漢，可曾知道要隱瞞自己的真面目，在伍震榮身邊當走狗的滋味嗎？七年了，不止七年，為了布局，前前後後十年了！我是伍震榮的知己，我是他的謀士，為他出謀畫策，做出喪盡天良的壞事！但……如不是這樣，我如何能保護木鳶，去成立『天元通寶』，去集合有熱血有忠心的好男兒，來拯救這岌岌可危的李氏江山……我為皇上的一片赤膽忠心，只能祈求老大讓皇上甦醒，再還我清白了……」

這番話震動了皓禎、柏凱等眾人，漢陽睜大了眼睛，驚跳起來，激動打斷：

「爹！你知道我是木鳶？」

世廷淚眼看漢陽，大聲道：

「我知道你是木鳶，我知道你會武功！你的師父也是我的知己啊！如果我不『忍辱偷生』，如何保護你的大業？這朝廷，沒有天元通寶，早就是伍震榮的了！」看著皓禎和寄南：「你們還記得伍震榮逼著皇上，要處死四王那天嗎？……先是逼著皇上寫御筆詔書，喊著死刑，死刑！接著又喊著削刑！削刑！如果我當時不把『流放』坐實，四王就會死！因為他們的流放，才有『天元通寶』的援救！這點點滴滴，我默默的做著，你們看到真相了嗎？」

「為什麼你不告訴我？我們是父子呀！你可以親自跟我說呀！」漢陽激動說。

「如何說？」世廷瞪著漢陽：「當我做了右宰相，伍震榮就送來二十個衛士做為禮物，我們家裡，處處都有伍震榮的人！你把我當敵人，總好過讓祕密洩露！」忽然怒道：「如今，伍震榮已死，皇上心中大患去除大半。你們不認我也罷！我樂得從此再無牽絆，無慮生死，專心對付盧皇后，不負皇上對我重託。但請你們好好孝敬你們的親娘，她年輕時為我犧牲奉獻，年老時還要擔驚受怕，實在太不值得了！」

「原來，宰相大人才是天元通寶的總指揮。但是，鋸齒山大勝之後，宰相為什麼還不讓我們知道真相呢？」吟霜如夢初醒的問。

「只殺伍家人就能救李氏江山嗎？」世廷說：「你們看看，皇上病倒才幾天工夫，盧璿、盧瑰、盧武、盧安、盧勇、盧平、洪儲克……這些盧家人，紛紛進宮，封官進爵，顯然盧皇后要總攬大權。我這個人，在皇后眼裡，還有一些作用，我必須利用伍震榮的殘餘勢力，來控制皇后，所以戲還要演下去，被兒子罵到狗血淋頭，也要忍下去！兒子不要認賊作父，我這惡人夫復何言？」

「寄南被宰相管束多時，卻沒學到一點東西！」寄南跪向世廷：「宰相大人，不管他們兩個如何？請先受我這小小靖威王一拜！」寄南感動佩服至極，就要磕頭。

「別拜本官，我擔當不起！」世廷一伸手阻止寄南，看皓禎又看寄南：「這場牢獄之災，你們也明白，就是皇后要殺了你們兩個！但是，我深信皇上病癒，就會救你們！本官一直深得皇上信任，這才有尚方御牌！順便告訴你們，皇上特別重視皓禎，怎會將皓禎問斬？你們『揮淚送英雄』那天，我就握著御牌站在人群裡！如果兩個特救不到，我的御牌就會出手！我和你們一樣在等待奇蹟，而且相信最後時刻，奇蹟會到！」

「原來如此！」漢陽震撼的說：「連我都被蒙在鼓裡！」

皓禎聽得傻住了，目不轉睛的看著世廷。世廷繼續說道：

「這次，讓你們坐幾天牢，挨幾鞭，總比送命好！當陳大人鞭打你們的時候，我也不忍呀！那被潑著鹽水鞭打的，豈是只有你們兩個？我也在跟著挨打呀！我試著阻止，但是，不

能讓我的身分暴露，我只能做到那樣，我連『屈打成招』四字都說了！」

漢陽此時，徹底大悟，奔上前來，在世廷面前跪下，痛喊：

「爹！請原諒孩兒不孝！對你百般誤會，還鬧離家出走，罪該萬死！」

皓禎起身對世廷直挺挺的跪下了，落淚喊道：

「原來真正的英雄，是忍辱負重的右宰相！不！」對世廷磕下頭去，哭著喊道：「是我

爹！我爹！」

漢陽也喊道：

「原來成就木鳶的，成就『天元通寶』的，是我爹！我爹！」

「皓禎！我沒有白白養大你！我為你的親爹驕傲！」柏凱含淚喊道。

采文哭著，跪到世廷身邊，緊摟著兩個兒子：

「世廷！你瞞得大家好苦啊！自己還受了這麼多的委屈，現在我們全家終於團聚了！你

不能丟下我們了無牽掛，兒子是你報效皇上的最大助力，你怎麼能撇下他們呢！」

寄南、靈兒、吟霜都喊著：

「方大人，還有我們呢！」

頓時，兩家人都奔過來，跪著，緊擁著，又哭又笑。雪如哭著摟住采文說：

「這方家、袁家，是怎樣的緣分！同一天生兒育女，同一天放棄兒女，想想看，如果當

348

初我沒有失去吟霜，妳也沒有失去皓禎，我們大家的命運會怎樣？吟霜會在袁家長大，不可能成為神醫，皓禎可能在窮苦生活中長大，也不可能成為少將軍！他們兩個也不會相遇！那麼，木鳶的故事，天元通寶的故事，恐怕都沒有了！」

「是的！是的！」柏凱震撼的說：「這對兒女的相遇，讓我們失去的又回到身邊，還造就了一群英雄人物！改寫了一個朝代的命運！」

「還有我！我也是那一天生的，被伍震榮丟下懸崖的孩子！在這房間裡，居然有三個同一天出生的人，也同一天換了爹娘，帶著身世之謎二十多年，現在卻成為兄弟姊妹！」靈兒一連串的說著：「太感動了！大家都有爹娘，大家都有情有義！真好！」

靈兒說著，感動得眼淚直流，寄南舉起袖子給她，她拿著袖子，就擦眼淚，擤鼻涕，滿臉亂擦，還要拖著那袖子去給吟霜擦淚，寄南趕緊收回了自己的袖子。

「靈兒，」寄南說道：「我的袖子可以借妳用，就擦皓禎的衣袖，對世廷夫婦磕頭說道：吟霜只能借皓禎的！」

吟霜跪在皓禎身旁，真的拿起皓禎的衣袖，就擦著眼淚，對世廷夫婦磕頭說道：

「爹！娘！兒媳婦吟霜叩見公公婆婆！」再回頭看皓禎說：「是不是面對以後，你的感覺不一樣了？」

「是！」皓禎心悅誠服的說：「妳永遠是對的！我們現在都有兩對爹娘，兩對愛我們的爹娘！我還多了一個木鳶哥哥！命運對我，實在太照顧了！」就跪行上前擁抱著世廷和采文

說道：「爹！以後你有兩個可以分憂的兒子，許多苦，不用一個人扛著！娘，妳的血書，妳的追馬車，妳的苦都結束了！一切是值得的！把我賣到袁家，讓爹和漢陽有機會為國盡忠，讓我也有同樣的機會為國效力，還認識一群忠孝仁義的知己，和命中注定的吟霜，一切都是值得的！妳沒有做錯，沒有做錯！」

采文聽了，哭得唏哩嘩啦。大家彼此互望，彼此幫對方拭淚，連旁觀的雪晴和魯超，都淚不可止。

這種場面和情景，只能用幾句話來形容：

天道有忠義

雜然賦流形

或則在俠氣

或則在此心

於人曰浩然

沛乎塞蒼冥

時窮節乃見

處處垂丹青

98

皇上病榻前，方世廷愁容滿面迎向太監曹安。關切的問：

「皇上昏睡這麼多天了，還沒有清醒嗎？御醫到底怎麼說？」

「曾經睜眼了一會兒，但幾乎都是昏睡著！」曹安擔心的說道：「御醫說皇上因為太子驟逝，悲傷過度造成了舊疾復發，現在結代脈又有心衰喘症，才會一直昏睡。皇上不清醒，湯藥一直送不進御口呀！小的……也是擔心極了！」

「唉！」方世廷嘆息踱步：「太子喪事未辦，此時國事如麻，皇上千萬一定要挺過來呀！」

皇上突然夢魘喊著，伸手揮舞：

「啟望！啟望！兒子呀！不要走！」睜眼喊道：「啟望！寄南和皓禎，已經把伍震榮的頭送來了！兒子呀！你沒有白死，你沒有白死啊！」

曹安急忙衝向皇上臥榻前……

「陛下！您醒來了！」跪下喊著：「陛下！陛下！」

方世廷也趕緊趨前，喊道：

「陛下，您醒了，真是蒼天有眼啊！萬幸！萬幸！」

皇上虛弱的艱難起身，神志迷糊的問道：

「朕躺了多久了？」看看方世廷：「右宰相怎麼也在這？」世廷恭敬擔憂的說。

「陛下已經昏睡五日了，臣甚為掛念，不敢遠離！」

「躺了五日？」皇上驚愕回想，忽然心驚膽顫的問：「那日皇后來鬧……皓禎和寄南可好？」

「他們……」方世廷遲疑的說：「唉！千言萬語，總之，他們難兄難弟，被關入大牢又遭了皮肉之苦！」

「什麼？皮肉之苦？」皇上喘息不順，咳著：「咳咳！朕僅剩的兩名愛將又被陷害了？」

再一想：「是不是皇后拿著尚方御牌下的命令？」憤怒說道：「她手上拿的御牌是假的！是假的！那是朕送她玩的，上面刻著她的小名，根本沒有『御』字呀！」又咳著：「她居然用假御牌發號施令……世廷，你怎麼不驗明正身？當初送你的才是真的！太子也有一面真的……咳咳咳……」咳得嚴重。

「陛下息怒，都是臣太疏忽了！」方世廷跪在龍床前：「當天情況太亂，大家都反應不

過來！陛下，請保重龍體！不管皇后那御牌真假，皓禎、寄南因查無謀逆實證，臣作主，已將兩人釋放！請皇上安心！」

皇上一聽，這才透了口氣：

「釋放就對了！世廷，辦得好！辦得好！不管什麼人誣衊皓禎和寄南，朕一概不信，通通赦免！」顫抖舉著手：「快召皓禎、寄南進宮，朕要看看他們！他們才是真心護主，保衛李氏江山的忠臣！」悲從中來，孱弱的說著：「看到他們，就像看到啟望的影子，啟望……朕可憐的太子……」話沒說完又昏倒。

方世廷著急搖著喊著：

「皇上！皇上！」又喊：「曹安，傳御醫！快傳御醫！」

御醫趕來，再度診治，幸好只是一時昏迷，施針之後就又甦醒了。他看著世廷，不勝感慨的說道：

「世廷，恐怕你要準備朕以前叮囑你的事。沒想到，朕深深信任愛護的皇后，無論她做錯什麼，朕都一再祖護，不忍追究，她卻得隴望蜀，朕……錯了！」

「皇上，現在什麼都別說，等到皇上龍體康復，再來計畫下面的事！請皇上，千萬千萬要保重龍體呀！」世廷懇求的說道。

❖

皇上醒來不久，樂蓉就站在皇后面前，憤憤的說道：

「父皇居然一醒來，就只惦記著一個死人的名字！皓禎和寄南這兩個打不死的人！」恨得牙癢癢：「又讓他們逃過一次！那方世廷怎會有尚方御牌？母后，乾脆妳也拿出尚方御牌，把他們兩個再幹掉！」

「我那尚方御牌根本沒用，是妳父皇送我的禮物而已！要不然我早就用了，還等到現在嗎？第一次唬住了大臣，第二次就唬不住了！現在妳父皇醒了，八成也不會讓我們母女好過，假傳聖旨，打了皓禎寄南，還不知道他會不會追究？」皇后愁容滿面。

「母后！現在局勢對我們越來越不利了，聽聞方世廷居然是袁皓禎的親爹，這真是太荒唐了！想必方世廷也不能再用！我們雖然已經召集在朝為官的舅老爺，但是，和袁柏凱、方世廷他們比起來，實在力量太小！何況，皓禎、寄南、漢陽那些年輕人，聲望也都如日中天！現在該如何鞏固母后的勢力和威信呢？」

「有妳愚蠢的父皇存在，就憑妳那幾位舅老爺的能耐，本宮如何鞏固勢力？又有何威信可言？連方世廷都變成皓禎的親爹了，蘭馨這著棋大概也沒用！就拿方世廷會從陳大人手中，救走皓禎、寄南，就明白他是那一邊的人了！」

樂蓉靠近皇后身邊，壓低聲音說道：

「父皇這次似乎病得不輕，聽御醫說，病症來得凶猛，不如我們一不做二不休，就讓他

來個醫藥不靈，群醫束手無策！如何？」

皇后一怔，瞪大眼珠，深思著。

✥

皇上醒來第二天，皓禎和寄南就奉旨進宮，兩人走進皇上寢宮，看到皇上憔悴消瘦的容顏，兩人都大吃一驚，心痛的跪在皇上病榻前。曹安扶著皇上緩緩的坐起身。皇上虛弱的、慈祥的看著兩人說道：

「皓禎、寄南，聽說你們又受苦了！快平身！走近點，讓朕看看你們，身上的傷勢嚴不嚴重？」

皓禎走近皇上說。

「我們年輕體健，傷勢不嚴重，請陛下無須牽掛，倒是陛下的身子，要趕緊恢復才是！」

「陛下！不要擔心我們了，我皮厚挺耐打的，就一點皮肉傷而已，算不了什麼！不過，透過這次的牢獄之災，反而得到皇上堅定的信任，這比什麼療傷補藥都來得強！」寄南真心真情的說道：「寄南什麼都不怕，就怕皇上誤會寄南！」

皇上寵愛的看著寄南：

「朕何時誤會過你？」拉著皓禎和寄南的手：「看到你們，有如啟望依然還在朕面前一樣。朕夢裡都是啟望和你們，只可惜這『三人同心』終究少了一人！咳咳……」又咳著。

「陛下，沒有少！」皓禎真摯的說：「太子一直跟我和寄南在一起，我們依舊是『三人同心』，永遠是『三人同心』！」太子之死是我們每個人最深刻的遺憾和傷痛，懇請陛下保重龍體，不要悲傷過度！」

「是啊！」寄南接口：「請陛下為我朝子民多多保重！也為啟望哥哥保重！陛下思念啟望哥，我們也是，太子因我才受傷中箭，日後寄南一定為啟望哥，孝順陛下，效忠朝廷，永無二心！聽說陛下已用藥多日，但不見起色？或者，要不要讓皓禎家的神醫吟霜來為陛下診診脈？」

皇后悄悄來到眾人身後，大聲喝斥：

「放肆！一個不明不白的民間女子，何德何能可以為皇上診脈？寶寄南，你不要剛走出大牢，就又想破壞皇室的規矩，惹是生非！」

「吟霜不是不明不白的民間女子！她是護國有功，袁大將軍的女兒！她身分高貴，醫術高明，哪裡不配給皇上看病了？」寄南怒沖沖頂撞著皇后。

「寄南，皇上身體欠安，你少說幾句，讓皇上清靜清靜吧！」皓禎克制的說。

「哼！」皇后嘲諷的說：「什麼護國有功，連生個兒子女兒都搞不清楚！到頭來……還冒出個賣子求榮的故事，嘖嘖嘖！這一家子真是精采啊！」

「是！」皓禎忍無可忍接口：「皓禎的身世確實離奇，有堅持忠孝仁義的親爹方世廷，

有出生入死為國盡忠的義父袁柏凱，皓禎深以為榮！最重要的，還有知人識人的陛下，讓臣等深入鋸齒山，打敗了我朝最大的逆賊！相信皇后也以陛下為榮吧？這些事蹟，遠比臣的身世重要！」

「住口！」皇后怒喊：「犯下欺君之罪的欽犯，有什麼資格在這兒侃侃而談？」

「妳……」寄南忍不住想開口。

「咳咳咳！」皇上不悅的說：「朕才醒來就不得安寧，皇后不會是專門來吵架的吧？皓禎和寄南都是朕的愛將，什麼欺君之罪，既往不咎！任何人不許再提！」

皇后立即轉變臉色，關心的走向皇上，臉色一變，柔聲說道：

「臣妾不是來吵架的，是來探病的！陛下思子過深，都得了鬱病了！皇上千萬千萬要為國為民保重呀！」

這時，御醫送來皇上剛熬好的藥，曹安接手，捧著藥碗過來，稟道：

「陛下，該吃藥了！讓微臣侍候陛下吃藥！」

「吃藥？怎麼沒有試藥官？」皇后狐疑的問，搶過曹安手裡的藥碗，看著皇上，深情說道：「讓臣妾來為陛下試藥！雖然宮裡都是忠心耿耿的人，依舊小心一點好！」

皇后就端著藥碗，親自拿起銀湯勺，在眾人面前，用銀湯匙勺了一瓢喝著試毒。然後等著藥涼，在等待時，已經人不知鬼不覺的，從指套中灑進了一些白色粉末到藥碗中。她手裡

搖著藥碗，輕輕送到嘴邊去吹著。皇上看到皇后親自試藥，感動不已，看著皇后說道：

「試藥這事，皇后怎能親自來試？找試藥官就行了！」

「唉！」皇后嘆息，眼光懇切的看著皇上：「臣妾不放心啊！」

皓禎、寄南退到一旁，親眼目睹皇后試藥，誰也沒有看出任何異狀。

皇后就端著湯藥上前，一勺勺的餵著皇上喝藥。皇上虛弱的喝著湯藥，一邊懇切的對皇后說道：

「皇后親自試藥，想必也是在乎朕的！幾句真心話，皇后就放在心裡吧！太子還沒有安葬，妳就讓朕的皇宮安寧一陣子！不要再用那御牌，也別假傳聖旨大動干戈了！更不能傷害寄南和皓禎！太子走了，他們兩個，就像朕親生的兒子一般！」

皇后鎮定的繼續餵著皇上喝藥，說道：

「是！臣妾明白了！」

「朕醒了，藥也喝了！」皇上精神還不錯，說道：「寄南，明日進宮，陪朕去御花園走走。」

「是！寄南遵旨！」寄南看到皇上有起色，急忙說道。

第二天，寄南扶著皇上走在御花園小徑上，曹安和衛士在遠遠的後方保護著。

「太子一走，讓朕老了十歲！」皇上一嘆：「啟望天資聰穎，心地善良，這麼好的一個兒子，居然與朕的緣分如此單薄！朕每次一想到啟望，就心如刀絞！」

寄南急忙慎重說道：

「陛下！太子並沒有離開我們，他的人雖然離開了，但他的英魂一直活在我和皓禎，還有無數個忠貞賢臣的心裡。他未完成的理想，我和皓禎會拚了命去為太子完成！只要陛下一聲命令，我們絕對拋頭顱捍衛陛下！這是寄南對陛下的誓言！」

「寄南！朕真的沒有看錯你！很欣慰啟望生前有你這個好兄弟，陪他出生入死。每次看到你，也讓我想起寶妃！」嘆息：「唉！那寶妃冰雪聰明，溫婉儒雅，可惜卻死得不明不白！」皇上身體仍虛弱，坐進涼亭，一面說，一面從口袋裡掏出一個精緻的小玉盒：「朕有樣東西送給你，在這玉盒裡，有個小玉璽！」

「沒有！」寄南困惑的搖搖頭。

「你聽過『龍鳳合璧，玉璽至尊』這句話嗎？」皇上問。

「玉璽？」寄南驚愕：「陛下！玉璽是皇上的印鑑，怎能送給寄南呢？」

「這是朕登基後的規矩，除了正式的大玉璽之外，還有個小小的玉璽，是隨身之物。有時，朕微服出巡，如果有緊急文書和密令，就用這玉璽蓋印。朕這小玉璽，就叫『龍鳳合璧』！這玉璽比朕那大玉璽更能代表朕，所以是『玉璽至尊』！」

「哦？難道這小玉盒裡是『龍鳳合璧』嗎？」

「是！朕這個『龍鳳合璧』的玉璽，上面刻了一條龍和一隻鳳！」

皇上打開玉盒，出示那個玉璽。寄南驚奇說道：

「多麼精緻的玉盒，怎麼從來沒看到陛下用過？」

「十幾年來，這玉璽只是帶在朕身上，留作紀念而已！」就憐惜的看著寄南：「現在，朕把它送給你，這是朕珍愛的東西，你千萬要帶在身上，不能遺失！」眼光深邃的看向虛空：「那隻鳳是寶妃的閨名！寶妃去世後，朕就不用這小玉璽了！」

寄南趕緊雙手接過玉盒，讚嘆的欣賞了一會兒，就揣進自己衣服的內袋裡。

「陛下，這禮物太珍貴了！寄南無功不受祿，有點慚愧！」寄南感動的說。

「為了你冤枉的挨打，為了你陪你啟望歷盡艱險，為了你是寶妃的姪兒，為了你總能讓朕開心發笑，為了你鋸齒山建功……為了很多的原因，你就好好收下吧！」

寄南不禁感動的看著皇上，兩人深深互視，有種奇妙的感情閃耀在兩人眼底。寄南覺得，皇上似乎還有很多話要跟他說，但是卻倦了，欲言又止，只是用手，緊緊的握了寄南的胳臂一下，說了一句：

「以後的天下蒼生，都靠你們這一輩了！」

寄南再也沒有想到，這次談話，竟然是他和皇上最後的談話。

兩天後，皇上病榻沉睡中，樂蓉公主端著藥湯，隨著盧皇后進入皇上寢宮。曹安迎向皇后，想接手藥湯。行禮說道：

「皇后娘娘金安，皇上又該吃藥了是吧？但是皇上還在睡覺……」

皇后命令曹安和宮女：

「你們都下去吧！皇上由本宮侍候！」

「可是……」曹安猶疑。

「可是什麼？」樂蓉生氣的說道：「由皇后娘娘親自陪伴皇上，你還有什麼不放心的！通通下去！每天在這兒侍候，也沒讓父皇康復，只怕你們個個偷懶，不曾盡心！」

「是是是！曹安知錯了！」

曹安惶恐說道，帶著所有衛士、宮女離開，關上房門。

母女兩人就走到窗邊去低語。皇后再次用她的指甲套，撒著白粉進入藥湯裡。樂蓉公主對皇后低語道：

「母后，那方子，一天天的加重，父皇應該已經病入膏肓了！」一狠心說道：「趁今天把曹安那些人都打發了，乾脆加重份量，一次解決吧！」

皇后眼光陰沉，點點頭，從衣服裡掏出一包藥粉，把整包藥粉都倒進藥碗裡，用藥勺調

勻，低低說道：

「很好！咱母女就等他醒來吧！」咬牙憤恨的說：「這事，早在伍震榮活著的時候，本宮就想做了！不過，那伍震榮在鋸齒山的軍隊，居然叫『龍伍軍』，把我們姓盧的放在何處？樂蓉，記住了！女人想成大事，不能盡靠男人！男人都是不能信任的！本宮現在都想明白了！等到本宮坐上龍椅，這些該死該殺的，一個也不能放過！」

此時，皇上更加虛弱蒼老，緩緩的醒來，咳嗽著。皇上咳幾聲，睡眼惺忪的問：

「皇后怎麼來了？」

「還有我呢！」樂蓉公主上前請安。

「樂蓉真有心，說要親自來為陛下送湯藥。」皇后把湯藥端端到皇上面前。

「難得樂蓉也有孝心，項麒的事情……」皇上歉意的看著樂蓉。

「父皇別提項麒了，項麒率領龍伍軍篡位，死有餘辜！樂蓉這幾天來想明白了，只怪樂蓉的命不好，不怪父皇！」含淚孝順的說：「父皇先喝藥吧，母后已經親自試過藥了！」

皇后端著藥碗，直接讓皇上就口一喝，突然，樂蓉壓著皇上的身體，皇后用力強灌著皇上。皇上連續喝了好幾口，嗆得大咳，全身抽搐，臉色大變。皇上突然明白過來，用力一把招住盧皇后的脖子，咬牙切齒的說道：

「皇后！妳想毒死朕？妳這狠毒的女人！朕一直不忍處置妳，妳卻喪盡天良……朕先招碗，一把招住盧皇后的脖子，咬牙切齒的說道：

死妳！要死⋯⋯一起死！」用著全身最後的力氣，箍緊皇后的脖子。

皇后大驚，不斷咳著，眼睛看著樂蓉公主。樂蓉上前，雙手抓住了皇上的手，拚命想拉開皇上的手指。皇上已喘不過氣，掙扎的瞪著樂蓉⋯

「樂蓉，妳在為伍項麒報仇是嗎？蘭馨呢？」找著蘭馨⋯「看樣子，只有蘭馨是向著朕的！」看向盧皇后⋯「當初寶妃，也是妳下的手？」

盧皇后咳著斷續說道⋯

「寶妃？咳咳⋯⋯還用不著我親自下手，幾個心腹就把她解決了！咳咳咳⋯⋯是皇上的寵愛殺了她！」

皇上大怒大痛之下，雙手再度箍緊，雙眼瞪著皇后，恨恨不已。樂蓉急喊⋯

「鬆手鬆手！父皇到現在還不明白嗎？你的皇位，是母后的！你只是幫她先坐熱而已！」樂蓉一面說著，一面用力拉開了皇上的手，把已經全身無力的皇上推倒。

皇上倒向床，皇后立刻翻身，用一個軟墊，死命壓住皇上的臉。皇后恨恨的說⋯

「死吧！死吧！你這個毫無能力的皇帝，早就該死了！」

皇上一陣抽搐，身子不動了。皇后還緊壓了一會兒，才拿開軟墊，只見皇上嘴角鼻孔流血、不省人事的倒在床上。皇后用食指測試皇上的鼻息確定身亡，露出驚魂甫定的神情，摸著脖子說⋯

「好險！差點被他招死……總算達到目的了！」轉向樂蓉公主：「女兒，天下終於是我盧皇后的了！」

❖

皇上突然暴斃，蘭馨正在和漢陽談話，得到消息後，兩人趕到皇上寢宮，她對跪著一地的御醫悲憤痛斥：

「你們這麼多御醫高手，是怎麼治父皇的？怎麼會讓父皇暴斃？你們說！你們開的是什麼藥方！」迅速從牆上拔劍，對眾御醫比劃：「本公主要你們償命！」

「公主饒命啊！公主！臣等冤枉啊！」眾御醫驚嚇磕頭。

漢陽追來，搶下蘭馨的劍：

「公主！請節哀！也請勿急躁！讓臣來問個明白吧！」對御醫：「據知，皇上得的是結代脈病症，各位大臣開的是什麼藥方？」

御醫上前遞上藥方：

「這是臣等御醫共同開立，歸心經的藥方，請公主和方大人過目。各種藥材都是益氣活血、助陽通脈的配方，完全不可能會造成皇上暴斃。煮好的湯藥臣也帶來了，臣等願以項上人頭保證，湯藥安全無誤，請公主明察！」

漢陽審視藥方，又沾了一小口藥湯說道：

「這藥方如果沒有問題……」眼神銳利…「那麼皇上暴斃的成因，必另有隱情！」

蘭馨一怔，凝視漢陽…

「難道是她？」大喊…「曹安！是誰最後來探視父皇的？」

曹安淚流滿面，上前跪地磕頭說道…

「是皇后娘娘和樂蓉公主！」

漢陽、蘭馨臉色大變。蘭馨悲痛至極，撲倒在皇上屍體上，痛哭失聲。

「父皇！父皇！女兒不孝，早就應該說的事，始終沒說出口！只怕父皇承受不住背叛，只怕父皇傷心難過，不料卻要了父皇的命！父皇……蘭馨不孝啊……」

皇上駕崩，整個朝廷都亂了。這天，漢陽到了將軍府，在畫梅軒裡，大家激烈的討論著皇上的死因。皓禎激動的喊道…

「什麼？皇上證實是盧皇后毒死的？我曾經和寄南看到皇后親自試藥，餵皇上喝藥，也沒有出事呀！何以見得是皇后幹的？」

「宮裡面，我早已安置了天元通寶的人，皇上過世當天，皇后沒有帶試藥官，而且還特意遣走貼身侍候皇上的曹安。」漢陽說著，拿出藥方…「我在和御醫談過皇上的藥方之後，火速派人潛入皇后的寢宮，發現皇后的指甲套裡有粉末反應。一送去檢查……確實和皇上所

中的毒素藜蘆，完全吻合！」

「藜蘆？」吟霜一怔說道：「皇上的藥方我看看！」接過漢陽手上的藥方一看，震驚說道：「配藥有個十八反的禁忌，御醫給皇上開了歸心經的專用藥：丹參。藜蘆和丹參是一對相反的藥材，兩個同時吃就變成了毒藥了！」

「沒錯！藜蘆是治療癲症的藥材，過量本身就有中毒的危險，沒想到皇后毒上加毒，利用丹參相剋的藜蘆，造成皇上內臟出血暴斃。這是一場謀殺，皓禎和寄南看到的是皇后侍藥的表面，實際上，皇后在試喝之後，趁大家不注意之下，從指甲套裡下毒！不止皇后，樂蓉公主也有份！」

寄南眼眶泛紅，想著皇上送他「玉璽至尊」，只是兩天之前的事，沒料到太子屍骨未寒，皇上也跟著被害！他悲痛氣憤得一塌糊塗，說道：

「皇上死得太冤了！現在宮裡大亂，一大群親王大臣要為皇上報仇！如果成功，就擁護皇子啟端當皇帝！但是，那皇子啟端弄了一群道士，想當神仙，不想繼位！」傷感落淚：

「上次進宮才和皇上深談，不料竟是最後一面！」

柏凱沉重接口：

「各方將軍都聯絡我了，大家想找個日子，從玄武門、玄德門攻進去，裡應外合務必殺了盧皇后！否則，這天下就是盧皇后的了！」

「這次的行動，加上我一個！」皓祥挺身而出⋯「我現在武功已經練得很好了！為國盡忠，也是我的事！哥！你要答應我！」

「好！你加入，但是不許冒險！要跟著爹一起行動，絕對不能單獨行動！」

「大家轟轟烈烈的展開鋸齒山滅伍大戰，以為滅了伍家就天下太平了！誰知皇后更狠，那樂蓉公主可是皇上的親生女兒呀！她們怎麼下得了手？」吟霜嘆息。

「太子都還沒有安葬，現在皇上又駕崩了⋯⋯這不是要天下大亂了嗎？」靈兒看漢陽⋯

「蘭馨怎樣？她一定傷心死了！」

「可不是嗎？」漢陽氣憤的說⋯「想到她爹就哭不停，口口聲聲說要幫皇上報仇！」

「盧皇后非殺不可！這個『滅盧計畫』，必須盡快執行！」皓禎堅定的說，看著漢陽問⋯「木鳶兒，你有指示給我們嗎？天元通寶全力配合！」

「我確實有一個計畫，不必大戰，可能成功！」漢陽說⋯「皇上和太子的靈堂，要在宮裡擺一個月，我們最主要的，是要殺掉盧皇后，我的計畫是⋯⋯」

漢陽就壓低聲音，細談「滅盧計畫」，眾人全部圍攏，聚精會神的傾聽著。人人的神情，專注而悲憤。

99

皇上和太子的靈堂肅穆哀戚，兩具梓宮並列，靈堂裡，一排排白幡如雪，壯觀的陳列著，一座座白色燭台上，燃著白色的蠟燭。道士在作法事，喃喃頌經，宮裡上下皆穿著白色孝服。皇后、莫尚宮及若干宮女在靈堂前燒紙錢，低聲的哭泣著。蘭馨一身白色孝服，漢陽身穿白衣隨侍在側，兩人帶著喬裝成宮女的吟霜和靈兒，一起來到靈堂。

皇后見蘭馨和漢陽前來上香，裝腔作勢的大哭特哭，說道：

「皇上！先帝！您怎麼能狠心丟下我們母女，您要我們往後怎麼度日，蘭馨和漢陽還沒成親，您怎麼忍心先走？」轉頭對蘭馨說道：「快給妳父皇上香⋯⋯」

莫尚宮點香交給蘭馨和漢陽，兩人神色肅穆的上香。蘭馨上香之後，蹲在盧皇后身旁跟著低頭燒紙錢，一面燒著，一面恨恨的說道：

「母后，是不是終於達成心願了？快要登基當女皇了？今天父皇去世已經十五天，聽說

妳沒有一天閒著！早上在這兒上香，晚上和年輕俊秀的朝臣尋歡作樂！」

皇后起身怒斥：

「蘭馨！這是什麼場合，妳還想栽贓妳母后？這是妳父皇和太子的靈堂，妳滿嘴胡說什麼？」

「我胡說了嗎？」蘭馨跟著起身怒吼：「要不要我掀開父皇的棺木，我問他是被誰害死的？妳跟樂蓉聯手毒死他的，是不是？」

「妳這大逆不道的公主！來人啊！掌嘴！」皇后氣得發抖。

漢陽毫不客氣，護著蘭馨大吼：

「妳敢！大理寺已經掌握指甲套裡的證據！」

「哈哈哈！證據！」皇后忽然狂笑：「你那個大理寺，本宮立刻就廢了它！以後，本宮說什麼就是律法！根本不需要大理寺！」

「那也得皇后先當上女皇才行吧？」漢陽冷笑。

皇后定定的看著漢陽：

「是！你會等到這一天的！」

就在這時，吟霜一步步走向皇后，眼光犀利的瞪著她，幽幽的說道：

「皇后，難道妳連一點點悲天憫人的善念都沒有？一點點仁慈都沒有？妳知道心存惡

念，天地不容嗎？」

吟霜話還沒說完，忽然間，門外颳起大風，將靈堂大門衝開。皇后見到吟霜一怔，又聽到風聲更驚，慌張喊道：

「妳這白狐什麼時候進宮的？想對本宮作法嗎？來人啊！把這白狐拿下來！」

狂風吹進屋裡，白色幡旗隨風颯颯的激烈飄蕩著，白色紙錢到處飛揚，皇上和太子的靈柩被吹得發出了格格作響聲。狂風吹熄了靈堂的蠟燭，靈堂陰森森更顯詭異。蘭馨陰冷的說：

「這陣風來得古怪，看樣子，父皇和太子哥哥要來向母后討回公道！」

靈兒早就躲在皇上靈柩後面，摸擬皇上的聲音，陰沉沉說道：

「皇后！還我魂魄來！還我魂魄來！」

宮女衛士們嚇得尖叫逃出靈堂。大家七嘴八舌驚喊：

「皇上顯靈了！皇上顯靈了！」

皇后臉色大變，驚恐萬分！轉身就逃出靈堂，尖叫著：

「白狐出現了！白狐在作法！莫尚宮！莫尚宮……來人呀！保護本宮呀！」

皇后跑出靈堂，漢陽、蘭馨、吟霜、靈兒和宮女、衛士們都跟在後面。因為人人一色白衣，吟霜、靈兒等人都沒人注意。靈堂外是廣場，白幡陣更加壯大，一排排成隊豎立著，像

個白幡組成的大森林。

大風吹襲下，白幡飄蕩，呼嘯發出的聲響，尖銳又深沉，有如來自幽冥地府。皇后在白幡陣中奔跑，驚恐的喊著：

「莫尚宮！莫尚宮！妳在哪兒？」

莫尚宮急忙迎上前去，抓住盧皇后的手，安慰的說：

「皇后！奴婢在這兒！只是突然颳起大風，別怕！別怕！現在正是颱風的季節！」

吟霜又走向皇后，眼光直勾勾的看著皇后，嘴裡不由自主的喃喃唸著：

「正心誠意，趨吉避凶，心存惡念，天地不容！」

「那個白狐在對本宮唸咒！莫尚宮！她在唸咒！」皇后恐懼的說。

只見無數白色圓形紙錢，隨著狂風到處飛舞。靈兒弄了一大袋紙錢，趁著風大，對著皇后灑去。圓形紙錢便飛撲到皇后臉上，有的遮住了她的眼睛，有的黏在她的嘴唇上，有的沾上她的髮絲，更多的紙錢對她飛舞撲打，像許多活著的白蝴蝶。同時，白幡在強風下搖搖晃晃，旗幟亂飄。皇后拚命用手撥去臉上的紙錢，眼睛才睜開，就看到吟霜那黝黑的眸子，對她審判般的注視著。皇后凶惡喊著：

「妳……妳這白狐……居然跑來宮裡作怪，這陣怪風是不是妳弄出來的？」怒吼：「來人啊！有刺客！快來救駕啊！白狐又出現了！」

只見一匹快馬，直奔而來，皓禎大喊道：

「有白狐？驍勇少將軍到！」

皓禎身後，一隊白衣軍跟隨，殺了過來。

寄南也騎馬疾馳而來，大喊道：

「有白狐？靖威王竇寄南到！」

寄南身後，一隊黑衣軍跟隨，殺了過來。

兩軍氣勢洶洶，勇猛無比，攻進白幡陣。驚嚇逃命的宮女和衛士，更在滿天飛舞的白幡陣中奔竄。皓禎對皇后大喊：

「皇后，各方的將軍和親王已經從玄武門殺入！李遠霖將軍已經攻入皇宮，樂蓉公主伏法，剩下妳這弒君謀逆的淫婦，妳還不納命來！」

靈兒瞬間拔出流星鎚，與皓禎和寄南會合。皇后驚嚇拉著莫尚宮逃命，狂喊：

「樂蓉！樂蓉！妳不會死的，妳在哪兒？」

寄南邊罵邊追著盧皇后：

「毒死皇上，謀害親夫，賣官幫伍震榮養兵！妳壞事做盡做絕，死有餘辜！妳的春秋大夢結束了，看妳這淫婦往哪裡逃！」

「救命啊！救命啊！蘭馨、漢陽，快救救母后啊！」皇后狂喊。

皓禎、寄南、靈兒合力追趕撲殺皇后。皇后在靈堂外的白幡中到處亂竄，皓禎的乾坤雙

劍刺來，皇后居然推出了莫尚宮幫自己擋劍，莫尚宮立刻被皓禎雙劍刺中。莫尚宮愕然的發

現自己中劍，手摀著傷口鮮血直流，雙手沾血，對著皓禎一笑，撐著最後一口氣說著：

「少將軍，當初是我冒險讓皇后和我，都喝了下蠱的湯，才弄到你的解藥……天元通

寶……」莫尚宮話才說完便倒地身亡，手心裡滾出了一枚沾血的天元通寶錢幣。

吟霜已經奔來，震撼至極的說道：

「原來當初宮裡也鬧蠱蟲，是莫尚宮做的事！」

吟霜趕緊蹲下身子，運起內功，想救莫尚宮。皓禎震驚撿起錢幣，無法置信的說：

「原來……宮裡的內應是莫尚宮，我居然誤殺了自己人！吟霜，趕快救活莫尚宮呀！」

吟霜起身，眼中含淚：

「皓禎！莫尚宮走了，我救不活她！」

寄南眼見一切經過，趕到皓禎身邊：

「皓禎，這都是我們天元通寶成員的宿命，你不要自責！快！完成大事要緊！」

皇后見莫尚宮被刺死，尖聲狂叫，忽然一面白幡倒了下來，壓住盧皇后。

「來人呀！來人呀！救命啊……」皇后在白幡下掙扎大喊。

「妳這凶手！妳這淫婦！妳的死期到了！」靈兒痛罵，一劍刺下。

皓禎追過來，再雙劍刺下，寄南刺下第四劍。皇后最終倒臥在血泊中。

「大風起兮，除我國賊，白幡倒矣，皇上顯靈！」皓禎朗聲說道：「皇后不是相信鬼神，相信清風道長嗎？本朝被妳禍害多年，妳就相信是皇上在為民除害吧！」

大風漸漸平息，紙錢仍在空中輕輕飄動。漢陽和蘭馨來到一息尚存的皇后身邊。

蘭馨充滿怨怒，抓著皇后的肩膀說：

「在妳闔眼之前，坦白告訴我，我的生父究竟是誰？」

皇后奄奄一息的握著蘭馨的手，氣若游絲的說：

「妳……確實是……皇上的……女兒……我當初那樣說，只是想要拴住榮王的心，現在……也不用騙妳了！」說完便嚥下最後一口氣身亡。

蘭馨、漢陽終於得到真相亦喜亦悲。蘭馨淚流滿面說道：

「母后妳罪孽深重，別怪女兒對妳無情……」蘭馨傷心的轉身向著吟霜和靈兒，喊著：

「吟霜！靈兒！」就過去，抱住兩人哭道：「為什麼我要生在帝王家，看到這麼多悲劇？現在死去的，是我的親娘？還是我的殺父仇人？」

漢陽過去，手扶著蘭馨的肩，沉痛說道：

「是妳的殺父仇人，是我朝最大的敵人！是弒君謀逆的罪人，也是忘恩負義的惡人！現在大家幫妳報仇了！」

「蘭馨！別哭！我們都為我們的爹或娘報仇了！」靈兒說。

「報仇不重要！重要的是，以後不會再發生這麼多家破人亡的悲劇了！」吟霜說。

三個女子緊擁著，個個眼中含淚。以前的恩恩怨怨，都化為一片真情。

柏凱、皓祥帶著幾位將軍，及大批羽林軍，左驍衛趕到。柏凱大聲問：

「盧皇后在哪兒？親王們要她的頭！」

「盧皇后已經伏法！她的頭在這兒！」快把屍體拖到前面廣場上去！」

寄南舉起兩面白幡，對迎面而來的眾將軍和羽林軍喊道：

皓祥發現了皇后的屍體，回頭對羽林軍大喊：

「殺呀！我們繼續去取盧瑢、盧瑰、盧安、盧勇、盧全、盧準、盧平、洪儲克……那些貪官的頭！」

羽林軍響應，喊聲震天。此時，一位將軍舉旗大喊：

「別忘了和伍震榮一夥的方世廷！」

「我們還要那隻惡犬方世廷的頭！」另外一位將軍呼應。

「方世廷在皇宮廣場！殺呀！我們去取他的人頭！」第三位將軍喊道。

漢陽、寄南、皓禎、柏凱、蘭馨、吟霜、皓祥等人大驚。只見羽林軍吆喝著，追隨著三位將軍而去。漢陽等人急忙跟著狂奔，白衣軍、黑衣軍、左驍衛也跟著狂奔。

廣場上，人頭攢動，除了文武大臣，還有羽林軍、黑衣軍、左驍衛、天元通寶兒弟等。人群鼓噪著，盧璿、盧瑰、盧安、盧勇、盧全、盧準、盧平、洪儲克等人已被制伏，上了腳鐐手銬。一位將軍大喊：

「盧家人已經全部落網！方世廷在哪裡？輪到你去見閻王了！」

廣場上喊聲一片：

「方世廷！方世廷！方世廷……」

皓禎、吟霜、寄南、靈兒、漢陽、蘭馨、皓祥、柏凱帶著人馬奔至。只見高台上，方世廷大步走上台。皓禎、柏凱、寄南等人生怕世廷遇害，全部飛躍到台上，個個緊張的手持刀劍，挺立在世廷身邊捍衛著。

世廷從懷裡拿出尚方御牌，對著台下一照，陽光閃耀在御牌上。世廷朗聲說：

「皇上尚方御牌在此！各位少安勿躁！」

台下見到御牌，就有大部分人紛紛跪地。另外一位將軍大喊：

「你跟伍震榮同夥，就算騙了皇上的尚方御牌，也不能為你除罪！」

「御牌不能除罪，遺詔可否除罪？」世廷拿出一卷御用詔書：「各位！請安靜聽我唸完皇上的遺詔，如果仍然認為世廷有罪，我願一死以謝天下！」

柏凱挺身而出大喊：

「輔國大將軍袁柏凱在此！請大家安靜聽方宰相宣示遺詔！」

眾人安靜了，個個看著世廷。世廷打開遺詔，開始朗誦：

「皇帝親筆御書，今乃己亥年八月，本朝文武百官，良莠不齊，官高爵重者，常挾天子以令諸侯，朕即使身穿龍袍，也有眼盲之憂。榮王伍震榮，從先帝封侯，一路青雲直上至左宰相。朕雖重視其功勞，卻懼其野心勃勃，貴寵日隆、窮奢極侈、專權仗勢、驕恣不法、無所不為！生恐養虎為患，特令方世廷為右宰相，與之交好，實則為朕之耳目也。唯恐世廷有朝一日，有口難言，特發此詔，說明原委！並賜與尚方御牌一枚，以資佐證！欽此！」

世廷唸完，將詔書面對群眾，打開給眾人觀看驗證。玉璽大大的蓋在上面，清清楚楚。眾臣喊道：

三位懷疑的將軍和若干大臣，都親自上台，確認了詔書的真實性。

「確是皇上御筆詔書！」

柏凱舉劍高呼：

「皇上英明，留此遺詔！方宰相多年辛勞，忍辱負重，終於讓逆賊伏法！袁柏凱在此行禮！」雙手持劍對世廷行軍禮，皓禎、吟霜、寄南、靈兒、漢陽、蘭馨、皓祥等人就一個眼色，全部對世廷半跪行禮，並高聲喊道：

「方宰相忍辱負重、苦心孤詣、運籌帷幄、智勇兼備、夙夜匪懈、勞苦功高！」

台下眾人，立刻一呼百應，個個亢奮的喊道：

「方宰相忍辱負重，勞苦功高！」

剛才懷疑的將軍慚愧感動，在台上喊道：

「在場的諸位將軍大臣，現在貪官皇后都已伏法，國家一日不可無君，請方宰相與袁將軍召集文武百官，早日擁立繼位皇帝！」

大臣和將軍們又開始鼓噪，議論紛紛，各有意見。世廷喊道：

「各位安靜一下！皇上有三位皇子，誰能擔當重任？不是世廷和柏凱說了算！本朝還有比我們更有份量的人，可以共同商量此事！」

台下眾人大喊：

「還有誰？還有誰？除了袁將軍和方宰相，還有誰更有份量？」

皓禎、寄南、漢陽、吟霜、靈兒、蘭馨異口同聲喊道：

「忠、孝、仁、義四王！」

台下頓時一片嘩然。

❖

數日後，長安巨大的城門哐啷一聲，大大的打開。皓禎、寄南、漢陽三人穿著官服騎著大馬，帶著四王的隊伍浩浩蕩蕩駛入城門。四王乘坐在四面敞開的轎子上，轎子沒有任何遮

蔽卻簡單莊重，每乘轎子由八個武士們抬著。

忠孝仁義四王個個個穿著素衣，精神抖擻，神情悲悽的向民眾揮手。世廷、柏凱騎著兩匹馬，迎上前去。世廷恭敬的說：

「世廷恭迎四王回朝！」

忠王不禁含淚說：

「忠孝仁義，國之棟樑！四王回歸，是百姓之福！」柏凱也恭敬的說。

「世廷！柏凱！今日一見，恍如隔世呀！」

「可惜皇兄遇害，太子戰死，我們四王痛心至極！」義王含淚的說道。

百姓們擁擠著，歡呼著：

「歡迎四王回朝！歡迎四王回朝！」

激動的群眾，幾乎擠滿了長安大街，七嘴八舌的議論著：

「歡迎四王回朝！歡迎四王回朝！」

「天助我朝！伍震榮這大奸臣死了，咱們四王居然復活回來了！」

「真想不到四王還活著！咱們忠孝仁義四王還活著！」

群眾此起彼落的大喊：

「歡迎四王回朝！歡迎四王回朝！歡迎四王回朝！」

世廷和柏凱就跟在四王身邊，騎馬緩緩前進。

寄南為首，皓禎、漢陽次之，各騎在一王身邊，每人情緒也被眾多的群眾激蕩著。寄南在忠王旁邊說道：

「忠王！我們當初承諾一定迎你們四王回長安，今天我和皓禎都辦到了，沒有對你食言！」

「多虧太子、你和皓禎，辦了那麼多轟轟烈烈的大事，老夫終於等到這一天，可惜皇上和太子不能親眼目睹！」忠王感動至深，中氣十足的喊：「咱們終於回長安了！」

孝王對身邊的皓禎說道：

「還要感謝吟霜那什麼靈丹妙藥，把本王的中毒治好，還把本王的身體都調理好了！」

「最重要應該感謝漢陽的安全布署，才能保住四王今日的平安歸來！」皓禎說。

「都聽說了！」仁王看向漢陽：「漢陽和右宰相的事，以及和皓禎的關係，你們真是一門忠肝義膽的大功臣呀！幸好本朝還有你們！都是一群兒女英雄啊！」

漢陽恭敬的對四王說道：

「四王回朝就是我朝的定心丸！往後還要倚仗四王為我朝人民效命！」

「你們幾個青年才俊，個個文韜武略，胸懷天下！我們李氏江山的未來，都要靠你們了！」義王含淚看天：「皇兄！太子！你們的英靈，將與我們同在！」

眾多群眾夾道歡迎四王，四王向群眾揮手致意。

萬人空巷，熱烈的歡迎幾乎撼動了長安城⋯

「歡迎四王回朝！歡迎四王回朝！歡迎四王回朝！」

❖

四王回朝後，這天，大家都聚集在將軍府大廳內，氣氛莊隆重。

世廷、柏凱、忠孝仁義四王，雪如、皓禎、翩翩都在座，最奇怪的是，從來不喜歡露面的欽王爺和夫人也來了，讓寄南納悶不已。皓禎、吟霜、寄南、靈兒、蘭馨、漢陽、皓祥等小輩，都圍繞著席地而坐，室內有股神祕的氣氛。魯超嚴密的把守在門外。

皓禎迷糊的說⋯

「各位長輩這麼鄭重的要我們全體集合，是要研究三位皇子由誰登基嗎？此事長輩們作主即可，我和寄南、漢陽一定效忠！」

「可是⋯⋯」世廷說：「現在還有第四位皇子！一直被神祕保護的皇子，如果要討論由哪位皇子登基，不可錯過此位！」

「對！」忠王說：「今日一早，咱們四王和柏凱，都在世廷那兒看到了證據！咱們還有一位皇子！」

柏凱看著寄南說道：

「本將軍今天看到證據，這才如夢初醒！」

「還有一位皇子？不可能！我從小出入皇宮，從沒見到還有什麼皇子！」寄南驚奇的看

蘭馨：「蘭馨！妳見過那位皇子嗎？」

蘭馨深深看寄南：

「蘭馨也是剛剛聽到漢陽提起，這才恍然大悟！怪不得當初太子哥哥去向父皇提起蘭馨

婚事，父皇堅決說寄南不行，絕對不行，因為我們是兄妹啊！」

吟霜脫口驚呼：

「難道那『第四位皇子』，就是靖威王寶寄南？」

欽王爺這才拚命點頭，對寄南說道：

「咱們寶家，戰戰兢兢的養著你這位皇子，今日總算真相大白，可以把你還給皇上了！

我這『欽王』，只是被『欽點』撫養你的王爺呀！」

「所以什麼都是『皇上作主』！所以管不了，要送到宰相府去管束！」夫人接口。

寄南大驚，急忙喊道：

「什麼?!我只是小小的靖威王，不是皇子！我怎麼可能是皇子呢？不是！不是！你們不

要因為三位皇子都不適合登基，就給我創造出一個『第四位皇子』來！這是絕對絕對不可能

的！你們要創造，也創造給皓禎，他比我合適！」

「蘭馨，你們在密謀什麼？」靈兒跟著驚喊：「一定又是漢陽和方宰相的計策！靈兒先

皓禎擠到寄南身後…

「是皇上的御筆！」寄南驚呼。

寄南趕緊接過那封信，打開信封，拿出信箋，就急忙看去。

那時皇上已知道伍震榮有不軌之心。等你讀完這封信，我們再來研究其他的問題！」

時轉交給你看。

「這不是詔書，是皇上寫給寄南的一封信！這封信是皇上在幾個月前交給我，要我必要

世廷就恭敬的拿出一封信來，說道：

「爹！你趕快把證據拿出來吧！」皓禎催促說。

「我還打他呢！」皓祥更驚。

「是呀！是呀！我以前還動不動就罵他！」翩翩驚嚇的說。

「不得了！翩翩！咱們家把皇子留在家裡喊來喊去，對他從來沒有恭恭敬敬過！」

雪如看看柏凱，明白是真的了，抓著翩翩的手說道：

「什麼證據？爹，皇上留了好多詔書在你那兒嗎？請趕快拿出來給大家看看！」

吟霜抱著靈兒，安撫的拍著，看著世廷問…

呀！」抱住身邊的吟霜大喊…「救命啊！」

聲明，當靖威王的小廝我已經勉勉強強，如果他是皇子，而且可能登基……」驚喊…「哎

「我能一起看嗎？等不及了！」

皓禎一擠，漢陽、蘭馨、吟霜、皓祥、靈兒全部擠在後面看。寄南唸著信：

「寄南吾兒，當吾兒讀此信時，朕恐已不在人世！關於你的身世，雖然朕答應過汝母寶妃，盡量保密，心中卻早有無法保密之預感……」

大家隨著那封信，幾乎看到了二十幾年前，那個深宮裡的晚上：

室內燈光幽柔。整個房間，只有皇上和寶妃二人。皇上坐在坐榻上，寶妃坐在他腳下，依偎著他，仰頭看著他，年輕而美麗的臉龐帶著憂愁，盈盈大眼中，含滿了淚水。

「皇上！」寶妃哀懇的說：「臣妾雖然已有身孕，卻不敢告知太醫，更不敢驚動任何人，只敢偷偷告訴皇上！如果皇上真的寵愛臣妾，請千萬千萬保密！」

「寶妃！妳有了龍種，是件喜事呀？為何要保密呢？」皇上驚訝的問。

「這是臣妾第三胎了！前面兩胎，第一次懷胎三月就小產，沒有保住胎兒，第二次生下的，居然是死胎。這第三胎，我只想讓他活著生下來，活著長大！皇上已經有四個兒子，請允許臣妾這胎，回娘家祕密生產，無論是男是女，讓他姓寶，讓他平安順利快樂的長大，我還能常常接他進宮，或歸寧看視他，臣妾就心滿意足！」

「妳的意思，前面兩胎都不是意外，而是被下藥害了！」皇上激動問。

「我沒把握是被下藥，但是，我強烈懷疑是下藥！」就抱住皇上，哀求道：「皇上，算是您給我的恩典，讓我即日歸寧，生產之後，無論是男是女，都算我哥哥的孩子！臣妾沒有奢求，只想做個平凡的親娘，能保護好自己的孩子！」

寶妃說著，就跪在地上，對皇上磕頭。皇上憂傷不捨的說道：

「寶妃的意思，朕明白了！朕同意這孩子姓寶，但是，如果有一天，朕需要他，社稷需要他，寶妃也要允諾朕，讓他認祖歸宗！」

❖

大廳內人人安靜肅穆，寄南繼續唸著那封長信：

「寶妃在甲申年四月十七日，於寶家生下一子，朕親自取名為寶寄南，南者，男之諧音也，暗指朕寄養於寶家之男兒也。寄南從小出入皇宮，深肖朕躬，封為靖威王。寄南吾兒，汝母芳華早逝，朕至為遺憾。太子啟望甚是優秀，其他三子，無一子成器，堪與寄南相比。若朕不幸早逝，願吾兒寄南認祖歸宗，輔佐太子，並順位於啟望之後，承擔本朝天子之重任……」寄南唸到此處，已經唸不下去了，把信箋擱在膝上，痛喊出聲：

「怪不得皇上要我做這個，要我做那個，把我送去宰相府，不止是管束我，還要保護我啊！他只信任方宰相……」眼淚流下……「我還常常跟皇上嘻皮笑臉，沒大沒小，怪不得每當我和皓禎出事，他總是向著我們！怪不得他給我龍鳳合璧……原來他是我的親爹！原來太子

啟望是我的親哥哥！我娘，原來是寶妃啊！」

皓禎、吟霜、靈兒個個震驚無比。尤其靈兒，簡直呆住了。

世廷就看著寄南說道：「現在你明白你的身世了嗎？現在你承認是第四個皇子了嗎？」

回頭看了柏凱和四王一眼，使了一個眼色。

柏凱就起身，和四王及世廷，一起過來，跪在寄南面前，同聲喊道：

「請靖威王遵旨，登基以慰先皇在天之靈！吾皇萬歲萬歲萬萬歲！」

寄南觸電般跳了起來！拉著大家說：

「起來！起來！你們都是長輩，怎能跪我？」

「等你當了天子，我們這些長輩，都要跪你的，你先習慣一下吧！」雪如說。

「不行不行！這個責任太大，這個真相也太震撼！我放蕩不羈，自由自在慣了，怎會是當皇上的料！即使知道了我的身分，我也不能當皇上！」寄南說著，就狼狽的仰天喊道：

「皇上！您要怎樣說服百姓啊？怎樣說服百官啊？哪有姓寶的可以接任李氏天下？這下準會引起大亂的！」

漢陽急忙拍拍寄南的肩。

「關於這個，皇上已留下鐵證，我和我爹還有大將軍，四位王爺，會安排得妥妥當當！你只要登基，當個愛民如子的好皇帝，當個忠孝仁義的好皇帝就行了！你想想，除了你，還

有誰更能當皇帝呢？誰比你更接近民間、瞭解百姓呢？」

皓禎興奮起來，說道：「寄南，你就順了先皇吧！現在皇子啟端已經公開說了，他不要當皇帝，他學道學得入迷，只想遁入空山當神仙！皇子啟博已經在彌留狀態！皇子啟俊還小，不學無術，如果他當皇帝，將來本朝的天下，會變成怎樣？」

漢陽接口：「你一天到晚，在做護國大業的事，在保護社稷江山，難道都是空話？何況，你接手的皇室，會是一個最富有的皇室！因為伍家和盧家的財富，都會陸續沒入國庫！你可以大刀闊斧的救濟蒼生了！」

「就是！就是！」皓禎積極說道：「今天這個皇位落到你頭上，是天意！你明明是皇上和寶妃的親生兒子，你父皇一定懊惱極了，讓你姓了寶，要不然，寶妃可能就是皇后了！現在你有義務，你不能逃避呀！如果你逃避，你就是不忠不孝不仁不義！」

「寄南王爺！不，寄南皇子，你當了皇上，我皓祥可以跟人誇口，皇上還跟我平起平坐過！好極！好極！」皓祥說。

「寄南！」吟霜終於開口了：「原來我們個個都有身世之謎，而你這個謎最震撼！你當皇上也好！本來我和皓禎說好了，滅了伍家、盧家，我們要離開長安，雲遊天下，去為偏遠地區的百姓治病！假若你當皇上，或者可以安排一批人給我，讓我訓練他們成為行醫天涯大隊！」

「吟霜和皓禎要離開長安？不要！不要！我捨不得！」蘭馨喊道：「行醫天涯大隊在長安訓練就可以了！城市裡一樣需要大夫呀！」

「你們要逼我當皇帝，還要離開我去偏遠地區？」寄南急道：「不許！不許！」一手抓住皓禎，另一手抓住漢陽：「如果要我當皇帝，除非你們兩個當我的左宰相和右宰相！」

皓禎急道：「你這安排不對，我和漢陽都太年輕，不能擔當宰相的職位，無法說服百官和百姓！現在內舉不避親！我建議，左右宰相就由我的生父方世廷和養父袁柏凱擔當吧！一文一武輔佐你！」

漢陽接口：「皓禎的意見好極！四王都長住長安，是寄南的『太師、太傅、太保、太尉』！我和皓禎一定是你的左右手，官位不要緊，要緊的是我們那片愛國的忠心，和對你的信心！我們兄弟倆會為你兩肋插刀的！」

寄南看眾人，慌亂震動的喊道：「皇上呀！他們怎麼一人一句說得像真的一樣？」靈兒一直沒有開口，只是關心的傾聽著。聽到這兒，她氣呼呼站起身，掉頭就飛奔出房去了。寄南立刻放開皓禎和漢陽，跟著奔出門去。

世廷喊道：「寄南！還有好多大事要商量，你去哪兒？」

寄南頭也不回的喊：「要是我家那個『小廝』不同意，就算有皇上遺詔也不成！」

皓禎、吟霜、漢陽、蘭馨一看情況不對，全體跳起，跟著追出去。

100

靈兒騎著一匹快馬，逃也似的飛騎在原野上。寄南、皓禎、吟霜、蘭馨、漢陽騎著五匹馬，緊追在後。寄南喊著：

「靈兒！妳這是幹什麼？妳不能跟我生氣呀！妳跳上馬要到哪兒去？」

「我離開你越遠越好！你成了皇帝，我算什麼？」靈兒頭也不回的說。

「靈兒！我們幫妳看著寄南，他不會負妳的！」皓禎喊著。

「靈兒！你趕快跟她說清楚！」吟霜也喊著。

「寄南！你趕快跟她說清楚！」吟霜也喊著。

「靈兒！」寄南急呼：「假若妳這麼抗拒，我不當也無所謂！」

漢陽飛馬上前，追到靈兒，正色的說：

「靈兒，妳早就是天元通寶的女將，妳要以大局為重！別再跟大家賽馬，咱們下馬來談個明白！」

蘭馨也追了上來，霸氣的說道：

「靈兒，父皇原來大智若愚，他居然藏了一個兒子在寶家！妳如果是個女英雄，就別婆婆媽媽、逃避責任！接受妳的宿命吧！」

皓禎、吟霜也上前，大家圍著靈兒，靈兒只得停馬，率直的、有力的說道：

「我裘靈兒現在就清清楚楚告訴你們，我這一生以我爹裘彪為榮，以你們大家的情誼為重。我跟著寶寄南，當了一年多的小廝，也以為今生就是他的人的。可是，如果他是皇帝命，我裘靈兒自知沒有皇后命！想把我關進那個皇宮裡，讓我變成飛不動的鳥兒，還要讓我和宮裡那些嬪妃一起生活，這是絕對、絕對、絕對辦不到的事！所以……」看寄南：「皇子保重！靈兒告辭！」

靈兒說完，一拉馬韁，又飛騎而去。寄南大喊：

「裘兒！不！不！靈兒！妳給我回來！誰許妳告辭？」急追上前，大聲嚷道：「妳沒有皇后命，我也就沒有皇帝命！妳再跑，我追妳到天涯海角，打妳屁股！那皇帝不做就不做，我們再推舉更合適的人就是！」

皓禎等眾人面面相覷，全部呆住了。吟霜看著寄南和靈兒，深為瞭解的說：

「這『第四位皇子』，恐怕永遠是放浪不羈的靖威王而已！」

皓禎點頭看漢陽和蘭馨…

「為了靈兒，他可以要求和魯超、小樂擠一個房間，可以睡個大半年的地舖，還差點在長安大街滾三圈……除此以外，他一直是匹脫韁野馬，連皇上都控制不了他。我的宰相爹，明知他是皇子，奉命管束，也沒管束成功，他還是寶寄南！」

「不錯！」漢陽回憶說道：「怪不得我爹說他是『頭痛人物』，教訓他時還被他的『打嗝放屁論』弄得啼笑皆非；我娘看他沒大沒小，放浪形骸，常常被他嚇住！」

「嗯！」蘭馨回憶：「除了對國家大事，他從來沒有正經的時候，在宮裡也會大呼小叫，在父皇面前也會突然動手打人！」

吟霜深深點頭，看著漢陽、蘭馨……

「至於靈兒，確實像她自己說的，她已經忽男忽女這麼久，跟寄南兩個動手又動口，在江湖中長大，可以獨自一人去闖項魁府，是個『風火球』！她能勝任當端莊穩重的皇后嗎？你們認為，他們這一對寶貝，真的適合天子和國母的地位？真的能說服百官和天下百姓？」

大家你看我，我看你，誰都沒有把握。

⁂

四王和長輩們仍然在大廳中議論紛紛。皓禎、吟霜、寄南、靈兒、漢陽、蘭馨都因跑馬而臉色通紅，但一行人笑吟吟，進門跪坐於眾人面前。

寄南對長輩行禮，鄭重的說道：

「寄南經過仔細的思考，現在來答覆各位！從小我就認為自己是寶家的兒子，生活自由放蕩，無拘無束！靈兒和我投契，也因為是我同路之人！我倆都不認為有能力當個稱職的皇帝和皇后！而且，現在天下紛擾，必須有個強而有力的繼承者來承擔王位，才能說服本朝所有官員和百姓！我既已姓寶，就喪失了這個『說服力』！所以，寄南不能繼位！」

「你父皇的書信，難道還沒有說服力嗎？」世廷急道。

「大家都幫你設想得周周到到，你怎麼又變卦了？」柏凱也急道。

「除了你，還有誰更有說服力？更能當個稱職的皇帝呢？」忠王問。

寄南看著義王，清清楚楚的回答：

「我的皇叔，義王！正統的皇室血脈，當了二十多年的義王，深深了解民間疾苦，還曾手刃四個伍家逆賊！我朝皇上，經常由兄傳弟，父皇就是如此！義王比寄南更有朝廷經驗，更加勞苦功高！是個真正配得上忠、孝、仁、義四字的賢王！」

義王驚跳起來：

「什麼？怎麼討論來討論去，討論到本王身上來了？二十幾年前，我就不曾想過要當皇帝，現在……」

皓禎、寄南、漢陽、吟霜、靈兒、蘭馨異口同聲接口：

「現在，是義王必須繼位的時候了！」

眾人驚看這六個異口同聲的年輕人。世廷深思著，突然興奮起來：

「義王！你繼位吧！寄南所說，句句合理！有這六個英雄兒女，他們會挺住本朝江山，成為你最大的助力！你不能推託，我那『忠孝仁義論』，就等你來完成了！」

頓時，所有人都對義王匐匐於地，喊道：

「吾皇萬歲萬歲萬萬歲！」

義王睜大眼睛，看著皓禎、寄南等人虔誠的神情，淚盈於眶，無言以答。

❖

義王登基那天，晴空萬里、風和日麗，燦爛的陽光，普照著大地原野、照耀著滾滾東流的渭水，照耀著灞橋邊迎風搖曳的絲絲楊柳，照耀著萬千張喜形於色百姓的臉，也照耀著喜氣洋洋的內庭宮殿。皇宮廣場空前的熱鬧。這是滅了「伍盧之禍」後，第一個慶典，也是皇上和太子奉安入土後，皇室和百官，第一次聚在一起，不是個個面帶愁容，而是個個面帶笑容，更是第一次可以不穿孝服的日子。廣場上，四周旗幟飄揚，羽林軍穿著全新的紅黑色鎧甲，手拿長槍，頭盔和長槍的頂端，都有紅色的盔纓和槍纓，整齊的站在廣場兩側，肅立無譁。廣場大殿門前的玉石台上，擺著豪華龍椅。龍椅後面，曹安帶著眾位太監侍立，大紅地毯從正殿前鋪到廣場的走道上。皇宮鐘聲響起，儀仗隊入場，鼓樂隊入場，眾多宮女手捧著鮮花，以整齊化一的隊伍，魚貫走到廣場兩側，場上瀰漫著莊重肅穆又充滿溫馨的氣氛。

緊接著忠、孝、仁三王與袁柏凱、方世廷、李遠霖、欽王為首的大臣們個個穿著朝服正裝，陸續列隊在廣場上等待登基大典開始。雪如、翩翩、采文、欽王夫人、太子妃等眾多大臣的女眷和家屬也出席在列，個個盛裝欣喜等待著。本來，登基大典是男子的事，女人皆不列席。但是，義王與眾不同，想到吟霜、靈兒當初救四王的種種，認為男女同樣重要，何況男子皆女子所生，怎可輕視女子？所以，特別指示，這次的登基大典，女子也是貴賓。

漢陽、蘭馨、皓禎、吟霜、寄南、靈兒六個人坐在一起。都穿著正式服裝列席。原本皓祥也在，但是，漢陽為他介紹了一位天元通寶的女將——祝雅容。他立刻驚為天人，就坐到雅容身邊去了。

皓禎等六人聚在一起，吟霜感慨萬千的說道：

「真沒想到我們六個人的命運是這樣……」看皓禎：「你知道嗎？我們六個人，都是身世和身分成謎的人，今天在這樣的場合中相聚，是我當初怎樣也料不到的！真是太離奇了！」

「確實太離奇了！」皓禎說：「妳最離奇，人呀！妖呀！狐呀！都當過了！」

「咳咳！皓禎還在取笑我，為吟霜不平呀？」蘭馨輕咳兩聲，抗議的說。

「吟霜說的也不對，你們五個身世都成謎，我可是爹娘清清楚楚！」漢陽說。

「你的身世雖然沒問題，你的身分卻是最神祕的！你是木鳶啊！」吟霜說。

皓禎一震，被提醒了，問漢陽：

「現在義王當了皇帝，我們那『天元通寶』是不是應該解散了？」

「不！」漢陽正色說：「天元通寶永遠不會解散！權力、金錢、欲望是天下最可怕的東西，我們要監督著義王，萬一他變了，天元通寶還是會教訓他！」

「對對對！不過，木鳶老哥，以後你別用金錢鏢了！直接通知吧！」寄南說，又看著靈兒說：「妳別後悔，以後只能當竇夫人了！」

「誰答應你要當竇夫人？」靈兒瞪他一眼：「講到身世，我最麻煩，姓裘？姓康？萬一嫁給寄南，還不知道是姓竇還是姓李？」

「什麼萬一？」寄南抗議：「已經是一萬了！不管是竇夫人，還是李夫人，總之是我靖威王的夫人！」

「登基大典開始！」

宮廷樂隊吹奏起樂聲，大典的鐘鼓，咚咚咚，一聲聲的敲響著。司儀大喊：

紅毯的彼端，義王的龍轎在眾多一色紅衣的武士抬轎下，抬向大殿。龍轎停下，義王在武士簇擁下，走向龍椅坐下。眾人全部匍匐於地，喊道：

「皇上萬歲萬歲萬萬歲！皇上萬歲萬歲萬萬歲！皇上萬歲萬歲萬萬歲！」

當歡呼聲告一段落，義王忽然起立，伸手向眾人示意，眾人全部起立，安靜下來。義王

就朗聲說道：

「各位賢卿，朕今日登基，完全是個意外！既然穿上了這身龍袍，就背負了整個社稷百姓的重任！朕誓言將帶給本朝一個真、善、美的社會！從此官場沒有殺戮，宮中沒有惡鬥，百姓將豐衣足食！並以『忠孝仁義』四字，為立國之根本！」

義王說完，兩手一抬，便有侍立的羽林軍齊聲的、聲勢驚人的喊道：

「盡心報國謂之忠，真誠事親謂之孝，廣愛天下謂之仁，犧牲小我謂之義……」重複的喊了好多遍。

在羽林軍的口號聲中，整個皇宮廣場，人山人海，旗幟飛揚，壯觀無比。

皓祥等人，感動震撼，無以復加。寄南抬頭看天，虔誠說道：

「啟望！你看到了嗎？我們會把你的理想，發揚光大！而且把佩兒培養成頂天立地的男兒！你，可以放心了！」

　　❖

一年後，先皇和太子孝服期滿，漢陽和蘭馨先奉旨成親，寄南和靈兒，也接著成親，皓祥娶了祝之同的女兒祝雅容。皓禎和吟霜，也在方家和袁家的堅持下，再度舉行了一次婚禮。於是，本書中的三對璧人，皆成佳偶。婚禮的排場和禮儀，大同小異，唯獨洞房情調，卻各有千秋，值得在這兒一提！

娘高聲說道：

新房中充滿喜氣，喜娘、宮女圍繞。蘭馨已經行過「解纓之禮」，端坐喜床床沿。崔諭

先提漢陽和蘭馨的洞房。

「請新郎、新娘行『洞房合歡之禮』！」

崔諭娘帶著眾宮女退出了新房，關上房門。

漢陽呼出一口大氣，說道：

「公主，終於只剩下我們兩個了！這條婚姻之路，漢陽走得好辛苦！」

蘭馨淺笑中，卻略有擔憂的說：

「怎麼突然叫我公主，是你的妻子了！」

「是！蘭馨！」漢陽忽然一把摟住蘭馨，霸氣的瞪著她的眼睛說：「考妳一個問題，在

本朝律例裡，偷什麼沒有罪？不許說『偷笑』！」

「駙馬要在洞房考我？」蘭馨一愣。

「是！」漢陽說：「當初那個『偷笑』，害漢陽嘔到今天，必須也考妳一下！」

「除了偷笑，想不出還有什麼答案！」蘭馨思考著說。

「這個都答不出？是『偷心』！當初公主選駙馬，被皓禎推進我的懷裡，漢陽死命一

抱，就被公主偷走了一樣東西，這東西現在還被公主藏著沒還我！」

蘭馨心裡甜甜的，忍不住噗哧一笑。

「那時……如果我知道你是木鳶，有這麼好的武功，就不會選皓禎了！你還怪我？你才

欠了我一年的大好年華，差點沒有瘋掉！」

「是！漢陽知錯了！願用以後一生，來彌補這個錯誤！」

漢陽就伸手去解她的衣扣。蘭馨嬌羞而擔心的低問：

「你和皓禎是親兄弟，不知道你有沒有『恐女症』？他因為這病，讓我至今還是完璧之

身！」

「哦！」漢陽沉吟著：「恐女症？那個病……就要讓下官實際試試看才知道囉！」

漢陽說完，就溫柔的抱住蘭馨，兩人纏纏綿綿的滾進那張喜床。

再談寄南和靈兒的洞房。

喜娘丫頭魚貫出房去。喜娘在門口回頭說道：

「春宵一刻值千金！請新郎、新娘行『洞房合歡之禮』！」

房裡剩下已經換了華麗寢衣的靈兒和寄南。寄南看著坐在床沿千嬌百媚，婀娜多姿的靈

兒，心裡小鹿亂撞，喜悅的說道：

「今晚，妳可賴不掉了！和妳同房那麼久，斷袖那麼久，總算今晚本王爺可以和妳『同床共枕』了！真是太不容易！」

寄南說著，就把靈兒一抱。豈知靈兒像魚一樣，從他臂彎裡溜到床裡去了，喊道：

「不忙！不忙！你站在床前別動，如果想佔我便宜，我就大喊救命！」

「什麼？」寄南大驚：「妳是我的新娘，今晚，就是我們彼此『佔便宜』的時候，妳別害羞，我會很溫柔的！妳總不至於到今晚還要賴吧？」說著就欺身上前。

「不許碰我！要碰我，有三個條件！」靈兒大聲說。

「啊？還有三個條件？什麼條件？說來聽聽！」

「第一，從此和你那些老相好斷掉，除了親人關係，不許再有別的關係！」

「哦……斷掉呀？」寄南惋惜的說：「那會有很多姑娘傷心的！妳真殘忍，都不為那些姑娘著想！好吧好吧！還有呢？」

「第二，你要像皓禎一樣，對我忠心，不許討小老婆！」

「啊？」寄南又一驚：「妳知道我們王府人家，都是三妻四妾，妳現在當了大老婆，還不滿足？我是大男人，妳一個人侍候不了我！我答應妳，將來頂多再娶兩個！就這樣，不要跟我討價還價……」

寄南話沒說完，靈兒撲了過來，對著他沒頭沒腦的亂打一通，喊著…

「就知道你這種男人不能嫁！還要兩個，你敢！」

寄南慌忙抓住了她的兩隻手，笑著看她。

「跟妳開開玩笑，我那些男人毛病，在皓禎的潛移默化下，在妳的各種折磨下，早已不見了！為了妳，連皇帝都放棄，後宮三千佳麗都沒了！」不禁嘆息。

「第三，不許和任何人斷袖！」

這一下，寄南臉色一變，皺皺眉說道：

「這個有點難！自從我有了個小廝裘兒以後，我看到漂亮小伙子，就會心跳加快，呼吸加速……恐怕這個斷袖病是永遠改不掉了！」

靈兒糊塗了…

「什麼？我不懂！」

寄南一把抓住她，把她壓在床上，命令的說道：

「聽著！我現在有三個命令，請夫人聽令！第一，請新娘寬衣解帶！第二，新郎要開天關地了！第三，裘靈兒準備從姑娘或是小廝，變成標準女人吧！」

寄南說完，就不由分說的拉下了她的寢衣，把她推進那些錦被裡。

再來談談皓禎和吟霜的洞房。

400

新房裡擠滿了人，雪如、采文、翩翩都看著喜娘把吟霜攙扶到坐榻上。蘭馨、靈兒、雅容在房裡嘰嘰喳喳。

吟霜這次的新娘妝不比從前，美麗無比，頭髮上像花雨般用各色縷帶繫著。喜娘朗聲說道：

「請新郎行『解縷結髮之禮』！」

皓禎急忙過來「解縷」，左解了一條，右解了一條，原來吟霜頭上繫了十幾條縷帶，合成了一朵花。金色、銀色、紅色、黃色都有，而且每條都繫得特別複雜，穿來穿去的，解得吟霜滿頭大汗的說：

「我知道了！吟霜，這個婚禮是在欺負我這個新郎，因為以前讓妳太委屈！管他呢，就算一百條縷帶，我也慢慢的解，仔細的收！」就把一大束縷帶都收進懷裡。

吟霜悄悄笑著。靈兒、蘭馨、雅容和雪如、采文等人，都笑得嘻嘻哈哈。

喜娘再大聲喊道：

「請新郎新娘行『洞房合歡之禮』！」

皓禎趕緊驅趕眾人，對大家說道：

「各位可以出去了！現在不需要大家幫忙了！」

「我們還要鬧洞房！」靈兒喊著。

眾人一呼百應：

「鬧洞房！鬧洞房！鬧洞房……」

皓禎大喊：

「寄南，管管你媳婦！漢陽，也管管你媳婦！皓祥，也管管你媳婦！不許鬧洞房！你們今天鬧夠了！現在夜色已深，請大家各歸各位，早些休息！」

寄南、漢陽、皓祥衝進房，嘻嘻哈哈的拉走了各自的媳婦。大家退出了房間，房裡剩下了皓禎和吟霜。吟霜趕緊透了口氣說：

「呼！把我折騰得腰痠背痛，我們總算把拜母豬的習俗給取消了，以後這『解縷結髮之禮』也可以取消……」

「那不行！」皓禎就過來擁住吟霜，深情的說：「聽說這個有『永結同心』的意思，還是不要取消吧！我其實很喜歡幫妳解縷，雖然我們已是老夫老妻，看到妳這個新娘，我好像也成了第一次當新郎，心裡怦怦跳！不止解縷，解衣也很喜歡的！」

「你越來越不正經了，都被寄南帶壞！」吟霜低頭羞笑。

「忙了一整天，不就為了此刻嗎？靈兒他們故意欺負我，趕了半天才趕走！」悄悄低頭看她，輕輕問：「我們可以行『洞房合歡之禮』了嗎？」

突然，窗子上敲得喀喀喀響。皓禎驚愕的走去，打開窗子，正想罵人，猛兒飛了進來。吟

霜驚喜的喊：

「猛兒！你也來跟我們道喜嗎？」

猛兒清亮的叫了兩聲，就直接飛到喜床上，居中一坐。皓禎驚訝說道：

「猛兒！你來鬧洞房嗎？那是我和吟霜的喜床，你佔據著，讓我們如何行合歡之禮？我好不容易才把靈兒他們趕走！」

著眼睛睡起覺來。這一下，吟霜笑得前俯後仰，不可收拾。

只見猛兒把翅膀張開，幾乎佔據了整張床，對皓禎眨眨眼，就伸長脖子，枕著枕頭，閉

「喂喂！」皓禎繼續對猛兒喊話：「你懂不懂？你是一隻鳥，不是人！哪有鳥兒這樣趴在床上睡的？應該站在樹梢上睡！你這樣……簡直是無法無天，不倫不類，不仁不義，不三不四，不解風情……」

吟霜聽了，更是笑得花枝亂顫，完全無法控制。皓禎看著吟霜如此美麗的、燦爛的笑，不禁心為之醉。他就走到吟霜身邊，輕輕的、愛憐的擁抱著她，在她耳邊說道：

「我有個很重要的問題要問妳！」

「問吧！」

「妳這樣蠱惑我，讓我離不開妳。妳，到底是人還是白狐呢？」

「問得好！那是祕密！」吟霜笑著，神祕的說：「天機不可洩露！」

皓禎低頭，深深看她，然後深情的低頭吻住她。

❖

又過了三年。本書的主人翁都有一些改變。首先，在皇上作主下，這些「身世成謎」的英雄兒女，都認祖歸宗了。其中，寄南的認祖歸宗最讓朝野震驚。當大臣們看到先皇遺詔，看到「龍鳳合璧」，證實寄南是「皇子」時，大家對寄南的「禮讓」皇位，更是感佩不已。那是爭奪王位的時代，卻有一個皇子，瀟瀟灑灑的將皇位讓賢了！寄南這個舉動，讓他在民間和朝廷上，更加被人津津樂道。皇上因此，把他那「靖威王」的名號，改封為「禮王」，並讓他和皓禎一左一右共同掌管羽林軍。從此再也沒有羽林軍橫行街頭，欺壓百姓的事。

寄南婚後第二年，靈兒生了一個兒子，皇上欣然把這個李氏皇孫，冊封為「信王」。一門之中，擁有兩個封王，也是特別的殊榮。

袁柏凱被封為「明王」，繼續掌管軍權兼左宰相。世廷被封為「廉王」，兼右宰相。皓禎被封為「勇王」，兼左羽林衛。他和吟霜生了一對龍鳳胎，兩人仔細商量，讓兒子姓方，女兒姓袁。他們有了自己的府邸，卻常常住在畫梅軒。夫妻始終和方家袁家，有如一家。皓祥婚後，雅容連生兩子，袁家再也不是單傳。可是，柏凱依舊遺憾著，皓禎的兒子不姓袁，皓祥因為平定「伍盧之禍」有功，皇上給予左衛「中郎將」之職，終於成為柏凱的驕傲。世廷允諾，如果方家人丁興旺，皓禎再有兒子，可以過繼給袁家。

漢陽被封為「智王」，官拜大理寺卿，有了一個女兒。「忠、孝、仁」三王依舊，在朝廷各司要職。由於「義王」已經當了皇帝，他特別把佩兒封為「義王」，有繼承他的意味，更是對已故太子重義的尊崇。佩兒是皓禎、寄南、漢陽三家的寵兒，也是他們個個教導的目標。**經過這一番冊封，中國傳統的美德：「仁義禮智信，忠孝廉明勇」全部到齊。**

轉眼間，年輕的一代，都成了父母。這日，皓禎、吟霜、寄南、靈兒、漢陽、蘭馨六人，把孩子交給祖父母，難得偷閒一天，聚會在一起。他們悠閒的騎著六匹馬，緩步於草原上。吟霜的馬鞍旁邊，還掛著隨身的採藥籃，時時不忘採藥。寄南感慨的說：

「現在國泰民安，風調雨順，我們雖然個個封王，想起以前種種出生入死，好像英雄無用武之地，有些不習慣了！」

「皇上不立太子，有意不傳子而傳佩兒，只是要等他長大，看看是否成器？咱們的皇上，有情有義，擁立得好！」皓禎說道：「回憶木鳶的時代，造就今日的時代，各種苦難，都是值得的！」忽然想起什麼，問道：「木鳶，你最初讓我和寄南去東市，到底為了什麼？我至今不解！」

「東市？」漢陽笑了…「只是要你們去探訪人才！沒料到你們那麼厲害，把東市最好的兩位人才，都娶來當夫人了！」

「哦？」吟霜笑著…「原來我們這兩對的媒人，是漢陽你啊！」

「提起這個……」寄南忽然瞪著漢陽說道：「一直忘了問你，當初我和靈兒去宰相府受管束，你無所不知，那麼，知不知道裘兒就是靈兒？」

「當然知道！」漢陽笑了起來：「靈兒詐死，我這大理寺丞就在放水，你們在亂葬崗救人，我還派了天元通寶兒弟暗中保護，國宴那天，我就認出靈兒了！」

「哎呀！」靈兒大叫：「那麼，在宰相府，你一直知道我是女兒身？還要帶我去住那個大通舖的小廝房？」

「對呀！」漢陽又笑：「那時天天生活緊張刺激，各種問題層出不窮，要隱藏身分，要救人性命，我在那種生活裡，看到你們兩個假斷袖彼此有情還不知道，只要我稍稍一挑，寄南就毛焦火辣亂吃醋，那真是我生活裡唯一的樂趣！」

「什麼？」寄南大叫：「那麼……她換衣服你也偷看？她進浴池你也跑來，你你你……還說是樂趣？你算兄弟嗎？」

「哦？」蘭馨瞪大眼睛：「還有這樣一段，漢陽你……」

「你是假斷袖，我可是真君子，行吧？」漢陽笑看寄南說：「多年前的陳年飛醋，你還吃？我當然沒有偷看，只是嚇嚇你們而已！看到寄南每次緊張的樣子，實在讓我忍不住要繼續捉弄你們！」

寄南和靈兒，同時對漢陽舉起拳頭，異口同聲說：

「我揍你！」

「精彩！精彩！」吟霜回憶著：「找一天，我們再來細數從前，多少的謎還沒解開呢！冷烈現在在哪兒？」

「不知道！自從殺了伍震榮，他和九鳳就失蹤了！」漢陽說：「我和皓禎也去找過、打聽過，到處都沒他的消息了！或者，就像他說的，他來到世間的目的就是除掉伍震榮，他目的已達，可以隱退江湖，海闊天空了！」

「談起以前各種的謎，我始終有個謎沒有解！」皓禎看著吟霜說：「吟霜還是嬰兒時，是被放進杏花溪，隨波而去的！為什麼她後來會被住在山裡的白神醫收養呢？」

「是呀，」吟霜說：「我也常常想這件事，那杏花溪離我們的普晴山，還有一段路呢！不可能被爹娘撿到！」

大家談到這兒，猛兒在天空飛舞迴旋，忽然低飛，叼起吟霜掛在馬鞍邊的藥籃，就向前面飛去。

吟霜興奮的喊道：

「猛兒在帶路，不知道哪兒有珍奇藥草？我們趕緊跟著猛兒去！」

六人就策馬，追著猛兒，飛跑而去。

跑著跑著，大家來到了一個世外桃源。

只見景色極美，岩石、瀑布、小溪、草地上開滿了小花。風微微，雲淡淡，天藍藍，水盈盈，兩岸極目之處，都是綠樹濃蔭。山花點綴在樹梢，更讓那綠樹濃蔭，充滿了生氣，充滿了詩意。這個地方，對六人來說，都似曾相識！

皓禎屏息的說道：

「就是這兒！那次吟霜吃了整瓶假死藥丸，猛兒就把我們帶到這兒來，就在這溪邊，我們從死亡走向重生，從大悲走向大喜！」

吟霜看著四周，驚喜莫名：

「是啊！就是這兒，皓禎沒有被砍頭，我也沒有死，我們在這兒又跳又笑，還在水裡打水仗！」

「對啊！」寄南喊：「我們騎馬追過來，發現你們兩個在笑在跳還在追追跑跑，大家都瘋了，我背著靈兒也加入了你們！」

靈兒激動的喊：

「哇！猛兒把我們又帶來了！」就脫掉鞋子奔進溪中，喊道：「寄南！來追我！來追我！你追不到我！」

「誰說的！」寄南踢掉鞋子，就對靈兒追去。

「妳已經成了王妃，當了娘，怎麼還是這副德行？偏偏本王爺就愛妳這德行！」隨即奔

進水中追靈兒，水花四濺。

漢陽興奮起來，說道：

「蘭馨，我們也加入這場『世外桃源狂歡日』如何？」

「本公主上次掉頭而去，這次故地重遊，一定要玩得痛痛快快！」蘭馨霸氣的回答：

「來呀！請了，漢陽王爺！」

頓時，六個人全部在這仙境中奔跑追逐，渾然忘我。此時，猛兒叼著採藥籃的把手，飛了回來，在六人間穿梭飛舞。然後，猛兒忽然把籃子低飛，放進溪水中。採藥籃順著流水，向下游漂去，猛兒一聲清嘯，急忙再低飛過來，叼起漂流的籃子，飛到吟霜和皓禎面前，放下籃子，急促的搧著翅膀，大聲的啼叫，又去撲吟霜的臉。吟霜剎那間，什麼都明白了！她驚喊著說：

「皓禎，我知道了！當初是猛兒發現了我，叼著我的木籃，帶去給我的爹娘，讓我爹娘救了我！」仔細的想著：「我爹為我娘熬的第一顆神藥，大概就為了救我的小命，餵給我吃了！所以我能有內功，都是我爹那神藥的效果！」

「是嗎？」皓禎不可思議的問，還有點懷疑。

猛兒低飛過來，在吟霜面前，不停的點頭搧翅膀，嘴裡「啊啊啊」的大叫，興奮得不得了。這一下，大家都明白了，個個睜大眼睛，又驚又喜。

「猛兒！」皓禎對猛兒忙不迭的施禮，大喊：「好猛兒！皓禎謝謝你！永遠謝謝你！我們的猛兒英雄！猛兒神禽！猛兒了不得，猛兒不得了……」皓禎語無倫次的喊了半天，忘形的又抱著吟霜轉，有點不真實感。皓禎邊轉邊問吟霜：

「妳認為人世間最美的東西是什麼？」

吟霜還沒回答，突然間，瀑布下出現六條錦鯉魚，在水中往上飛竄跳躍。吟霜掙脫皓禎，跳下地，指著錦鯉喊道：

「你們看！有錦鯉在跳！」

眾人看去。有六條分別為金色、銀色、純白、黑白點、紅色、黃色的鯉魚，突然飛躍而起，逆流而上的跳上瀑布，翻躍龍門，煞是好看。

寄南驚喊：

「皓禎！漢陽！你們還記得先皇那個大吉夢嗎？」

「怎麼不記得？六條鯉魚躍龍門！」皓禎說。

漢陽數著：

「一、二、三、四、五、六！這兒正是六條！連顏色也和先皇夢裡一樣！」

「父皇的大吉夢，怎麼會出現在這兒？」蘭馨震懾的問。

「我來分析一下……」皓禎看著鯉魚說：「金色、黃色都是皇室的顏色，應該是寄南和

410

蘭馨！純白是吟霜，紅色是我，因為我是熱血男兒，差點為本朝送命！」

「這麼說，我是黑白色，」漢陽接口：「因為我是大理寺丞，要分辨黑白！靈兒是銀色的，銀色是帝后之色，她穿梭在皇室和民間，嫁給了一個皇子！」

「難道我們就是先皇夢裡的六條錦鯉？」吟霜驚疑的問。

寄南點頭，傲然的說：

「沒錯！像我們這種英雄兒女，才是大吉夢裡的六條錦鯉！當初的解夢都錯了！我們六個聯手，滅掉了伍震榮和盧皇后，建立了今天的國泰民安！」

六個人看著那飛躍的鯉魚，個個臉上都露出不可思議的神情。猛兒累了，站在樹梢，兀自驕傲的昂著頭。

皓禎就鄭重的說：

「別忘了啟望！上次在這兒，我曾經對啟望承諾過！」就抬頭看天，喊道：「啟望！我知道你現在和我們在一起，我的誓言依舊：**用我們的一生，建立一個像此刻這樣的世外桃源，讓所有的百姓，只有笑容，沒有眼淚！只有快樂，沒有憂愁！只有希望，沒有絕望！只有生的喜悅，沒有死的威脅！我們三人的座右銘，依舊刻在我們的生命裡！**」

寄南也抬頭看天，喊道：

「啟望哥！這個夢想正在實現中，雖然不是一朝一夕能夠全面辦到，但是，我們會逐漸

辦到！我向我的親兄長發誓！」

漢陽也喊道：

「太子！我也以天元通寶發誓，或者，我們的一生都不夠，但是我們還有下一代，代代相傳，一定會讓這個夢成為真實！」

皓禎再喊道：「人世間最美的東西，我的答案是『笑容』。啟望，幫助我們，讓我們繼續努力，去輔佐皇上，**建立一個沒有戰爭，沒有屠殺，沒有陰謀，沒有仇恨，只有笑容的朝代！**」

三個女子依偎著三個男人，個個感動著。

六個人低頭商量了一下，就一起抬頭，同聲大喊：

「啟望！我們想你！」

六人喊完，都靜靜佇立。只見天空中，突然風起雲湧，白雲飄動聚集，竟然依稀彷彿，聚匯成一張類似人類的面孔。六個人一排，半仰著頭，震撼的看著那張臉孔。六人都心意相通。這是太子嗎？無論如何，太子都在天上看著他們！

眾人靜默片刻，皓禎脫口喊道：

「啟望啟望，你在天上，如雲瀟灑，似風飛揚！江山社稷，衛我家邦，承你遺志，報我啟望！」

皓禎喊完，聚集的白雲，就慢慢的散開消失了。

剩下六人，依舊仰頭佇立著。久久，久久，久久。

（全書完）

二〇一三年秋，初次編劇於可園，未完成

二〇一六年十月，小說初稿未完於可園

二〇一六年十二月，一度續稿未完於可園

二〇一九年六月二十七日，二度改寫於可園

二〇一九年八月七日，三度修正於可園

二〇一九年九月六日，四度修正於可園

二〇一九年十月十四日，五度修正於可園

後記

《梅花英雄夢》這部小說，對很多朋友來說，都不是一個「新聞」。早在二〇一三年，我就曾經把它寫成劇本，那時的名字是《梅花烙傳奇》，還有黃素媛幫忙。可惜，劇本寫了一半，就為了抄襲問題打起跨海官司來，這部我自己深深喜愛的連續劇，就此停擺。後來，我又成了「特別護士」，每當我的病人睡著時，往往只有晚上八、九點。習慣晚睡的我，這段時間真是度日如年。然後，有一天，我想，我可以把這個未完成的劇本改寫成小說。只是為了打發我的時間，和轉換我的情緒，我開始把這部劇本改寫。我知道，只要我投入到我的小說裡，我就會忘記眼前的悲傷。

小說，改名為《梅花英雄夢》，我沒有出版它的計畫，只是順著我的思想，從序幕開始寫，每天寫一點點。當我忙不過來時，小說可以放在那兒十天半月都不動。靈感來了，有時間了，我就又接著寫一點點。這部《梅花英雄夢》就這樣寫寫停停。二〇一六年，鑫濤靠插

管維生，長住在醫院裡，我過著生不如死的日子。為了轉移我的情緒，我又開始繼續寫《梅花英雄夢》。在起伏的心情下，沒有寫完。二○一七年，我用狂熱的心，去寫《雪花飄落之前》。這本苦命的《梅花英雄夢》，從此束之高閣。

轉眼到二○一九年六月底，鑫濤已經入土，結束了他「臥床老人」的悲劇。他解脫了，我也放下了。我的電腦裡，充滿了各種文字，有天，我決定清除裡面的垃圾，卻看到電腦桌面上，這本書在對我招手，我想把它投入垃圾筒裡，這是「斷、捨、離」的必經之路。在投入以前，我好奇的打開這個檔案，想最後看看這部小說。誰知，這樣一看，我就看了整整一天。接下來，我每天都打開這個檔案，看著故事的發展。這是一部將近八十萬字的小說，我把它分成五冊，已經完成了四冊，最終篇還沒完成。我這樣一看，竟然「欲罷不能」！捨棄它？難了！這部書本身就是一個故事，在漫長的七年間，我寫寫停停，已經完成了五分之四！我驚然明白了，我需要做的，不是丟掉它，而是完成它！雖然我已八十一歲，但是，生命的火花依舊燃燒，沒有熄滅。

到底這部書是怎樣開始的呢？二○一三年，當我做完了《花非花霧非霧》的電視劇，我認為我不會再寫劇本，也不會再寫小說了。可是，就在這時候，有位導演，強烈的要求我，要我把《梅花烙》賣給他重拍，因為他太愛我的小說《梅花烙》！導演那份強烈的程度，打動了我。但是，《梅花烙》原來的故事，就是一個家庭的故事。如果要重拍，我希望把格局

拉大，而且更加「波瀾壯闊」一點。

從來，我的小說，如果改編為電視劇，都是我主導或是親自編劇，因為沒有人能夠抓住我故事中的精髓。在我的起心動念下，這部根據《梅花烙》改編的劇本，就開始運作了。

但是，那時鑫濤多病，幸好我還有助理素媛幫忙，我們幾乎日以繼夜在工作。到了二○一四年四月，劇本寫了二十五集，我們也著手要選演員了，卻發生了「大陸知名製作人抄襲事件」，徹底摧毀了我的《梅花烙傳奇》。我開始打起跨海官司，這樣一打，就足足打了將近兩年，在這兩年中，鑫濤失智了，好幾個絕症找上了他。我內憂外患，心力交瘁，每天奔波於醫院和可園中，還要等待官司的結果。最怕等的我，幾乎倒下了。記得我曾在大陸的微博上寫下：「打官司成了我二○一四年的工作，現在，二○一五年也快過去一半，我還要等多久？歲月遷逝中，人已憔悴，心在煎熬！」

那時，沒人知道鑫濤患病，我的一句「人已憔悴，心在煎熬」，有幾人能知道這八個字的涵意呢？鑫濤失智後，變得很愛睡覺，對我非常依賴。為了照顧他，我的生活亂七八糟。他醒時我要變著花樣留住他的記憶，各種花招，全部用盡。但是，當他睡著時，漫漫長日或長夜，我只能看著他發呆。我的時間被分割著，隨著他的作息而變換，我又陷進極度的焦灼和緊張裡。有天，我打開電腦，叫出我的《梅花烙傳奇》。那時，官司已經打勝了。我的這部連續劇也沒有了，我忽然想，我何不利用這些支離破碎的時間，把這劇本重新整理，寫

成一部小說？只要寫作，我就可以不陷在哀傷裡，不是嗎？反正我不會出版這部小說，不需要有心理負擔，想到哪兒，就寫到哪兒。沒時間就不寫，讓它成為我心理上的「自我療癒」吧！總比呆呆坐著胡思亂想好！

於是，我推翻了很多劇本裡的東西，開始用《梅花烙傳奇》的基礎，寫起小說來，因為我加了好多英雄人物，我把這部不準備發表的小說，取名《梅花英雄夢》。我的布局複雜，這些英雄人物，並不是我以前擅長的。從武打的招式，到武器的名稱用法，從劍術、拳術、到輕功的名稱，我都不熟悉，只能「瓊瑤式」的馬虎帶過。鑫濤時常發生意外，讓我心驚膽戰，這部《梅花英雄夢》，就在我最痛楚的時間裡，寫寫停停，有時一夜寫到天亮，有時三個月不寫一字。

二○一六年的三月一日，鑫濤因大中風發作而再度入院，從此就沒有回到可園。那一整年，唯一能讓我逃避的地方，是我的《梅花英雄夢》！是的，我又開始繼續寫了下去！皓禎和吟霜，寄南和靈兒，太子和皇上，漢陽和冷烈……我塑造他們，跌進他們的喜怒哀樂裡，暫時忘掉我自己的悲傷。

接下來，我陷進一片忙碌中，二○一七年，寫了《雪花飄落之前》，而我的六十五本「瓊瑤經典作品全集」，也在一年之內全部重新由城邦文化集團出版了。城邦文化集團的「春光出版社」把它們設計得華麗高雅，用國畫大師郎士寧的花鳥工筆畫製作書盒，提升了

它們的典藏比重與質感，全套放成一排，便是我的一生。這些書裡，還有我重寫的《鬼丈夫》、部分由新作、失落的短篇、以前的散文、集結的《握三下，我愛你》。因為全集反應不錯，春光主編雪莉問我：

「聽說您還有一部《梅花英雄夢》！可不可以讓我們出版？」

哎呀！那部在我最混亂痛苦的時期，寫寫停停的《梅花英雄夢》！居然還有人知道它！可是，它等於沒有完成，如何出版？如果要出版，除非我重新再整理一遍，把所有的不足都補齊，把最後的一冊也完成。工程太大了，我不敢答應，發了個電郵給雪莉：

「妳願不願意先看看前面幾冊，如果妳覺得那幾冊值得出版，我就去完成第五冊！」

沒料到，雪莉一看之後，這部小說就決定要出版了！而且時間緊急，因為計畫要參加二○二○年二月的台北國際書展！我還是沒有什麼信心，又把第一冊發給一位朋友看，這位朋友是我的讀者、書迷和好友。他的答覆更加誇張，居然說：

「妳怎樣會寫出這樣一部書？這是我看過的，妳最『好看』的一部書！」

當然，朋友總是這樣的，為了讓我聽了高興吧！但是，卻收到了效果，讓我振作起來，又開始日以繼夜，重新整理和完成這部書。說也奇怪，這部「多災多難」的小說，當我這次整理時，卻特別的順手。連我最頭痛的武打部分，也在學過武術的好友姚君的協助下，給了我各種資料，連「昆吾劍」、「乾坤雙劍」，和寄南那把有名的「玄冥劍」，都有研究。

各種劍法招式、拳法招式、輕功招式……也不厭其煩的告訴我。最後的「鋸齒山」之戰，許多戰爭陣式名稱，也都是他提供給我，才讓我把整部書都完成了！雖然，有些陣式名稱，是我杜撰出來的，因為不想都全部依賴資料！我又不是寫歷史。（我覺得我取的名稱也不錯呢！）

這部小說，和《梅花烙》已經有很多的不同。曾經，我想把吟霜、皓禎、蘭馨的名字都改掉，但是，這部書裡最感人的那「午時鐘響，天上相會，生也相隨，死也相隨！」依舊保留了。它雖然增加了很多英雄人物，這條梅花線仍然讓我深深感動。我想，當初看過《梅花烙》的朋友們，再看這部書時，恐怕也會有這種感覺吧！

現在是二〇一九年十月，我八十一歲了。我終於完成了我這將近八十萬字的《梅花英雄夢》！回憶起來，這部書從開始到完成，正是我人生最低落的時候，許多不可思議的事，許多打擊幾乎讓我對人性感到絕望。但是，我始終沒有倒下，反而成為我一生中，工作最旺盛的時期。可見，人的彈性是很大的。朋友們，如果你喜歡這部小說，一定要告訴我！劇中的人物，在各種打擊和磨難中，都不曾灰心喪志。我在最痛苦的時期，也努力微笑，努力工作，努力寫完這部書，所以，我們都不要因遭遇不幸而放棄，讓我們共勉之！我把我改寫的蘇東坡的詞，做為這篇後記的結尾：

生！

卻道：此心安處是吾鄉！

試問自在何所似？

微笑，笑時猶帶梅花香。

離合悲歡都嚐盡，

風起，雪飛炎海變清涼。

最後，我要特別謝謝為這部書，貢獻過的朋友：久愉、素媛、雪莉、姚君……和很多期盼它的粉絲們！謝謝你們，沒有你們的鼓勵和幫助，不會有我的動力，也不會有這部書的誕

瓊瑤 寫於可園

二〇一九年十月二十七日

國家圖書館出版品預行編目資料

梅花英雄夢. 卷五, 生死傳奇/ 瓊瑤著. -- 初版. -- 臺北
市：春光出版：家庭傳媒城邦分公司發行, 民109.01
　面；　公分. -- （瓊瑤經典作品全集；70）
ISBN 978-957-9439-83-1（平裝）

863.57   108019330

瓊瑤經典作品全集⑦梅花英雄夢・第五部：生死傳奇（完）

作　　　者／瓊瑤
企劃選書人／王雪莉
責 任 編 輯／王雪莉

版權行政暨數位業務專員／陳玉鈴
資深版權專員／許儀盈
行 銷 企 劃／陳姿億
行銷業務經理／李振東
副 總 編 輯／王雪莉
發 　行　 人／何飛鵬
法 律 顧 問／元禾法律事務所　王子文律師
出　　　版／春光出版
　　　　　　台北市 104 中山區民生東路二段 141 號 8 樓
　　　　　　電話：(02) 2500-7008　傳真：(02) 2502-7676
　　　　　　部落格：http://stareast.pixnet.net/blog　E-mail：stareast_service@cite.com.tw
發　　　行／英屬蓋曼群島商家庭傳媒股份有限公司城邦分公司
　　　　　　台北市中山區民生東路二段 141 號 11 樓
　　　　　　書虫客服服務專線：(02) 2500-7718 / (02) 2500-7719
　　　　　　24小時傳真服務：(02) 2500-1990 / (02) 2500-1991
　　　　　　服務時間：週一至週五上午9:30～12:00，下午13:30～17:00
　　　　　　郵撥帳號：19863813　戶名：書虫股份有限公司
　　　　　　讀者服務信箱E-mail: service@readingclub.com.tw
　　　　　　歡迎光臨城邦讀書花園 網址：www.cite.com.tw
香港發行所／城邦（香港）出版集團有限公司
　　　　　　香港灣仔駱克道 193 號東超商業中心 1 樓
　　　　　　電話：(852) 2508-6231　傳真：(852) 2578-9337
　　　　　　E-mail : hkcite@biznetvigator.com
馬新發行所／城邦（馬新）出版集團 Cite(M)Sdn. Bhd
　　　　　　41, Jalan Radin Anum, Bandar Baru Sri Petaling,
　　　　　　57000 Kuala Lumpur, Malaysia.
　　　　　　Tel: (603) 90578822　Fax:(603) 90576622　E-mail:cite@cite.com.my

內 頁 排 版／極翔企業有限公司
印　　　刷／高典印刷有限公司

■ 2020 年（民 109）1 月 30 日初版　　　　　　　Printed in Taiwan

售價／400元

城邦讀書花園
www.cite.com.tw

版權所有・翻印必究

ISBN　978-957-9439-83-1

| 廣　告　回　函 |
| 北區郵政管理登記證 |
| 台北廣字第000791號 |
| 郵資已付，免貼郵票 |

104 台北市民生東路二段 141 號 11 樓

英屬蓋曼群島商家庭傳媒股份有限公司
城邦分公司

- -

請沿虛線對折，謝謝！

愛情・生活・心靈
閱讀春光，生命從此神采飛揚

春光出版

書號： OR1070　書名：瓊瑤經典作品全集 ⑰ 梅花英雄夢・第五部：生死傳奇（完）

讀者回函卡

謝謝您購買我們出版的書籍！請費心填寫此回函卡，我們將不定期寄上城邦集團最新的出版訊息。

姓名：_____

性別：□男　□女

生日：西元_____年_____月_____日

地址：_____

聯絡電話：_____　傳真：_____

E-mail：_____

職業：□ 1. 學生 □ 2. 軍公教 □ 3. 服務 □ 4. 金融 □ 5. 製造 □ 6. 資訊

　　　□ 7. 傳播 □ 8. 自由業 □ 9. 農漁牧 □ 10. 家管 □ 11. 退休

　　　□ 12. 其他 _____

您從何種方式得知本書消息？

　　　□ 1. 書店 □ 2. 網路 □ 3. 報紙 □ 4. 雜誌 □ 5. 廣播 □ 6. 電視

　　　□ 7. 親友推薦 □ 8. 其他 _____

您通常以何種方式購書？

　　　□ 1. 書店 □ 2. 網路 □ 3. 傳真訂購 □ 4. 郵局劃撥 □ 5. 其他 _____

您喜歡閱讀哪些類別的書籍？

　　　□ 1. 財經商業 □ 2. 自然科學 □ 3. 歷史 □ 4. 法律 □ 5. 文學

　　　□ 6. 休閒旅遊 □ 7. 小說 □ 8. 人物傳記 □ 9. 生活、勵志

　　　□ 10. 其他 _____

為提供訂購、行銷、客戶管理或其他合於營業登記項目或章程所定業務之目的，英屬蓋曼群島商家庭傳媒（股）公司城邦分公司，於本集團之營運期間及地區內，將以電郵、傳真、電話、簡訊、郵寄或其他公告方式利用您提供之資料（資料類別：C001、C002、C003、C011等）。利用對象除本集團外，亦可能包括相關服務的協力機構。如您有依個資法第三條或其他需服務之處，得致電本公司客服中心電話 (02)25007718請求協助。相關資料如為非必要項目，不提供亦不影響您的權益。
1. C001辨識個人者：如消費者之姓名、地址、電話、電子郵件等資訊。　　2. C002辨識財務者：如信用卡或轉帳帳戶資訊。
3. C003政府資料中之辨識者：如身分證字號或護照號碼（外國人）。　　4. C011個人描述：如性別、國籍、出生年月日。